錦繡芳華

3

粉筆琴 著

目錄

第三十七章　無風起浪

陳氏在林熙這裡坐了一會兒便回去了，畢竟葉嬤嬤和女兒都在勸著她，而她自己也清楚，這個時候更不能由著自己去發脾氣，當年的虧吃一次就夠了，就是心裡再窩火，那也得叫人好好伺候著香珍，自己也得是搭理老爺的，不然兩人之間再生出什麼嫌隙來，這些年的付出便算是白費了。

陳氏一走，葉嬤嬤便坐在了林熙的對面瞧望著她。「七姑娘幾時和大姑娘關係極好了？」

林熙一愣，急忙搖頭。「我沒有……」

「別對我撒謊，妳知道的。」葉嬤嬤說著衝林熙笑。「大姑娘出閣的時候，妳好像也才五歲的樣子，那些年我雖沒在府裡，但大姑娘是個什麼性子的人我也是知道的，她那嬌寵下的任性性子，怕是沒什麼心境來理會妳吧？」

林熙雙手使勁的交握。「我、我不想說，也不能答，嬤嬤您就別問了，好嗎？」

葉嬤嬤瞧看著林熙的雙眼，幾息後點了頭。「好，我不問，畢竟每個人都有自己的秘密，自己的立場。」說罷她起了身。「七姑娘妳換一身輕便的衣裳，然後到我房裡來吧！不用帶丫頭，就妳一個！」

葉嬤嬤出去後，林熙急忙叫花嬤嬤去取衣裳來換，此時她完全沒心思思量著葉嬤嬤要叫她去做什麼，而是思量著自己今日一時言語痛快，卻叫葉嬤嬤看出了端倪來，便暗暗提醒自己，日後得設法留意自己的表情，萬不能叫葉嬤嬤看出更深的東西來，她可不想讓別人知道，她其實是林可。

葉嬤嬤的房裡坐著廚娘董氏，見到葉嬤嬤回來便言語道：「好了？」

葉嬤嬤搖頭。「叫她換衣裳呢，等下就會過來。」說著人便坐在椅子上看向她。「妳要教她幾手菜式？」

「皇后娘娘說得清楚，皇上中意的兩道，四皇子中意的三道，三皇子中意的五道是務必得會的。至於別的嘛，只要她有心，我就教！」

董氏說著衝葉嬤嬤意味深長的一笑。「妳可別那般樣子的，就算妳不捨得，也是明白什麼叫做有備無患的！這年頭咱們誰活著能輕鬆了？隨興吧！反正該她的是她的，若能免了，跟我學下這些菜式，也虧不著她，日後定能讓她更加奪目的！」

葉嬤嬤點了頭，沒再言語，不多會兒工夫，林熙穿著一件桃花粉底繡花瓣的交領短襦配著水蔥色的綢褲來到了葉嬤嬤的房前。

林熙一聲言語後，葉嬤嬤同董氏便出了屋，在林熙衝董氏招呼之後，葉嬤嬤言語道：「今日裡叫妳穿成這樣，是要妳同她學幾道拿手的菜餚傍身添磚，畢竟日後妳嫁出去了雖有下人伺候用不著妳動手，可若逢年過節的時候，妳親自做上兩道大菜，倒也能博一聲好。」
林熙聽到這個，深以為然，立時應聲。
董氏便衝林熙一笑。「那七姑娘就跟我去灶房裡轉轉吧！」說罷邁步往那邊去，葉嬤嬤卻轉身回了屋，林熙見狀只得跟著董氏去了。
在她們兩個進入灶房的時候，瑜哥兒也從屋內走了出來，還不時的回頭囑咐著小廝同丫鬟收拾東西要注意的種種。待他進了葉嬤嬤的屋裡，便看到祖婆站在窗前一臉的愁色，立時上前輕聲言語。「祖婆是在為七姑娘擔心嗎？」
葉嬤嬤嘆了一口氣，沒做回答。
瑜哥兒見狀搓搓手。「祖婆，您攔不了嗎？」
葉嬤嬤回頭看他。「攔？呵，你祖婆我不過是個過河卒子，只能進不能退的，我怎麼攔？」說著她徹底地轉了身，坐在了椅子上。「如今我只希望林家大房的姑娘能有些助力，皇后娘娘便不會動用了她，否則，我倒成了一隻水鬼了。」
瑜哥兒湊上前去拉了葉嬤嬤的手。「祖婆您別想太多，走一步是一步吧！我覺得七姑娘是個有福之人，想來能避諱了去，若真是逃不開，有您教她許多，也是能應付的吧！」說著他低了頭，臉上透著一抹苦笑。「當初我還怨您把她教得不真，可自從我知道您的苦處，卻只希冀著她能八面玲瓏了。」
葉嬤嬤衝瑜哥兒一笑。「在收拾東西了？」

「嗯。」

「去桓哥兒那裡住著，需得和他好生相處，七姑娘前路不明，你和桓哥兒便也不明，所以親近得有些分寸吧，就如同我教你的那樣……」

「君子之交淡如水，孫兒明白的。」

葉嬤嬤點點頭。「你知道就最好了，如此咱們才能靜觀其變，這世道是個弱肉強食的世道，也是個利益當先的世道！」她說著又嘆了一口氣，眼看向屋內擺著的一盞不起眼的金色銅燈，目露一絲歉色。

瑜哥兒眼尖，瞧見祖婆如此，便知她是為何，當下蹲在了她的膝頭處，輕聲言語。「您別覺得欠著林家，他們要一個護著家門的風光，若她真的去了宮裡，必然已是風光；若她躲過了，也是入了謝家，還是風光，橫豎您都不虧欠的……」

葉嬤嬤嘆了口氣。「你不用勸我這些，我最不屑的事便是又當婊子又立牌坊，虧了就是虧了，謀算了就是謀算了，有什麼呢？」她說著言語裡充滿著一股子堅韌之氣。「人不為己天誅地滅，我不會動手害她，卻也不會無事殷勤，我教會了她這些，她就得有面對的覺悟！這天下哪有不要錢的餐飯？代價二字，永遠在，不過是披不披著一件衣裳遮住嘴臉罷了！」

瑜哥兒蹙了眉。「那您打算讓她幾時知道？」

「格局未定前，說不得的。」葉嬤嬤低了頭擺弄起自己的衣裳。「不過該提醒她的我都提醒了，若她不醒悟，那就得等著，等著摔過了、痛過了，便會長記性，便會開竅的。」

「今日裡我要教妳的這道菜叫做『壽形鴨方』，是一道老少咸宜的菜式，用來宴請賓客或是孝敬長者最合適不過。」董氏說著搬開了灶蓋，立時兩隻煮熟的鴨子臥在灶鍋裡。

「這鴨子我已經燒了一個時辰了，這會兒肉已經有些鬆軟，卻還不爛，我得把它撈出來備用。」董氏邊說邊動作，給林熙講著步驟和注意的事項。

林熙便在旁瞧看著。

這煮熟的一隻鴨子被撈出來後，就由董氏當著林熙的面給燒成了醬鴨，而後剔骨、碎肉之後，便用刀背一個勁兒的行「切」實拍，直至整個醬鴨都成了一團肉泥後，才被擱置在一邊；而後董氏又取出了一些置在冰窖內的蝦子出來，教著林熙如何的取線剝殼掐頭，再將收集好的蝦肉一樣搗碎，成糊狀的覆蓋在先前的鴨肉泥上；而後取了一些去殼的核桃仁，撕扯了那薄薄的皮衣，將白淨的核桃仁鑲嵌在這團肉泥上，復又取了兩枚雞卵，只要了清液覆蓋在了這團肉泥上後，才淨鍋燒油，將肉泥團壓成餅狀送入內，炸製成金黃色撈出，放在一邊涼透；這邊又弄了些許蔥蒜為泥，配以醬汁盛出入碗，又把涼透的鴨方切成了菱形小塊擺盤，如此一道壽形鴨方這才成了。

林熙跟著瞧看了一氣，中間還不時的被董氏拉著自己來體驗幾下，如今董氏做完了，便動手把另一隻鴨子也撈了出來。「七姑娘，這會兒我可給您打下手了，您自己做一遍吧！」

林熙點點頭，圍上了裙布，開始了動作。

其間幾次磕碰，倒也有董氏的補救和幫助，得以順利完成。當又一個時辰過去，這盤鴨方擺出來時，林熙竟累得手腕痠痛不已，不過她卻很開心，畢竟之前的她從沒動手做過飯菜，更別說是這麼複雜的一道了。

「我要把這菜送去給爹娘嚐一嚐。」林熙興奮的言語著。

董氏卻銜她低聲言語。「七姑娘要去獻寶，這沒問題，只是這菜叫什麼名、怎麼做的，卻不能對人言，一來這算我的私房菜，二來嘛，我只是應了葉嬤嬤的請才教姑娘的，若讓人知道我會做這些，少不得要來麻煩我，我可是不想接了妳這小灶外的活兒的。」

林熙聽得董氏這般繞圈子的一頭言語，便明白人家其實壓根兒就不想她「顯擺」的，是以她的高興勁直接去了一半，悻悻的取了一塊品嚐後，才嘆道：「唉，費這麼大的勁才做好了一道，卻無法與家人分享，委實可惜。」

「世間事，豈能盡如人意？七姑娘，其實並非我諸多限制，而是很多時候，您得思量更多！您雖有一顆誠摯之心，無害他人，可是有時無心的舉動，帶來的會是您無法想到的惡事，只因為一點，若您的身邊有那貪心險惡的人，您這舉動只能招來他們的羨慕與嫉妒，如此還不如少些麻煩的好。」董氏說著把鴨方拿起。「這盤您可以給葉嬤嬤嚐嚐。」

林熙接過後向董氏一笑，走了出去。

她很清楚董氏能給她說那些話，也是好心提醒自己。想想自己在林府中所得的獨一關照，便也壓下了先前那分享的心思，畢竟林府中的人不是真就安生的，至少在林熙的認知裡，林嵐便不算。

她捧著鴨方才去了葉嬤嬤屋裡，盤子擱下時，便衝屋內的瑜哥兒也點點頭。按說十歲了就該避諱了，只是瑜哥兒明日才會搬出去，而這些年大家同住在一個院落裡，相較起來還是親近，又逢之前大半年未見的，遇上了倒也大大方方的坐在一處一時言語著，林熙還把鴨方理所當然的往前一送，邀他嚐嚐。

「這可真好吃！」瑜哥兒吃得眼裡發亮，便要伸手再拿，葉嬤嬤的嗓子裡發出一聲質疑之音，瑜哥兒立時悻悻的一笑垂了手。

林熙見狀主動捧了盤子送到他面前。「吃吧，過了明日咱們就要分院住了，你到底不是姓林的，日後逢年過節的能不能湊在一起也未可知，再過得幾年，我出嫁，你及冠，我們便是再難遇了。」

瑜哥兒點點頭，伸手又取了一塊。「七姑娘，不管以後妳會怎樣，都得相信妳自己，我祖婆常對我說，遇事不慌不亂，不要懷疑自己，才能堅定向前，妳也記住這話吧！」

林熙點點頭，心中卻有些詫異瑜哥兒怎麼會和她說這麼一句，而此時屋外有了聲音——

「七姑娘，三姑娘、四姑娘還有四姑爺都來了，叫著您趕緊過去呢！」

當下林熙應聲出屋，回去清洗了一番，換了一身合適的衣裳頭面，打扮規整了，這才帶著捧了禮物的冬梅跟著花嬤嬤出了碩人居。

「你多話了。」葉嬤嬤此時衝瑜哥兒言語。「沒見結果前，何必擾她心靜呢？」

瑜哥兒抿了唇。「我不過是希望她將來如何都能順當一些，怕她會惱著您！」

葉嬤嬤看著他。「這話你自己都不信吧？」說著起了身。「收了你那不該有的心思吧，她和你，橫豎都搭不到一處去的。」

瑜哥兒一愣，隨即尷尬地笑了笑。「我知道，所以，才只能是希冀她好。」

林熙剛剛行到正房的院落裡，就聽得一串爽朗的笑聲，當下腦海裡出現了莊家二爺那個身影，為他的大嗓門有些無語。

「七姑娘到了。」章嬤嬤瞧望到了林熙，立時出口通傳為她挑了簾子。

林熙步履款款入內，剛剛行禮完畢，林悠就衝上來一把抱住了她。「好妹妹，我可想死妳了！」

「咳！」陳氏立時乾咳提醒，林悠便臉上一紅，鬆了林熙退回到了她夫婿身邊，此時她那夫婿倒是一點沒客氣的直眼打量起林熙了。

林熙早聽過他的諢名，也見過他那行事作派，知道這人就是這樣，便也只能不去計較，轉頭先衝著三姑娘招呼。

「三姊姊！」

「哎，七妹妹，這段日子沒見，妳長高了不少，也越發的標致了。」林馨看著她，面上笑容滿滿，眼裡則浮著一絲毫無掩飾的羨慕。

「謝謝三姊姊誇我。」林熙上前主動拉了林馨的手。「好姊姊，我姊夫呢？」

林馨的眼裡閃過一絲無奈，口中輕語。「今日裡他有詩會，一早就出去了，你們來信兒時，他都還沒回來，我挨到午飯罷了，不見他回來，只好自己一個過來了。」

林熙見她言語中不時流露著不滿之色，語調也一降再降，便知這不過是場面上的說辭，但林馨是她家姊，她萬萬沒有戳破之意，便順了話頭的說著。「那沒關係，反正姊姊來了就好！」說著轉身從冬梅手中的托盤裡取了一個匣子捧送給她。「蜀地的繡品十分有特色，我知三姊姊喜歡這個，便送它給妳和姊夫吧。」

「有心了。」林馨笑著接下。

林熙此時才轉身去瞧看林悠同她的夫婿莊明達。

「妹妹離家時，四姊姊尚未出嫁，回來時，四姊姊已經過門有些時日，倒沒能喝上你們的喜酒，祝福於你們。今日便在此給四姊姊和四姊夫行禮，祝願你們白頭到老，永結同心。」她說著盈盈福拜。

林悠立刻就扯了莊明達的衣袖，莊明達立時擺手。「好好，快省了吧，謝謝妳的好意，下次有什麼直接說就成了，不用拜，咱一家人不用那麼費勁的。」

他依舊大嗓門的言語，帶著他那股子渾勁，登時把陳氏同林昌整了個面面相覷，顯然大半年的，他們還沒適應這位姑爺的「特立獨行」。

畢竟在這個世道，行禮是很重要的大事，禮更是不可碰觸與逆轉的規矩，可這位姑爺竟然如此的不把禮當回事，兩人便無端端的想到了林悠何以能嫁給這位做妻，一時間竟是內心喟嘆連連。

而此時林熙已經捧了禮物遞送給了林悠。「四姊，蜀地盛產竹製品，這是一對竹編套了瓷胎的對酒盅，是個不起眼的小玩意兒，卻挺有趣的，送給妳和四姊夫，也是希望你們雙雙對對。」

林悠答應著接過，正說著感謝的話，身邊的莊二爺就一把把匣子拿了過去，直接當著林熙的面把那對小小的酒杯拿了出來，打量端詳一番後說道：「這小玩意兒挺有意思的。」

林悠紅著臉，頗有些尷尬的看向林熙，林熙卻只是笑笑，並不介意，畢竟她已清楚莊明達的性子，為這人的真性情與率真而行的舉動生氣，那才是最沒意思的。

「都見過了，就快坐下來聊一陣子吧，你們先前已經見過了祖母，她既然說了晚上大家一起用飯，弄場家宴，那你們就務必得留在這裡。」林昌說著看向林馨。「馨兒，我遣個人去杜家府上打聲招呼，待秋碩一回來就請他過來吧！」

林馨聞言起身應了一聲，林昌便招呼著外面的人傳話，叫管家指派人過去了，繼而大家坐在一處言語。不多時，長桓長佩長宇也都趕了過來，繼而林嵐也到了。

一家人圍坐在一起，看起來其樂融融的，卻都是問著些最近如何的場面話，那莊家二爺把玩著酒盅，聽了那麼幾句就扯著嗓門言語起來。「大舅子，聽說你們翰林院裡有個叫雷敬之的人最近很是得運啊！」

長桓一頓點了頭。「是，他入院這半個月來，皇上召見過他兩次。」
莊明達立時起身。「欸，知道是什麼事召他不？」
長桓搖頭。「四妹夫快別逗我了，我不過一個小小的散館而已，如何知道內情？何況那可是皇上的召見啊，怕是我們翰林院的大學士也沒幾個知道內情的。」他說著看了眼林昌，畢竟父親的地位已然上升，在翰林院裡，他現在也算中層，再不是下層了。
「是啊！」林昌應聲附和。
莊明達卻臉有得色。「你們不知道啊？我知道！」
林悠聞言立時抬手去扯夫婿的衣袖，她很清楚自己的丈夫為這種口舌的事可沒少挨公爹訓，回回她這個做人媳婦的，也得陪著受罰，所以眼見莊明達又要沒遮沒攔的言語，自是要提醒一下的。
莊明達直接回頭看向了她。「扯我幹啥？妳要講？」
林悠立時僵直在那裡，悻悻地說道：「沒，我才不講呢，只是你又說這些，我們姊姊妹妹的在這裡，誰稀罕聽這個。」
「不稀罕聽，妳們姊妹幾個就湊一邊玩去啊，我和他們講！」說著轉頭看向林昌。「老丈人，您是想聽的吧？」
林昌乾笑了一下。「你講我就聽，不過，還是叫我岳父吧，老丈人的，我也沒那麼老。」

莊明達點點頭。「好，岳父要聽，我就講，妳們要不聽，那就一邊去唄！」眼見這當姑爺的真把自己當這府裡的爺，一通指手畫腳的攆人樣，陳氏無奈的嘆了口氣，招呼著幾個姑娘全都去了側面的耳房裡言語，留下他們幾個講那個什麼雷敬之的事去了。

「娘，對不起，讓您難堪了。」一進了耳房，林悠便是滿臉歉色。

陳氏伸手拍了她的肩頭。「傻丫頭，我可是妳娘，我不幫著妳還怎麼辦？姑爺就那性子，我早知的。只是這人很有名嗎？怎麼打你們一進府，這就提到他幾回了？」

林悠聞言一頓，無奈地嘆了口氣。「能不提嘛？整個景陽侯府日日裡都在提這個人呢！」

雖然之前林悠在制止莊明達四處八卦上很賣力，但那畢竟是場面上的事，如今面對自己母親的問話，覺悟便高不到哪裡去，這才答了一句話，陳氏自是好奇的問著為什麼，於是正房裡是莊明達衝幾個爺們言語，林悠卻是在耳房裡講給她們知曉了。

「其實要說這雷敬之最初是個什麼人，我本是不知道的，可終日裡他們提個沒完，現在也就知曉了個大概，說是從這次春闈裡冒出來的，是二甲的第四名，也參加了朝考成了庶起士，在翰林裡做那散館的。」

「原來和大哥一樣。」林馨聞言輕聲言語了一句。

「說一樣也不一樣的！」林悠搖頭。「咱們大哥可沒得皇上召見過，他便是兩回，頭一回是成為散館的當日，皇上召見了去，第二回便是七天後。」

「只怕他是什麼名門之後，皇上關照吧？」陳氏說完自己又搖頭了。「可也沒聽說哪個世家姓雷啊。再有，召見兩次這倒有點奇了，欸，是為什麼召見？」陳氏的好奇心因自己念叨了兩句也上來了。

「沒什麼世家身分的，他被召見的當天，侯府裡就去查他底子了。第二日我那公爹就摸問出來，說召見和他的家世無關，而是那人在朝考時所做的奏議上，長篇大論了一番什麼關於戶部的什麼治理改革啥的，總之那東西讓大臣們很震驚，本欲壓下的，豈料皇上偏偏那日調了全部卷宗翻看，結果把他點成了庶起士，而後就召見了他。至於七日後的再召見，聽我那位說，那是回摺子去了。」林悠一副完全沒興致的模樣提了個大概。

陳氏立時也覺得這沒什麼可說的，便嘟囔道：「我還以為是什麼大的來頭呢！喊，原是這麼個事，嘶，老爺怎麼會不知道呢？」

林嵐此時開了口。「爹爹雖在翰林，但到底不是大學士，未有審閱朝考所答的資格，想來是因此而不得內情。」

陳氏言語道：「也是，倒是我糊塗了，竟忘了悠兒是嫁去的景陽侯府，這種事人家怎麼會挖不出來內情呢？也怪不得妳得提著妳那姑爺叫他少說呢！怕是妳那公爹也對他招呼了，叫少說的吧！」

林悠立時點頭。「可不是，這好歹也是內情，他卻當沒事一樣的到處說！侯門裡挖消息雖然容易，但誰似他這般到處咧咧呢！」林悠說著一臉無奈之態，眉眼裡卻難免閃著一絲得意，畢竟這些東西，不是誰都能挖掘到的。

林馨卻一眨眼的忽然言語起來。「其實這個姓雷的，也不是太沒身分的人，我公爹前日裡倒和我家那位言語過一次，說要他在眼界上得向這位學，彼時我那位問起，公爹說過這個姓雷的可是拜在太傅名下的。」

「太傅？」林悠詫異地挑眉。「有這棵大樹的，怎麼沒人知道？」

「那我不清楚了。」林馨說著低了聲音。「我素來對這些沒什麼興趣，若不是聽了這麼一句也不知的。」

一時間屋內幾個女人對眼之後，便對這個話題索然無味了，陳氏見狀便衝林悠問了一句。「妳那姑爺提起他來興致頗高，可有什麼緣故？」

林悠臉上一紅不好意思的笑了。「明達與這人有一絲緣，撞上了他的一齣……事。」

「哦？」立時大家的興趣來了，個個望著她。

林悠起身去門口上瞧看了一眼，見無人才轉了回來，與大家湊得近些，壓低了聲音說道：「朝考結果還沒下來的那陣子，我家那位成日的出去遛達，結果在貓眼胡同撞見了一齣熱鬧，是一對母女紮巾揹囊的堵著一扇門，使勁的哭罵，說著那人如何的忘恩負義，說著那人是如何的不守婚約，更說著為了來尋他，女子的爹還在路上得病死了。彼時許多人湊了熱鬧在那裡起鬨，說著如此背信棄義的人如何做那孝廉種種，只喊得那門裡人，挨不住的跑了出來大聲爭辯，控訴著明明是那女方家嫌他窮酸，毀約在前，結果他寒窗苦讀高中了，這一家人便不要臉的奔來京城尋找，結果得知他還參加了朝考，竟是堵門來鬧了。」

林馨立時咧嘴。「天哪，這些人也太不要臉了。」

林熙也是點頭。「這分明就是拿人名聲作脅嘛！」

「可不是？」林悠挑眉。「我家那位的性子你們都是知曉的，他是個直咧咧的，最好多管閒事，一旁聽了便是冒火，抬手拿鞭子連抽帶罵的就把那對母女給打走了。而後那姓雷的感謝我家爺請他喝茶，我家那個非說要喝酒，結果兩人喝了個酩酊大醉的回來，第二日上竟還約著一起赴什麼會呢。到了第三日朝考的結果就出來了，當天我公爹就提起了這個雷敬之，結果明達一聽可樂了，起勁的說著這事，我們才知曉，害得公爹立刻去查摸人家家世。」

「這麼說來，便是四姊夫和這人相識於危難，困難時助力了一把，如今他得光了，四姊夫也覺得自己幫對了人，怪不得他那麼高興呢，只怕是要我們知道他們的親近吧！」林嵐此時開口言語，臉上還掛著笑。

林悠聞言不悅地看了她一眼說道：「他倒沒覺得幫對人，便值得如此高興的，只覺得雷敬之成了庶起士，肯定會把那對不知好歹的母女給氣個半死！這人啊，貪心不足，日後便只能作繭自縛，誰叫她們當初那麼不知好歹呢！」

林悠話中有話，屋裡的人誰聽不出來呢？

陳氏知道林悠是為自己出頭，可是今日裡不是計較的時候，是以她拉了一把林悠的衣袖說道：「好了，別人家的事咱們聽完也就算了，不過回去了，還是囑咐妳這姑爺嘴上把個門，這事雖說鬧出來了人人知道，可也不是能總掛在嘴上的，知道的當妳為他不平，不知道的還以為妳在黑了他！」

林悠聞言點了頭應聲，一時間房內再度安靜下來，陳氏看著四個姑娘在自己跟前拘謹的樣子，嘆了口氣。「得了，妳們自在的各自說話去吧，用不著在我這裡杵著！」

立時林悠來了興致，湊去了林熙身邊拉著她言語，而林馨則和林嵐也湊到了一起，陳氏便搖著頭出去了。

陳氏一走，四個姑娘也不可能湊在一起言語，林悠當即開口。「七妹妹，我去妳院裡坐坐吧！」

那邊林嵐衝林馨也開了口。「三姊姊要不要去我那裡待一下？」

立時四個姑娘分了兩路，都出了正房的院落。

「四姊姊，妳在那邊如何？我這姊夫如何？」一到了碩人居，林熙打發了冬梅和花嬤嬤自便，自己拉著林悠入屋言語。

林悠臉上泛著一絲薄薄的粉色。「他這人，還是不錯的，雖然少不得總被公爹婆母的念叨，但所幸是護著我的。至於那邊的日子嘛，談不上好，也談不上壞，反正他也總少不了惹事，回回我同他一起挨了罰，轉頭他就對我挺好，想著自己受的罪呢，倒也值得。」

「什麼？你們還一起受罰？」林熙聽來詫異，雖說夫妻同心，有些事上少不得牽連，但林悠這話聽起來，完全就是只要莊明達受罰她就得跟著了。「妳婆家的人真心在為難妳嗎？」

「為難不為難的我不知道，反正我處處和他一道，要受罪一起受，要吃好的一起吃，他現在倒是挺顧念著我的，時常還會給我買些好吃的呢！」

「這樣啊，那看來妳倒是真格的把他給圍住了。」林熙笑了起來，她能感覺到林悠話語裡透著的一絲幸福。「四姊姊好本事！」

「還是嬤嬤給我出的主意呢！妳們走的時候，她就給我捎了一句話，叫我務必和我那位一心同氣，有苦同吃，有罪同受，還說如此，就算日後起了風浪，婆家為難，我也可苦中作樂，終得幸福。如今想想，還真是如此……妳知道嗎？我嫁過去的第二日，我婆母就做規矩的為難我來著，我那天可是捧茶跪了足有一刻鐘呢，她絮絮叨叨的說了許久才喝了茶，我死咬著不出聲，也不抱怨，但其實我心裡真的不痛快，那時他就在我跟前，竟然也不幫襯一句。可是那天下午，他闖了禍，遭我那公爹提著家法攆了半個院子，最後罰跪在院裡，我記著嬤嬤的話，自己去了邊上陪跪，他還問我這是做什麼？」

「妳怎麼說的？」

「我就說，夫妻同心，有福同享有難同當唄！」

「那我姊夫他……」

林悠彎起了眉眼，捂嘴先笑了一氣才言語。「他伸手拍我肩，說我是好兄弟夠義氣！」

「噗哧！」林熙沒忍住直接笑出了聲，她腦海裡完全就冒出了一個活生生的畫面，她能想到當時的林悠有多窘。

「我當時差點沒叫他這話給噎死，只能和他說，我不是你兄弟，我是你妻子。他倒認真起來了，扯了我的手，同我說……」林悠的臉登時紅撲撲的。「日後有我一日吃肉，絕不叫妳喝湯，這輩子咱們都一道！」

林熙聽得心中發暖，衝著林悠笑。「姊夫能這般應承，日後定是做得到的，我瞧他性子真，沒半點假，四姊姊妳這也算歪打正著了！如今他心裡有妳，也不枉妳當初那番要死要活的拚了過去！」

「去！」林悠嗔怪的立時搡了林熙一把。「少來寒磣我！」說完眼睛眨眨看著林熙小聲言語。「昔日我以為我是跳進了火坑，自作孽自得受著，可一轉眼我卻也算過得，而妳……」

林熙立時淡笑。「今日不知明日事，我何必為明日發愁呢？何況妳也算過來的人，總是知道看到的未必就是真的，我這姊夫不就挺好的嘛。至於謝家……我至少衣食無憂不是嗎？」她清清淡淡地說著，可腦海裡卻飄過他的那雙眼眸，心中不免輕問——他現在可好嗎？

「對了，我見到那個人了。」林悠忽然想起了什麼，抓了林熙言語。

「什麼那個人？」林熙被「那個人」這三字給弄了個懵。

林悠立時拉了林熙，與她直接咬起了耳朵。

「什麼？真的假的？」林熙聽得耳中一陣嘀咕，便驚駭的望著林悠。

「我能哄妳嗎？那是我親眼瞧見的，他們兩個還嘴對嘴的餵酒呢，哎呀，想起都噁心！」林悠說著一臉的厭惡。「三姑娘說給杜家的時候我就納悶，後來娘不是說杜家小五爺有隱疾嘛，我也以為就是那樣了。可一個月前，明達帶著我去骨香閣吃醬肘，結果我就從樓上看到了他們兩個……唉，要不是礙著明達在身邊，叫知道了會臊著我的臉，我必當上去質問的。」

林熙扯了林悠的衣袖。「千萬別問，更別與他人提起，不管怎樣三姊姊都是咱們林家的人，她若丟臉了，還不是咱們林家跟著丟臉？」

「我知道，所以這事我和誰都沒提，連咱娘我都沒給說，也就和妳才說了這麼一回。」

「那就好。」林熙吁出一口氣，這事她聽來也是詫異驚駭，但早先她便是思量過的，倒也算早有準備。只是她本以為這事上三姊夫或多或少會注意一些，卻萬萬沒想到竟那般大大咧咧的不知避諱，倒叫林悠給正好瞧見了不說，偏生還是兩人嘴巴湊在一起，想想那可怕的畫面，林悠當時能忍住，連她都覺得實在是太走運了。

「哎，妳說林馨她自己知道不？」

林熙看了林悠一眼。「這事她應該是知道的吧，畢竟他們是夫妻啊！」

林悠點點頭，卻又扯了林熙，一副憋壞了的樣子。「我和妳說，我橫豎都沒想明白，那男的有什麼好！除了皮膚粉白得跟水晶肘子似的，再沒別的什麼新鮮，妳說三姊夫這是發了什麼瘋，好好的女人不喜歡，怎麼就……」

林熙紅了臉。「我怎麼知道？」

姊妹兩個對眼之後，林悠無奈的撇嘴，林熙剛覺得終於可以不用再說這個叫人噁心的話題時，林悠竟然轉頭衝她神神秘秘的問道：「妳說他們男人和男人的怎麼那個啊！」

林熙立時傻在那裡，好半天後才無奈的言語道：「四姊姊，我今年才十歲，妳問的我聽不懂，那是什麼意思啊？」

立時林悠的臉紅了，極不自在的擺擺手，又伸手摸了摸肚子。「那個，我餓了，我們去找點吃的吧！」

林熙知她轉移話題，便立即順了這話拉著她去了小灶，打算看看可有什麼吃的，結果一進去，就看到了擺在灶臺上的鴨方，林悠那眼尖的，立時湊上去。「這是什麼？挺香的。」

林熙只得告訴她是鴨方，是董廚娘今早才做的，結果等到林悠吃了一個後，她就一臉讚嘆了起來。

「七妹妹，妳可真是好福氣，有個葉嬤嬤教養妳不說，還有個董廚娘為妳做吃食，怪不得妳吃什麼都不急不躁呢，敢情好的全叫妳吃了。我和妳說，這鴨方的味道可不比宮裡的差呢！」

「宮裡？」林熙聞言笑了起來。「姊姊誇人也別說得離譜了，竟敢拿宮裡的比，一副妳好像吃過宮裡的東西一般。」

林悠立時昂頭。「我可真吃過！」說著一臉得瑟。「我成親那日，宮裡的莊貴妃叫人送了禮來，其中就有御膳房裡賜下來的八道菜，說是都是皇上最愛的菜式呢。我便得了機會和明達每樣都吃了一口，那味道真是好得沒話說，我真正的是服氣了的。可今兒個一吃妳這道，嘖嘖……」她立時抓了林熙的耳朵，在她耳邊言語。「那真是有過之而無不及，妳太有口福了！」

林熙聞言笑了笑，沒去說什麼，關於廚娘董氏的身分，其實她早先也是盤算過的，雖然不知道這人是宮裡出來的，但看她和葉嬷嬷的親近程度，便也思想著離不了多遠，如今看來倒也算猜中了。但忽地她心裡猛然一顫，意識到有點不對，急忙問道：「難道妳那日吃的八個菜裡也有這道壽形鴨方？」

「又不是過壽，哪裡就壽形了？盤正中那日豎著是一個冬瓜雕的娃娃，喚作福形鴨方的，我聽公爹說，御膳房的人都言語了的，那八個菜可都是皇上最喜歡的呢！」

林熙立時心中隱隱約約的覺察出一些不對來。

這是怎麼回事？董廚娘要教自己大菜鎮場子雖然有道理，但既然是皇上喜歡的菜式，她怎敢隨意教我？若是被人知曉了，豈不是有不敬之嫌？她和葉嬷嬷都是老人精了，怎麼可能這些門道都拎不清呢？

林熙心中立時惴惴不安，便思量著回頭一定要找葉嬤嬤去問上一問。

「母親大人可有為妳張羅親事？」林馨端著茶一邊喝著一邊問著。

林嵐一臉無奈的苦色。「三姊姊又不是不知道我在家中的日子，太太幾時能想起我的？」

林馨抽了下嘴角。「可能她在物色吧！」

林嵐嘆了口氣。「物色又能物色個怎樣的？我不比她們是嫡女親生，自小得寵，也不比三姊姊妳乖順守靜的時來運轉，我只知道我娘不遭待見，我也被她們總是冷著晾著。」她說著嘴巴已經撇起，眼睛眨巴了幾下，淚就落了下來。

林馨見狀立刻放了茶，摸了帕子過去給她擦。「別這樣，六妹妹聽我一句勸，看開點吧！咱們是庶出的，比不上人家嫡出的，時來運轉這東西也不過是自欺欺人罷了！我給妳一句掏心窩子的話，還是實實在在的尋個忠厚老實的嫁了才好啊！」

林嵐一頓，張口便言。「三姊姊也覺得我是貪心了嗎？」

林馨立時自己的眼圈就紅了。「我怎麼會那麼想，只是……只是咱們到底是庶出的，一味的想著高嫁，便只能做妾了，似我這般賭運的高嫁做了正室的，看著是好是風光了，可內裡的苦誰知道呢？我現在是真的騎虎難下，總算知道這打腫臉充胖子的苦了！」

林嵐轉了眼珠子。「三姊姊妳受欺負了？杜家的人莫非……」

「不！」林馨急忙擺手否認，隨即低了頭。「他們沒有待我不好，可是……唉！」她嘆了口氣沒在這事上多說，而是看著林嵐說道：「原先我思量著托了妳姊夫的光去為妳也看看有沒有合適的，可如今，我卻覺得還是安分些的好。若當初我不是一時氣衝了腦，沒口子的咬牙應了，現在我應該是嫁了個小富即安的家門過著相夫教子的日子，何至於現在掛著一個少奶奶的名頭，過著那尼姑庵裡的日子。」

林嵐聞言正要言語，忽而外面有了丫頭的聲音傳來，竟是說著杜家小五爺來了，林馨自是得去二門上迎著，當下便和林嵐匆匆地說道：「六妹妹，聽姊姊一句真心話，做人得知足，千萬別跟我似的，一股子衝動毀了自己啊！」說完便急急地出屋迎去了。

而她一走，林嵐臉上那種迷茫委屈的神色便消失得乾乾淨淨，她立在窗前看著林馨的背影，口中低聲喃語。「沒出息的傢伙，妳以為我和妳一樣嗎？叫我知足？呸！我才不要低人一等！」說著她挑了簾子出去，卻並不是往正房去，反而拐去了隔壁珍姨娘的院落裡。

珍姨娘這會兒正半躺在院子裡的躺椅上，手裡拿著個繡繃子在繡花呢，眼見女兒過來了，倒是詫異起來。「這會兒的妳怎麼來了？幾個姑娘姑爺的不都來了，正是妳和他們親近的時候啊！」

「親近他們不過是浪費時間罷了，有林悠在，莊家不會幫我，原本我指望著杜家那個小五爺，可這會兒林馨自己都跑來勸我要我知足，我還能指望她為我張羅嗎？」林嵐到了香珍跟前便是一串的言語。「有那工夫，我還不如自己好生尋摸個一二！」

「妳？」香珍丟了繡綳子，坐直了身子。「妳一個姑娘家的大門不出，二門不邁的，妳能張羅啥？還是好生忍忍，跟著太太四處看看，我再給妳爹敲打幾句……」

「娘，您叫爹幫我打聽打聽一個叫雷敬之的人吧！」

第三十八章 較量

三姑爺一到，兩屋的絮叨也算做了了結，大家復又在一處說了陣子，其他三個姑娘便相繼到了，又敘了陣子後，陳氏請來了林賈氏，大家便在正房院落的小廳裡，聚齊準備開餐了。

「老爺，大爺那邊來的家書！」

管家捧了信箋在外招呼，林昌立時出去拿。

林賈氏看了陳氏一眼，口中輕喃。「日子差不多。」

陳氏已知大嫂子老來福的事，自然是明白老太太說的是什麼，立時笑言。「但願是個大胖小子！」

很快林昌捧了信進來遞給了林賈氏，林賈氏當即拆開來後瞧了一遍，合上言語起來。

「大房這邊一個月前得了個閨女，母女均安。」

一時間屋內都是笑嘻嘻的表示喜事的聲音，以至於這席間事，就少不得要提及孕事，這兩個已出閣的閨女，自然落在了林昌的眼裡。

「三姑娘成親的日子也不算短了，妳祖母也費心給妳調配了不少藥，妳和姑爺這事上還得上上心，妳那婆家是極好，不催不惱的，可妳不能就不當事了，開枝散葉這在什麼時候都是大事，知道嗎？」林昌衝著林馨一番言語，偏頭就看向了杜秋碩，卻和他什麼也沒說，只是點頭笑了笑，立時弄得這杜秋碩有些悻悻的乾笑了一下，低頭不語。

林昌復又看向林悠，立時林悠就已經紅著臉低頭了，她那樣子落在一旁莊明達的眼裡，莊明達直接就開口了。「哎，妳不好意思啥，咱們才成親三個月，誰也催不到妳！」

林悠頓時呆滯的望著莊明達，而林昌嘴巴空張了張也不好說什麼了。

當下林賈氏一個咳嗽，接了話頭說道：「行了，你就別操心她們兩個了，嫁出去的姑娘潑出去的水，你還能替人家夫家守著姑娘不成？你有那心，還是這兩日同太太收拾出個院落來吧，算算時間，選秀差不多就是這兩天了，等裡面結果下了，橫豎人都要在咱府上住個三天的，若要得中了，那規矩可就不同了，你得備好！」

林昌立刻接了話。「是，兒子知道了。」

「欸，林府上有人要參加選秀的嗎？」莊明達聞言立時好奇的插了進來。

林昌回頭答了他。「是我大哥的女兒。」

莊明達一副瞭解的表情沒再言語什麼，大家便在林賈氏的招呼下，觥籌交錯起來。吃了幾盞酒，沒遮沒攔的莊明達，毫不客氣地衝著林昌比劃著想要划拳爭酒，林昌一頓後倒也應了，兩人立時你來我往，一邊的杜秋碩則蹙眉冷眼斜看著他們這般。

林熙此時已經用得差不多了，便不時的眼掃幾人，立時把他們的表情收入眼中，無端端的倒有些羨慕四姊夫莊明達的恣意起來。

可是很快她不羨慕了，她想起了自己和他的差別，且不說一個是爺們一個是姑娘，活著的規矩、交際的圈子不同，只一個家門背景，她便無法真正能恣意了，誰讓林家到底不算權貴，沒什麼大靠山可撐著呢。

胡思亂想的她眼掃到了林嵐，卻看到她的心不在焉，那筷子扒拉著飯菜入口，卻回回都撥了空，而她猶不自察，顯然思量著什麼事。

莊明達同林昌划拳三手，林昌全輸了，老爺子的臉上已經顯出了不悅來，悻悻地往口裡倒酒，還不忘著喊再來，而莊明達卻很是得色，叫囂著「您還得輸！」，一點都沒客氣，只把在場的人都弄得有些不好言語，那林悠更是幾番在旁勸著差不多就成了，可莊明達直接就無視了她的言語。

就在這叫人有些尷尬的當口，林熙放下了碗筷想要解圍，林嵐卻突然言語起來。「四姊夫好本事，只是這酒令行比的，總是你們兩個卻沒意思了，不如還是我大哥同三姊夫行比幾手，大家都熱鬧熱鬧。」

莊明達聞言立時看向這二位，這二位則知是解圍，索性客氣的比了四手，卻是你來我往打了個平手，而後兩人恭維幾句後，也沒鬧著非要爭個輸贏，便樂呵呵的都坐下了。

瞧看的莊明達，起先很有興頭，眼見兩人就這麼和了，不免撇嘴。「你們不比了？」

杜秋碩和長桓對視一眼，搖頭輕笑。「喝了兩盅頭暈，不比了。」

「是啊，這本就是熱鬧而已，又不是較技，何必非得分個輸贏呢？有些事大可不必的！」他說著舉箸挾菜，十分的安然。

莊明達一臉困惑的看看你又看看他，最後似是自喃，卻也聲音不小的言語起來。「你們是真不在乎輸贏，還是假不在乎啊？」

立時桌上剛剛構建起來的和諧氣氛再次化為烏有，眼望著大家的尷尬，林悠急得都快哭了，她一把扯了莊明達的衣袖。「你就不能少說兩句啊！」

莊明達梗著脖子瞧望她。「嘿，我說話都不成了嗎？」

「是啊，四姊姊，妳就別怪四姊夫了，他性子耿直我們大家都是清楚的，不會與之計較，妳這樣喝他，倒叫四姊夫在我們這些親戚前丟臉了。」林嵐以勸為油澆了上去。

登時莊明達便覺得自己是委屈的那一方，大嗓門高亢了許多。「就是，你們不喜歡比就直說不喜歡比，怕輸就直接認輸不就完了嘛，做什麼假模假樣的過場！」說完便起身離席。「我不吃了，我回府了！」當下也不管林悠，自個兒耍著威風出廳走了。

林悠此時一臉的難堪，她忿忿地瞪了林嵐一眼，匆匆起身向林昌與陳氏賠了不是，便只能趕緊的追了莊明達去了。這好好的家宴吃到這個分兒上，立時便有些尷尬了。

林昌拉了臉，幾乎摔了筷子，這當女婿的贏了老丈人不給臉就算了，這會兒還離席甩手就走，讓他這個岳父的臉往哪兒擱？

杜秋碩此時鼻子裡冷哼了一聲，直接看向了長桓。「大舅子，今年重陽我給你整上十來隻大閘蟹來，那時你可得好好叫人烹製了給我岳父去去火！」

螃蟹去火，誰聽說過？可話中的意思卻是清楚明白，當即長桓不好意思的笑了下，接也不是，不接也不是。

林昌倒是一拍桌。「賢婿說得好，這傢伙完全就是個……」

「咳咳」林賈氏一聲乾咳，林昌立時就矮下去了，林賈氏嘆了口氣。「罷了，天色也不早了，馨兒妳快陪著妳夫婿回去吧！」

杜秋碩面上一紅，立時和林馨起身告辭。

他們前腳走，後腳林賈氏就瞪向了林昌。「你這岳父做得可真威風！一家人聚在一起，和睦為上，謙讓有度，你不就輸幾手嘛，輸不起你何必對上？小的不知規矩，你個老的還不知了？」她說著轉頭又看向林嵐。「就妳會勸會護著妳爹是不是？橫豎怕別人不知道妳的孝敬？瞧妳都說了些什麼，妳四姊姊原本和妳四姊夫和睦融融的，因著妳的話一挑唆這就對上了，妳平日的聰慧都哪裡去了？乖巧呢？這才半年沒見妳，倒是膽子大了許多啊！」

林嵐聞言立時起身跪在了凳子旁，一副乖乖接受訓斥的模樣。

林賈氏掃了她一眼後，起了身。「常嬤嬤，我們回去吧！」

當下林賈氏扶著常嬤嬤離開，陳氏立時追著去送，屋內幾人都你瞧我、我瞧你的不敢言語，而林昌則走到了林嵐身邊伸手拉起她來，什麼也沒說的只把她的雙肩輕攬拍打，顯然一副相護之意，而林嵐立時抱著林昌的腰身，抽泣起來，委實一副委屈樣。

林熙看著林昌與林嵐的親近，心中生出一抹厭惡來，一股子憋氣堵在心頭，她起了身對著林昌同林嵐一個福身，繼而言語。「爹爹，女兒有一事不明，想同您請教。」

林昌一愣。「這兒問嗎？是什麼？」

「先請爹爹告訴熙兒，和對與錯對應的是什麼？」

林昌脫口而出。「賞與罰啊！」

林熙抬頭眼望著林昌。「如此的話，熙兒有問——今日的事並非無錯，也非無對，四姊在爹爹難堪時出來相護解圍，大哥和三姊夫立刻對手為您鋪階，這都是對，爹爹是不是該賞？」

林昌錯愕的看著林熙，人卻是點頭。「是，是該賞的。」

「可我覺得不該！四姊姊和大哥是您的子女，三姊夫是您的女婿，他們都是晚輩，孝敬解圍是理所當然的，對理所當然並且應該做好的分內事再賞，這是不是過了？有些多此一舉？」

林昌一臉不解的看著林熙點了點頭。「是這樣沒錯，應該應分自不必再賞。」

「那熙兒再請教爹爹，家中子女若有了錯，爹爹是不是該罰呢？」

「這是當然啊，子不教父之過的嘛！」

林熙當即雙膝往地上一跪。「那請父親持家法責罰我與六姊姊吧！」

林昌懵了，林嵐則是盯向了林熙，長桓一愣後，卻點了點頭。

「好好的，我為何要罰妳們？」林昌立時挑眉。

林熙卻已抬頭直言。「今日爹爹與四姊夫行令，不過是圖個熱鬧，四姊夫直性不懂謙讓，言語有些衝撞，四姊姊已經出言來勸，人家夫妻兩人言語，六姊姊卻去插言，實在有些失禮，這為一錯；二來勸言為和不為爭，要兩頭一起抹，六姊姊去打自家姊姊的嘴巴抬了四姊夫一人，導致他二人嫌隙生氣，家有不和，這便是壞了人家的和睦，至親姊妹因她口舌生事，而有煩惱，這便是第二錯；至於第三錯，便是六姊姊的錯不知錯，明明是一件小事，因她言語挑唆，致使事情變得如此難堪，全家顏面盡失，祖母氣惱責罵，她卻毫不知錯，在爹爹您憐她時，一味哭泣做那委屈之態，恍若錯不在己，如此錯上加錯，怎能姑息？」

「七妹妹，妳……」林嵐立時言語，可話沒說完就被林熙給打斷了。

「六姊姊稍安勿躁，妹妹的話還沒說完。」她說著再看林昌。「爹爹，熙兒剛才說的是六姊姊的錯，可熙兒也有錯。一來，爹爹難堪時，女兒未能出面勸言鋪階，這是我的錯；二來，出了事後，我出言狀告六姊姊的錯，也有與至親生事之嫌，是為不睦。故而以此，我求爹爹親執家法懲罰我與六姊姊，只希望今日之事能給我們兩個一個教訓，好叫一家和睦，免得再這般錯而不知，藏污納垢！」

林熙這般說完，立時就把腦袋磕去了地上，林嵐見狀面有隱怒，卻立在林昌身邊未動。

此時陳氏走了進來，張口便言。「嵐兒，妳這般自持相對，莫非妳覺得妳七妹妹說得不對？」

她回來時，就聽到林熙指錯，立時明白熙兒所為之意，便在屋外未進，眼見熙兒都磕起頭來，林嵐還抱著林昌的腰身作那態度，當即入屋斥責。

林嵐立時鬆了林昌的腰身跪地。「七妹妹斥我錯，我自是不敢反駁，可是，我並非有心的，我哪知道四姊夫那性子會……」

「妳不知道？」陳氏一個冷哼。「方才那話妳是怎麼說的？哦，『四姊姊，妳就別怪四姊夫了，他性子耿直我們大家都是清楚的，不會與之計較……』妳分明是知道他什麼性子的！」

林嵐聞言還要爭辯，陳氏卻是揚聲。「桓兒，去，請了家法來給你爹！」

長桓立時答應著去了。

陳氏一轉頭衝一言不發的林昌說道：「子不教父之過，老爺說得清楚明白，今日管教的事，我們就不插手了。」說完一轉身招呼了餘下的哥兒們便告退了出去。

很快長桓捧了家法回到了廳裡，就看到這廳裡只剩下林昌同兩個妹妹，立時明白母親退走免招是非的心思，當下把家法遞送到父親手裡，有樣學樣的退了出去。

林昌捏著家法看著兩個跪地的女兒，有些遲疑。

熙兒的話說得沒錯，陳述之後怎麼看嵐兒都是有錯的，可是要他動手來打兩個女兒，他卻有些下不去手。

林熙知道自己爹爹那憐香惜玉的性子，可若是不讓爹爹動手，難免林嵐生事之後還得了乖巧，故而她見遲遲無有動作，自己便開了口。「爹爹厚愛我與六姊姊便有所不捨，但寵溺為害，我想爹爹也不希望我們家中再有人，重蹈大姊的覆轍吧！所以我們有錯，更應當罰，還請爹爹執罰！我與姊姊都有口舌生事之錯，依著家法各該掌手十下！」她說著伸出了自己的手。

林昌雖然不捨，但聽到那句寵溺為害時，已經意識到自己該動手，而聽到林熙提到了林可，立時意識到規矩的重要，當下也不再心疼不捨了，而是乾咳一聲，壓低了嗓音說道：「不錯，我不能看著妳們重蹈覆轍，今日的錯，嵐兒多一些，熙兒不過是提出了妳的錯，就算有些違和，需要同罰，卻也得分個差別，嵐兒掌十下，熙兒掌三下！」

當下他說著執了家法分別打了兩個姑娘的手心，林嵐一聲不吭，死咬著受了，林熙卻學起了長桓，每打一下就叫一聲好，倒叫林昌心裡那點顫巍巍的憐惜立時消散，橫豎覺得是自己打對了。

「六姊姊出言傷了四姊姊與四姊夫的親近，我告狀傷了我和她的和氣，這個依著家法我和四姊姊也得各挨十下！」打完了一輪林熙繼續言語，這會兒林昌一點也沒遲疑了，當即表態。「不錯，該打，不過依舊是妳為她好，熙兒，三下，嵐兒十下！」

如此這般，待到林熙把處罰講述完了，她一共挨了九下，林嵐卻足足挨了三十下，恨得她幾次盯向林熙。

林熙不但坦然受之，更迎著她言語。「六姊姊，熙兒今日狀告了妳，是為我們林家著想，但我的確是冒犯了妳，若是姊姊不快，妹妹願受姊姊罰！」說著把手又伸給了林嵐。

林嵐心裡委實窩火，卻偏偏只能忍著，畢竟林昌在此，她橫豎都不願壞了自己在林昌心中的形象，自然與她輕道：「七妹妹這話重了，我又不是與妳相惡的人，怎生會怪妳？」

「六姊姊能這麼想就最好了，我還怕六姊姊會因為我告狀而惱了我呢，倒是我小心眼了。六姊姊，妹妹今日開口告狀，雖有不對，卻也是真心為妳好啊！」

林嵐眼見林熙的一臉真誠，悻悻的笑了一下沒再言語。

林熙便轉頭看向林昌。「熙兒謝爹爹教誨！」

見林熙如此言語，林嵐只能悻悻的跟著。

林昌立時昂了下巴，覺得找到了當爹的感覺，嚴厲地斥責兩人幾句，便打發了她們回去，自己拎著家法回到了正房裡。

此時陳氏在炕頭上坐著，面前的小几上擺放著幾張紙條，見他進來立刻起身來迎。「可罰了？」

「罰了，按錯的程度罰的，熙兒挨了九下，嵐兒嘛，哎，三十下。」不算不覺得多，這麼一說，他又心疼了。

陳氏聞言眼睛一眨說道：「如此，熙兒挨少了，可要我再去補她二十一下，也好姊妹一樣多？」

「這是什麼話，誰的錯挨多少，哪裡還有這種一樣多的說法？」挑戰他的決定，林昌立時不滿。

陳氏點點頭。「老爺說得沒錯，可我怕老爺會因此覺得虧了嵐兒，又想法子補償於她，那錯了的罰便無意義不說，熙兒和我只怕還落了惡名。」

林昌聞言臉上一紅，隨即擺手表態。「不會不會，這是我罰的，賴不著妳們！」說著眼掃那小几立刻岔開了話題。「欸，妳這是弄什麼呢？」

「在給嵐兒挑夫家。」陳氏說著坐回了炕頭上，把桌上九張紙條一一擺弄後說道：「這一年裡我一面給悠兒置辦嫁妝，也一面物色著各家的人選，知道你疼她，喏，我足足挑了九家出來給你瞧看。這三個是門當戶對的，庶嫁庶，誰也欺不著誰；這三個是家世上比咱們都欠著些的，但都是嫡出的，嵐兒嫁過去倒能正了身；這三個嘛，比咱們家門庭高，最高的也算近著權貴了，只是到底嵐兒是個庶出的，人家這三個沒病沒災的也不會要娶一個庶出的，故而你也得有些準備，一個是填房，一個是為側室，還有一個是正妻，不過……有一身爛賭的毛病，我不樂意，想來你也不希望如此，遭香珍埋怨吧！」

林昌聞言把幾張紙條拿起來一一瞧看了一遍，立時把那側室和爛賭的給去了，而後說道：「這幾日我去打聽一下看看，再瞅瞅吧！」

陳氏點頭，林昌卻又衝她言語。「妳說，她幾個姊姊都高嫁了，能不能從她們這邊看看，也給找個好的門楣？」

陳氏立時一個冷笑。「什麼叫好的門楣？似馨兒那樣嗎？外面人瞧著富貴風光，內地裡看著夫婿同他人在床，還是個男的？是悠兒那樣嗎？拚死拚活掙進去，夫婿卻是個愣頭青，連老丈人都不會哄，弄得一家人飯都吃不好嗎？」

林昌立時皺眉。「哎呀，妳就別剜酸我了嘛！」

陳氏撇了嘴。「那是熙兒那樣嗎？看著是入了謝家的門，一等一的權貴之家，可嫁過去，不是活寡是什麼？你告訴我，三椿高嫁，哪個是真正好的門楣了？」

林昌登時無言作答，而陳氏嘆了口氣後說道：「說實話，我心裡是不滿著香珍與嵐兒，但嵐兒畢竟是你的骨肉，是林家的臉面，所以你大可不必以為我要為難她的。我思前想後，覺得門當戶對的就是最好，她出嫁後日子安穩，衣食無憂的不就挺好？當然樂不樂意領我這個情的，便是隨你們了！」陳氏說著自己下了炕榻，去了內裡的床上休息，留下林昌一個對著剩下的七張紙條尋思去了。

林熙一回到了院子裡，花嬤嬤就湊了上來，這幫人別的不成耳朵最尖，早知道了廳裡的事，立時把人就扶回屋裡。

林熙不過是手上挨了九下，並非就像上次挨打那麼悲慘，是以她淡笑地說著沒事，一進屋就看到了葉嬤嬤坐在那裡，手中拿著個小碗調和著藥膏。

「太太叫人送來的，我幫著調和。」葉嬤嬤說著看了一眼花嬤嬤。「我和七姑娘有些話說，勞妳們避諱吧！」

花嬤嬤自是拉著丫頭出去了。

林熙一看人都出去了，自己就先低了頭。「嬤嬤，我是不是，衝動了？」
「痛快嗎？」葉嬤嬤答非所問。
林熙點點頭。
「後悔嗎？」
林熙搖搖頭。
葉嬤嬤笑了。「那妳還需要問我衝動與否嗎？」說著抓了林熙的手，一邊把藥往下抹一邊說道：「就是妳法子太笨，殺敵一千自損八百！」
「我只挨了九下。」
「自損就是三百，也還是笨！」
「嬤嬤的意思是我還有更好的辦法？」
「再好的辦法未必適合妳，只是妳既然要發力為何不能早一點？倘若妳祖母在，我保准妳不但挨不到一下，還倒能得了誇，而她連個話都說不出來！」葉嬤嬤說著給她揉勻了藥膏，拿了塊帕子給她包上。
「可那樣的話，她心裡定會不平，難免要尋我的麻煩，將來……」
「哈，妳以為妳這樣她就會心平了？她就不會找妳麻煩了？人要作惡，妳攔不住的，攔得住的，都是心裡無惡的！七姑娘啊，妳難道還要與虎謀皮、與狼談心不成？」
葉嬤嬤的話讓林熙嘆了一口氣。「在嬤嬤眼裡，六姑娘有那般凶險？到底我們也是一家……」

「是不是一家除了看血緣也得看心，人家把妳當敵人，妳還把人家當一家的話，那只能說明妳傻！我和妳說過的，咱們不害人，可不代表妳不防人，而防人，就莫小瞧了敵人！」葉嬤嬤說著衝林熙一笑。

「還有，以後妳沒有什麼把握，就蹲著別吭聲，就當自己是個與人無害的小娃娃，可一旦妳要發力妳要站出來，須得記住，妳是隻虎，餓虎！妳是一定要把對方置於死地的，千萬別留氣給人家來對妳報復，知道嗎？」

林熙咬著唇，點點頭。

葉嬤嬤吁了一口氣。「不動如山，動必封喉！」

「這算怎麼回事？」香珍看著林嵐腫脹的雙手，一臉激動。「不行，我得去找妳爹！」

「娘！您就別添亂了！」林嵐蹙眉咬牙。「這是爹打的，您去找他，這不是找不痛快嘛！」

「可是，妳爹他怎麼捨得下手，怎麼……」

「有人拿著乖覺規矩做幌子，陪我演一齣苦肉計，我爹自然捨得。」林嵐說著把手朝香珍比劃。「娘，快幫我抹藥啊！」

香珍乾笑了一下。「那藥裡有諸多忌諱，我抹不成，叫金蘭給妳抹吧！」說著便要出去招呼丫鬟。

林嵐卻開了口。「不用了！我自己來！」說著咬著牙拿指頭自己慢慢扭開了盒子，往手上蹭著藥膏。

香珍看著林嵐動作，人早已避開了些，遠遠的立在一邊，瞧見女兒那蹙眉吃痛的樣子，卻又心疼，忍不住的言語。「這七姑娘平時是個不吭聲的主，她今天能這般言語，我思量著八成是叫葉嬤嬤教榆了腦袋（注），走哪兒都把規矩扒著呢！結果今日妳正好撞上，這才……」

「得了吧，以我看，她是見我壞了林悠和莊家小二爺的和睦才尋我的事兒！」

香珍聞言撇了嘴。「嵐兒妳也是，那四姑娘都嫁出去了，與妳無害的，妳何必好好的去惹她啊？」

「我就是心裡不舒坦，瞧他們兩個那拉拉扯扯的樣子，我就竄火！明明她嫁過去應該是被這囂張跋扈的爺兒給拾掇的，怎麼倒恩愛起來了？那莊明達也真是奇怪，林悠有什麼好，值得他去護著！」

香珍嘆了口氣。「妳呀，有那心思跟她置氣，還是先盯盯妳的婚事吧！如今我都愁要怎生給妳尋個好婆家，才免得妳被太太給下了黑手！」

「娘，您說這個我想起來了，婚事這事其實可以拖一拖的。」

注：教榆了腦袋，意指教得腦袋固執的意思。

「拖？妳都多少歲了？難不成在及笄前，妳還不打算定下？」

「不是不定，只是想再過些日子，可能我的機會更多。」

「什麼意思？」

「大伯父家的姑娘要進宮選秀，不成咱們不說，可成了，咱們林家和宮裡就有了一絲牽扯，我不指望還能拖個三、五年等那位爭到些名頭，但至少一、兩個月裡，總能看出她有沒有機會啊！若是運氣好，得個美人什麼的封號，咱們林家也能得些光，那時，與我們林家結親的人，總會多少比現在更好點吧？」

香珍聞言卻搖頭。「妳想多了，若是七姑娘沒和謝家定下親事，這來的人巴望著她是葉嬤嬤教養下的，也會多和咱們林府親近，可能我能順著人家的門楣央求著妳爹給看看名下的庶子，或者由著妳去撞大運。現在七姑娘都定給謝家了，誰還巴望著她？如今沒什麼人對咱們林府那般注意了，妳再等也是白搭！」

林嵐聞言噌的一下站了起來。「這麼說，我的婚事便只能由著太太給我強安了嗎？」

「強安也不至於，好歹妳爹那裡我還是說得上話的，何況他也是很疼妳的啊！還有妳祖母，她和我早不對眼，當初不也為著妳好叫常嬤嬤帶過話，也不是真就會看著妳落火坑裡的，所以至少門當戶對沒問題！而且妳先前不是和我說個什麼雷敬之嘛，我回頭就和妳爹說出，憑著他現在是個庶起士，又沒婚約的分兒上，若能促成了妳和他也是好的，只是還得看人家是否願意應承。」

林嵐當即一臉惱色的坐了回去。「原本指望著爹爹問出他來，做個後路而已，如今倒成了最好是他？這算什麼？憑什麼我前面的個個都高嫁，後一個就是當寡婦那也是謝家的人，而到我就得是什麼門當戶對，甚至押中寶也不過還得從什麼都沒的散館之妻熬起！我不服！」

「嵐兒，我知妳心高氣傲，可惜，妳沒托生在太太的肚子裡，我……」

「不必說那些，我又沒怪您！我恨的是那些嫡出，恨的是七姑娘，她痛快的一個親事定下，把我的路卻封上了，哼，等著瞧，我必然叫她們知道我林嵐才不會那麼容易認輸！」

「嵐兒，妳想幹麼？」香珍素來知道女兒的做事態度，她若這麼說，必然已起了心。

林嵐轉頭看著香珍。「娘，您去找下姨媽吧，妳們兩個一起給爹旁敲側擊，看能不能給我這半年裡多爭取點跟太太出去見人的機會，我的婚事，絕不能就這麼寒磣的定了！」

香珍嘆了口氣。「只這樣嗎？」

林嵐點點頭。

香珍見是如此，放了心，應了一聲後，什麼也沒說的出去了。

她一走，林嵐雙眸便陰霾如瘴的盯著自己腫脹的手。「妳等著！」

第二日清晨，林熙擺看了雙手，就發現已經沒了任何問題，當下叫著丫頭婆子的伺候，早早的去了林賈氏那裡請安。

她去得早，略微立了一會兒，林昌還有陳氏就到了，瞧見這個家中最懂事的女兒早早在此，林昌很是高興，上前問了兩句得知無事後，便和陳氏入屋先請安了。不多時常嬤嬤出來喚了林熙進去，她便入屋給祖母問安。

「好了，快過來讓我瞧瞧妳的手！」林老太太立時免了林熙的請，招手叫她過去。

林熙乖巧上前，遞上了手。「祖母不必擔心，爹爹打得不重，已經全好了。」

「那也得讓我看看！」林賈氏說著捏了林熙那白嫩的柔荑瞧看了一番後，這才眼瞥向林昌。「幸好沒事，你呀，好歹不分的，熙兒出來言語那也是為了嵐兒好，你還打她，要是人人都似你這樣想，遇上事了出來言語還得挨著，那還有幾個人肯說中肯的話了？忠言逆耳利於行，說起來啊都是知道的，怎麼真格起事了，卻那麼不知變通！」

林昌賠了笑正要言語，外面傳來了常嬤嬤的聲音，則是哥兒幾個到了，立時招呼進來，才說了兩句，林嵐也到了。

常嬤嬤傳了話，林賈氏便是撇著嘴一臉不悅，可等林嵐一進來，她那不悅立時變成了震驚，因為林嵐此刻竟然雙手捧著藤條而入，一進來就跪了地。

「嵐兒給祖母問安！」她聲音低低的，帶著一些嘶啞。

林賈氏挑眉。「妳這是做什麼？」

「嵐兒昨日一時糊塗，只顧出言暢快，卻不想一錯再錯。七妹妹昨日提醒了我，爹爹也責罰了我，可我回去越想便是越怕，萬一我這無心之舉給四姊姊帶來麻煩怎麼辦？萬一讓祖母和爹爹惱著我可怎麼好？便憶起古人有負荊請罪之舉，我雖未負荊，但卻願請罪請罰，只求祖母和爹爹原諒我昨日的糊塗，我再不敢出言生事了。」她說著眼淚便已流下來，人更低著頭把藤條捧起，而她手上竟還依稀可見紅痕，倒叫一旁的林昌疑心自己昨日下手太重起來。

林賈氏的嘴巴抿了抿，嘆了一口氣。「好了，起來吧，妳是不是無心之舉，妳自己心裡清楚，我已不需多言了。這老話說得好，知錯能改善莫大焉，妳也不是錯得很嚴重，只是太過隨興惹出是非還輕了規矩，妳七妹妹所言也是為妳好，而妳如今知錯，那就最好了！常嬤嬤，快把那東西收了吧！嵐兒，起來吧！」

林賈氏雖然平日很是嚴厲，但到底是隔代的人，瞧看著孫女便是親近的，如今看著林嵐能知錯來認，自是高興的，怎麼可能再罰她？何況這本就是昨夜的事了，到了今日誰又會拿出來再去計較？是以她沒有多說林嵐，打算這事就這樣算了。

可是常嬤嬤才去林嵐跟前從她手裡取了那藤條，林嵐這起身便有些搖晃，常嬤嬤在旁見她不穩，順手扶了她一把，赫然發現林嵐竟渾身發燙，似在高熱中，立時輕呼。「哎呀，怎麼這麼燙！六姑娘妳沒事吧？」

這一句話，讓林昌立時跳了起來，而陳氏已經快步上前，抬手摸上了林嵐的額頭，還真是滾燙非常。

「高熱，快，去請大夫來！」陳氏當即出聲招呼，林昌在後補話。「去請王御醫來！」

立時有人應聲去了，這邊婆子們也到了跟前，七手八腳的就把林嵐給抬扶住了。

「快扶到我梢間裡的榻上去！」林賈氏這會兒也扶著林熙到了跟前，急急的言語著，不大會兒工夫，林嵐便被安置在了梢間的羅漢榻上，林賈氏更是丟開了林熙去拉上林嵐的手。「這好好的怎麼就成了這樣？」

林嵐衝林賈氏淡笑。「不礙事的祖母，可能是我昨晚一夜沒睡，著了涼吧！」

林賈氏聽著林嵐那有些嘶啞的聲音，皺了眉頭。「為何不睡？」

林嵐眨眨眼。「嵐兒昨日犯了錯，思前想後委實害怕會給四姊姊帶來麻煩，是以，無心睡眠。祖母，我真不知自己那樣一句話就惹來是非啊！」

「好了，我知妳不是有心的，妳快別想著了，快閉上眼好好休息一番，一會兒大夫就來了，妳不會有事的！」這會兒林賈氏完全都是在安撫著林嵐了。

一邊的林昌也因此而言。「哎，嵐兒，妳呀，是爹昨晚一時衝動了，妳最是乖巧聽話的，怎麼會有心惹事呢。我不該打妳的，與妳說幾句提點妳也就是了，倒叫妳這心裡扎了刺一樣的責怪自己，熬了一宿，實在是……」

「老爺快別說了，這會兒六姑娘需要的是好生休息！」陳氏眼見林昌這般倒去認自己的錯，詫異之中更添窩火，不得不出言制止他說下去，雖然她很想說「你哪裡就錯了」的話，可是眼瞧著婆母同夫婿都為林嵐著急上火，她便死死的壓住了這話頭，不去自尋麻煩。

只是她難免會掃眼去看林熙，因為她知道，如此一來林熙這個捨身出言勸諫的，倒成了小題大做的人。

林熙此刻望著林嵐，兩眼不眨，陳氏看不到她眼裡的怒氣與驚慌，也看不到她半點擔憂與焦急，看到的只有一份寧靜，好似她是個無關痛癢的局外人一樣，不慌不忙，平淡如水。

她就那麼靜靜的站在那裡，對於林昌的言語恍若未聞，對於祖母的心疼恍若無視。陳氏卻立刻就心疼起來，她能感覺到林熙此刻的處境是多麼的尷尬、多麼的狼狽，可是她卻什麼也做不了，因為這個時候，少言少語才是正經，她不希望婆母或者夫婿來責怪林熙的不是。

好在，林家這二位心疼歸心疼，倒還沒真的掉頭去說林熙的不是，而不大會兒工夫後，大夫請來了，並非是王御醫，而是離得最近的李郎中。

李郎中把脈瞧看後，立時囑咐叫人備了熱水給林嵐浸泡，又開了兩副發汗的藥，也就半個時辰的工夫，林嵐便見了汗，這身上的高熱也開始褪去。

「大夫，我閨女她沒事了吧？」林昌瞧著林嵐散汗，猶不放心地出言詢問，那李郎中一面收拾藥包一面言語。「高熱已退，就無大礙了，不過，六姑娘的身體似乎不大好啊，小小年紀風寒入體不說，還心力勞損，得多注意休息，多開闊心胸才是。」

李郎中說了這話，便告辭而出，陳氏陪著出去，就叫著管家張羅付了診金相送，再折身回來入屋，就聽到了林昌的嘆氣聲——

「哎，嵐兒自小膽子便小，心性也不大，如今連大夫都說著她心力勞損，足可見昨夜之傷，如今看來，也的確是小題大……」

「老爺！」陳氏聞言立時進屋。「您疼惜六姑娘沒錯，我們也疼惜，可是規矩這事卻絕不是小題大做的，咱們林家可是清流世家，最重的便是規矩臉面，難不成您是要怪熙兒糾正了六姑娘的錯嗎？還是說，咱們家的規矩到了六姑娘這裡，憑著她心小體弱，就不用守了？」

林昌悻悻的搖搖頭，沒再言語。

林賈氏嘆了口氣。「罷了，過去的事就別提了。來人，扶著嵐兒回去休息吧，囑咐香珍勤快些的照看著。」

立時丫頭婆子過來，連扶帶架的把人往玉芍居送，林昌瞧看著便跟了過去，陳氏眼見如此也是無奈，而這邊林賈氏悻悻的擺手。「行了，該讀書的讀書，該上學的上學，各自忙活去吧！」

立時屋裡的人都散了，林熙便同陳氏一道退了出來。

「熙兒，這事，妳別往心裡去，妳爹他……」

「娘，女兒明白的。」林熙抬頭衝陳氏一笑。「娘還是去六姊姊那邊照看一下的好，若您不在跟前，難保珍姨娘和六姊姊一通言語，彼時爹爹真要糊塗應承了什麼，才真是糟糕了。」

陳氏聞言立時點頭。「妳說得沒錯，我還是去盯著吧！」當下伸手拍了拍林熙說著要她別太在意的話後，就立刻奔去了玉芍居。

而林熙則一臉淡然的回往自己的碩人居。

「老爺，嵐兒是什麼性子您不知道嗎？昨兒個晚上，她就在屋裡哭了好半天，後來對我說著沒事，我才回去睡下的。哪裡知道，這孩子較真兒了，竟憋出了病來！」香珍到底是當娘的，當林嵐被抬回來，周邊的人七嘴八舌的說著先前的種種時，她便心裡已經繞出了圈子，立時就知道自己該說些什麼了。

林昌聞言臉上有些不自在，瞧看著林嵐不知該說什麼好，而林嵐倒是伸手扯了他的手，口中半迷糊似的呢喃。「爹爹，是嵐兒不好，讓爹爹擔心了，下次爹爹有了難處，女兒一定注意解圍的法子，再不叫爹爹氣惱……」

「嵐兒！」林昌立時覺得自己昨夜的動手很錯，看著林嵐聲音輕柔。「快別想著了，爹不怪妳，爹知道妳是最貼著爹心窩子的，妳放心，爹不氣惱也不怪妳，妳快好好歇著吧，妳好了，爹才不擔心啊！」

林嵐點點頭，立時閉上眼，一副乖巧休息的模樣，林昌便邁步出了內室，剛到外屋香珍就抬手捉了帕子抹起了眼淚。「老爺，嵐兒可是一心向著您的，我不敢說嵐兒比得上屋裡的那個姑娘，但對您的在意體貼和孝敬上來說，她卻是其他幾個都比不了，您說是不是？」

林昌立時點頭。「我知道。」

香珍抽抽鼻子。「您知道的話，就多疼疼她吧！昨天這事就算是嵐兒的錯，卻也不過是小事，何至於您親自執了家法？這孩子憋成這樣，心裡得多傷啊！老爺，您要真疼她，還是趕緊的給她找個婆家把她嫁出去的好，免得在這府裡受看不見的氣！」

「香珍！」林昌立時蹙眉輕喝。「妳這是說的什麼話！」

「老爺，我說的什麼話，您不知道嗎？我在這府上儼然不受待見，可我能忍，誰讓我是個妾呢！可是嵐兒她為什麼要受罪呢？庶出的，是比不上嫡出的，我們知道，也不敢奢求，但也不能這麼熬著她的心啊！您不能看著她們作踐我們啊！」

「胡說！妳少這裡胡扯！我明白和妳說，昨兒個晚上太太還和我說起給嵐兒的親事張羅，她整整瞧看了九家，和我合計著為了嵐兒好，打算給她找個門當戶對的，一點也不委屈了她，妳就少在那裡惡了人家的心！」

香珍一頓，隨即冷笑了一下。「老爺啊，您怎麼能說是我惡了她？那嵐兒可是我的女兒，為著她的幸福，今日裡我也豁出去了！」香珍說著就要往地上跪。

林昌眼見她都開始挺肚子了，怎好叫她跪，自是拉了她。「哎呀，妳這又是做什麼？」

「我要為嵐兒向老爺您求個恩！」

「什麼？」林昌覺得腦袋裡亂哄哄的。

「老爺，三姑娘、四姑娘都出嫁了，嵐兒在屋裡乖巧與否您也是知道的，她已經快十四了，再一年多就得及笄出閣了，那時您這乖巧貼心的女兒還能伺候在您跟前嗎？您的幾個姑娘，除了她個個都說了富貴人家、權貴之門，您忍心叫她一個嫁去個門當戶對的就算完了嗎？憑什麼最與您貼心的姑娘是嫁得最不好的？太太那麼說，也不過是圖個名聲安心，她若有心，自當是為嵐兒也說一門高嫁的才是，她……」

「我說一門？」陳氏揚聲在外，人隨即挑簾進屋。「香珍妹妹，是妳太看得起我，還是妳根本拎不清？權貴之門的親事，那是我說來的嗎？我一個翰林院侍講家的太太，連個誥命都沒，我拿什麼去給姑娘們說出高嫁來！妳這話說的，也不怕閃斷了妳的舌頭！」

香珍完全沒料到陳氏會突然來到，一時有些難堪，恨恨地瞪了一眼隨進來的丫頭，責怪她是個擺設之餘，口中倒沒閒著。「太太責罵得是，是我異想天開了，可要是太太是真心護念著嵐兒把她當作林府中的姑娘，那就該在這條道上為她尋尋路，別的不說，至少也得給她機會各處相看一番。若是我家嵐兒真格的沒福氣，我們也說不上太太您半個不字，還得感恩戴德的謝著您。可眼下，您卻直接給她安個門當戶對的就算了了，未免輕了我家嵐兒吧！

「太太您要是惱我，只管打我罵我，就是叫老爺休了我，我也是認的，可嵐兒是無辜的啊，她可是老爺的骨肉啊！您不但不把她收在名下，還不給她機會，這是否輕賤了還不是明擺著的！」

第三十九章　拆底

「輕賤？」陳氏聞言呵呵的笑了起來。「妳可真是長著張血盆大口啊！我待嵐兒好還是壞，不妨咱們拿出去比一比，有我待她這麼好的嗎？妳說我輕賤她，還嫌棄我給她安排了個門當戶對的……很好，我給妳臉妳不要臉，我就索性陪妳作！來人！」

陳氏大聲喊著掉頭出屋，厲著嗓子的高聲招呼——

「章嬤嬤，給我從庫裡拿出百丈紙卷，再請來數十筆帖，我林家今日要寫百帖告示，明日好滿城張貼，說我林家有一名不得了的天之驕女誓要高嫁，為此我和老爺俯首為她向權貴們求親，不知哪位權貴肯拿出一位嫡妻之席送上！」

「什麼？胡鬧！」林昌被陳氏的話嚇了一跳，急忙出來把她往屋裡扯。

「我胡鬧還是她胡鬧？」陳氏一把甩掉了林昌的拉扯，指向了呆滯的香珍。「她一個妾侍敢編排我的不是，一個庶出的還妄圖權貴之門的正妻，老爺，這就是林府的規矩？這是不是胡鬧？既然她鬧得，我為什麼鬧不得？不就是為嵐兒求個權貴之門嘛，我陳氏敢這麼做，又不知老爺為她肯不肯豁出去這張臉！」

「瘋了，這算什麼法子？這分明是丟人現眼！」林昌急得吼著。

「丟人現眼？哈哈，這就不是丟人現眼了嗎？林府這個清流世家難不成是要一個不知尊卑為何物的妾室踩在我這個嫡妻的臉上嗎？」陳氏說著直接兩步走到了林昌面前。「老爺，我和你二十年的夫妻情誼，包容了你多少事？難不成你要看著她張狂在我頭上？我今天把話給你撩開了！你要是不把這個不知規矩的妾侍給我教出規矩來，我立時出門去衙門裡遞狀子求和離，你信不信？大不了我陳氏把臉陪盡，也會要大家都知道林家是怎麼欺負我這個堂堂嫡妻的！到時候林家臉面掃地，你可別怪我翻臉無情！」

陳氏說完扭身往屋內椅子上一坐，一臉怒色的直盯著門檻，顯然是在等。

「老、老爺……」香珍一看架勢不對，往日裡賢良淑德占完了的陳氏竟然轉眼變成了胡同口裡的潑婦，用撒潑來逼，登時慌了手腳。

論相貌姿色，她敢和陳氏鬥；論年齡身段，她敢和陳氏叫板；論計較謀算，她敢和陳氏對拚；可到了撒潑使渾上，她是一點都比不了陳氏的，她是什麼人，陳氏是什麼人，她不過是一個妾侍，再是生了孩子的，鬧大了，一腳踹了妳，也沒哪個御史站出來為妾侍出頭，可陳氏呢？人家是林家明媒正娶的太太，雖然撒潑不好看，傳出去也壞名聲，可是她都敢撒潑了，那就真敢胡來，正妻把這種事鬧出來，壞的可是林昌的臉面，御史再參上一筆，別說她前途晦暗了，林昌只怕就要仕途完蛋，那如此她還有好下場嗎？

香珍立時慌亂起來，連忙拉了林昌的衣袖叫著，腦中思想著對策。

啪！一聲脆響，林昌的手掌就抽在了香珍的臉上，香珍一愣，林昌已經指著她喝罵起來。「不長眼的東西，太太豈是妳可以亂嚼舌頭、與之爭言的？」

香珍眼睛一眨，撲通就跪下了。「老爺打得是，老爺罵得是，是香珍糊塗了，香珍只是心疼嵐兒，一時口不擇言才……老爺、太太，香珍錯了，香珍認罰！」她立時明白這種節骨眼上，硬碰她是必死的，只能立刻保身求全，是以抹著眼淚這就認錯了。

她痛快認錯，林昌的臉上就好看了許多，這三年的光景裡陳氏很少發脾氣，猛地這麼來一下，他都有點發怵，畢竟上次陳氏如何對付莊家太太的，他之後也有耳聞，當時他就知道若換成了自個兒，一早就點頭妥協，四姑娘只有給莊家小二爺做小的分兒了！所以今兒個看到陳氏發了橫，他可真怕了，自己辛辛苦苦才拚到如此這個地步，眼看有些眉目再往上，真要出個這種事出來，他可就算混到頭了，何況自己的老娘也會追著他算帳的！

是以他把目光投向了陳氏，義正辭嚴的表示：「那，她知道錯了，妳該怎麼罰就怎麼罰！」

陳氏冷笑了一下。「我敢罰嗎？人家肚子裡可有林家的骨肉，有個三長兩短的我還說得清嗎？」陳氏說著站了起來，欲往外走，林昌立時上前攔著。

「消消氣啊夫人，妳可千萬別、別亂來啊！」

陳氏打量了林昌一個來回，轉頭看向跪地眼珠子亂轉的香珍，一挑眉言語道：「香珍妹妹，妳是心疼嵐兒的吧？那高門權貴之家且不說嵐兒的庶出有無資格進去，我只說她這一針尖大的小心兒，能在裡面過活嗎？別回頭她真嫁進去，轉頭出了事，妳又要給我潑髒水，說我蓄意害死她了吧！」

香珍一時啞口無言，陳氏卻再言語。「給嵐兒安排門當戶對的不對，安排了高門權貴我又怕她那身子扛不起，不如我思量下，找個咱們府上的莊頭把她嫁出去，這總可以了吧？」

「啊？不成！」香珍一聽立時瞪眼，她女兒好歹也是庶出，好歹那也是林府的六姑娘，怎生成了丫鬟那般的配給莊頭，這分明就是惡意報復啊！香珍因此大聲反對。「太太您不能這樣啊，嵐兒可不是丫頭，老爺，您得給嵐兒作主啊！」

「夫人，妳這是何必呢？再生氣這話也不能亂說啊，嵐兒可……」

「你到底還是處處幫著她是吧？這家裡的主母到底是誰？是她嗎？你若讓她說了算，成，咱們這就去衙門！」陳氏說著一轉身就往外走，林昌立時追了出去勸著哄著。

香珍跌坐在了地上，喘了幾息後，她立刻起身衝進了內屋，就看到林嵐臉色難看的躺在那裡，伸手捂著肚子一副難受樣兒。

「人都不在了，妳別裝了！」香珍說著抬手拍在了林嵐的肩上，急得言語。「怎麼辦？太太撒潑了，要逼死咱們啊！」

林嵐一臉痛苦之色的在榻上翻滾，眼卻盯著她。「少喊叫，她、她不過說說罷了，和離？這輩子她不活了？」

香珍見林嵐這個模樣才意識到她是真痛，立刻湊到跟前。「妳這是怎麼了？」

林嵐不耐地掃她一眼。「別吵吵，別叫人進來，過、過陣子就好了。」說著繼續在榻上翻滾，雙手卻是捂著肚腹不斷上下，嗓子眼裡也逸出幾聲細小的悶哼。

「葉嬤嬤，妳去瞧瞧我們姑娘吧！」花嬤嬤一臉急色的衝到了葉嬤嬤的房裡。

「怎麼了？」

「打請安回來，人就一言不發的坐在屋裡，和她說話，理妳倒是理妳，可那臉色……哎呀，您快去瞧瞧吧！」

「發生什麼事了？」葉嬤嬤沒急著動，問著花嬤嬤。

花嬤嬤立時把在外聽的見的全學了一遍，末了急著催促。「您趕緊的過去瞧瞧吧！」

葉嬤嬤卻眨眨眼沒有動，眼見花嬤嬤急中有愣的看著自己，便慢悠悠地說道：「她已十歲了，有些事該她自己獨當一面了，難不成日後出嫁了，我這個老婆子還得跟著嗎？」

「可……」花嬤嬤還想言語，外面卻有了秋雨的聲音叫著姑娘，花嬤嬤立時閃身而出，就看到林熙邁著步子向院門去，當即喊了一聲追了過去。「七姑娘，您要去哪兒？」

林熙回頭看她一眼。「我要去祖母那裡。」

「這個時候？前面不才請安過嘛……」花嬤嬤話都沒說完，林熙就已邁步，完全沒多說的意。

這個時候葉嬤嬤忽然挑簾子出來，衝著花嬤嬤喊了一句。「花嬤嬤快跟著姑娘吧，有什麼姑娘需要幫忙的，妳還得盡心呢！」說完簾子一放人又縮屋裡去了。

花嬤嬤立時追了林熙往林老太太的福壽居奔去。

「七姑娘啊，您這是要做啥去?哎呀，您別不說話啊，叫我這心裡沒底啊！」花嬤嬤一心在林熙身上，瞧著她從來沒這樣的神情過，一時又急又擔心沒口子的追問，這般問了半路後，林熙站住了腳看向她。「嬤嬤，妳是我的人，我能仰仗妳一樁事嗎？」

花嬤嬤一頓立時點頭。「自然啊！」

林熙立刻衝她勾手，繼而踮腳在她耳邊一番嘰咕，花嬤嬤一愣看了林熙一眼，卻立刻點頭應承了。「七姑娘您放心，這事我準兒給您辦好！」

「那快去吧！」

「那您……」

「我去祖母那裡而已，自己府上沒人跟著也丟不了的。」林熙說罷就往前邁步，花嬤嬤跟在她後面，待二人穿過遊廊後，卻是一個向南，一個向東了。

林熙奔的是南，林老太太的福壽居所在，她一入院，就看到雪裘在外當值，立刻走了過去。

「七姑娘，您怎麼來了？」雪裘迎了上來。

「我有事要找祖母。」林熙淺笑而語。

雪裘當即進屋通傳，待林熙進去後，就看到常嬤嬤扶著林賈氏走了出來，兩人一身的線香味，顯然祖母先前是在佛堂裡的。

「熙兒見過祖母。」林熙當即福身，林賈氏一擺手。「行了，過來坐著吧，妳說找我有事，什麼事啊？」

林熙立刻上前，卻沒坐著而是立到了林賈氏的身邊，一臉憂色。「祖母，方才六姊姊出了事，可把我嚇著了，慌裡慌張的回去，想著能不能從醫書上找點應對的法子，卻無意中看到一句『藥理常悖，生剋忌諱』，立時想到六姊姊這兩年都是吃著王御醫給開的暖身藥祛那寒氣。今日裡六姊姊這麼一上熱症，大夫給的可是發汗的藥，應屬涼性，那會不會和王御醫的藥出了岔子？六姊姊會不會傷了身子啊？」

林賈氏聞言一愣。「這個，不會吧？大夫們肯定諸多留意，不會……」

「祖母，六姊姊的身子本就不好，若出了差錯那可不小啊，不如您叫人把王御醫請來給六姊姊再瞧瞧唄？寧可多折騰幾趟也好過六姊姊留下病症啊！」

林賈氏聞言覺得有些道理，當即看向了常嬤嬤。「妳去叫管家跑一趟吧！」

「常嬤嬤，勞您催著管家他們快一些的好，這府裡還熬著藥呢，萬一有什麼不對的，喝下去了可麻煩啊！」

常嬤嬤點頭答應著立時出去了，林賈氏看著林熙衝她一笑。「妳真是個好性子，替妳六姊姊擔心！」

林熙一笑。「都是一家人嘛，我怎能不替姊姊著想呢！」說著她低頭靠上了林賈氏。

「祖母今早嚇壞了吧，不如熙兒給您捏捏肩？嬤嬤教過我幾個手法，說捏了保准舒服。」

「知道妳會疼人！」林賈氏伸手輕捏了下林熙肉乎乎的臉頰。

林熙立時蹭去了榻上給林賈氏捏肩，可臉上那點笑容卻已消失，她雙手在給林賈氏揉捏，雙眼卻直愣愣的看著窗外，平靜如水，卻見秋色。

花嬤嬤奔到了正房院落，就看到章嬤嬤拉著一眾的丫頭立在院子口，花嬤嬤一愣，立時明白先前兩人不和的情形竟然又出現了，而章嬤嬤看到了花嬤嬤，立刻上前扯了她到一邊說話。「妳怎麼跑來了？」

「太太不會和老爺又、又吵上了吧？」花嬤嬤答非所問。

章嬤嬤撇了嘴。「老爺越發的寵溺著那賤人，太太是寒了心了，要不然今日也不會發火了，這會兒也不算吵，老爺正哄著咱們太太呢，只是……哎，太太那性子妳也知道，一般不上火不急眼，可真急了，九頭牛也拉不回來，正較勁著呢！」

「那該死的蹄子，就沒一天安生！」花嬤嬤立時表示憤慨。

章嬤嬤扯她一把。「說啊，妳來做什麼？」

花嬤嬤拉著章嬤嬤再往邊了一些，咬著她耳朵言語，立時章嬤嬤頓住了，繼而偏著頭看著花嬤嬤。「七姑娘這是什麼意思？」

花嬤嬤搖頭。「七姑娘可沒說，只說這事若成了，雖是家門不幸，太太卻可就此高枕無憂，關鍵就看咱們這事成不成了！」

章嬤嬤蹙了眉。「那要是找不出東西呢？」

「七姑娘說了，不見兔子不撒鷹，等信兒一到再動手，只叫悄悄的先盯死了！」

章嬤嬤眼珠子一轉，看了看正房。「成，這事我去安排！」

有了管家去請，不大會兒工夫王御醫上門了，人一來，管家自是報送，信兒也就傳到正房這邊，章嬤嬤立時進去傳話，林昌和陳氏都是詫異。

「王御醫？」林昌挑眉。「這會兒的怎麼來了？難不成六姑娘又不對了？」

「是老太太請的，不知是不是六姑娘不對。」

林昌立時轉頭看向了陳氏。「妳瞧瞧，嵐兒都這樣了，娘都不放心的又請了大夫來，妳還有心在這裡和我嘔氣？都說了親事上，我不會由著她亂來的，妳還鬧騰什麼？」

「她不亂來，可你會亂來！」陳氏說著起了身。「我管你呢？你喜歡亂就亂去，反正嫁雞隨雞嫁狗隨狗，你要壞了仕途，我跟著你吃糠嚥菜就是，可你別到頭來怨我沒提醒你！」

陳氏說完轉頭邁步出屋，衝著章嬤嬤招呼。「咱們過去！」

她一走，林昌自是跟著，畢竟王御醫可不算什麼小角色，他們家能把人家請來，那都是父輩的關係，但論他們兩個的身分，今時今日都還是多少欠著點的。

三人這麼往福壽居趕，還沒到呢，就遇上林賈氏房裡的，說著他們都去了玉芍居，這一行人又往那邊去。

「不知道嵐兒是不是更嚴重了，可千萬別燒出個好歹來啊！」林昌心疼，口中不免嘟嚷。

陳氏聞言心裡更是憋氣，冷著臉邁步，三人一進院子，陳氏看了一眼章嬤嬤，意思她出聲招呼，就聽到屋內啪的一聲脆響，似什麼東西摔在了地上，緊跟著接二連三的物件咋地噼噼啪啪個沒完。章嬤嬤一頓，立時向四周掃看，那些跟著老太太一窩湧進來的丫頭婆子，立時便向玉芍居各處散去。

此時陳氏和林昌已經快步衝向了主屋，才挑簾進去，衝進內室，就看到林賈氏手裡拿著枴杖在不住的敲打，而她的對面，林嵐抱著頭四處閃躲，以至於背後那博古架上的東西不住的摔下碎裂。這邊香珍完全癡呆般的立著，一旁的王御醫則是捏著鬍子一臉的厭惡，而在他們的旁邊，林熙靜靜的站著，亦如先前那般不急不驚，淡定非常。

「住手！快住手！」林昌眼見場面如此混亂，立時上去拉扶林賈氏。

此時林賈氏一回頭朝著林昌就是一巴掌，毫不客氣的斥責道：「你可真行，竟幫著你的閨女作假！」

林昌一頭霧水捂著臉詢問：「什麼作假？娘，您在說什麼啊！」

林賈氏大喘著粗氣，舉著枴杖，指向了那個瑟縮在博古架前的林嵐。「你不知道是吧？你的女兒，說什麼熬心一夜未睡，今早出了高熱，我呸！她那是吃了寒食散（注），散熱著呢！寒食散哪裡來，除了你們這些詩會的人，誰屋裡有這個？不是你給她的，她哪裡來？」

林昌一時懵住，轉頭看向林嵐，林嵐咬唇不語的低頭，顯然這事不是賴她。

「這、這不可能吧？」林昌口中喃喃。「會不會弄錯了？」

此時王御醫一清嗓子。「林大人是懷疑我的診斷嗎？」

「不敢！可是這……」

「食用寒食散，體內高熱需得散出，行冷食，穿薄衣，泡冷浴才可發散。我來時是聽聞你家這六姑娘早間高熱，李郎中給開了發汗湯藥，本說給她把個脈瞧瞧，結果，一來就撞見你家六姑娘在床上疼得打滾，一查脈象才知道，她泡了熱浴，高熱加熱，衝在肚腹，胃滿脹痛如何能不打滾？如今我已經給她扎針散熱，發散完了自就對了，不過，至於為什麼你家六姑娘會吃了寒食散，這我可不知了。但為人醫者，不得不提醒一句，此行為猛舉，需得借酒行散，有人可，有人不可，六姑娘的身子太虛最好別碰，而且這般不知忌諱的亂來，是會把命搭上的！」

王御醫說完冷著一張臉搖頭而出，立時陳氏便陪著相送，到了門口叫管家取了五十兩的診金出來，顯然有封口之意，那王御醫什麼也沒說的就走了。

陳氏當即折身回來，回到了內屋，就看到林昌瞪著林嵐。「說，妳這是怎麼回事？妳為什麼要吃那東西，那東西妳又從哪兒弄來的？」

林嵐縮在角落，低頭瑟瑟，聲如蚊蚋。「我、我誤服而已。」

「哼！」林賈氏一個冷哼後，抬手就把手裡的枴杖朝著林嵐給砸了過去。「妳可真會誤

注：寒食散，又名寒石散、五石散，服用後身體燥熱，需要吃冷食、飲溫酒、洗冷浴及行路來發散藥性。

服啊，一大早不是在我跟前熬心得高熱了嗎？不是妳一宿沒睡所致嗎？在我這裡惺惺作態，卻不過是妳玩一場把戲，真當妳爹娘還有我都是妳玩弄的傻子了嗎？」林賈氏說著氣惱得連連拍桌。

「祖母，嵐兒不是有意的。我是真的誤服了，我還以為是我熬心才高熱的，我也不知我幾時吃了那東西啊！」林嵐一臉「我也很無辜」的表情，立時讓林昌看向了林賈氏。

而就在這個時候，章嬤嬤卻扯著一個丫頭，手裡拿著一包東西進了屋，口中嚷嚷著。「太太，剛才這丫頭鬼鬼祟祟的爬院牆想去後院，被我給逮回來了，結果這裡一包的東西，您還是看看吧！」

當下章嬤嬤把那丫頭往地上一搡，丫頭便跪去了地上，而一包東西章嬤嬤則交給了陳氏，陳氏轉頭拿著就去了林賈氏旁的小几前。

此時林嵐目光一滯，急忙看向那丫頭，卻不料丫頭前面站了個人——林熙，正好把那跪地的丫頭給擋了個嚴實。

林嵐狠狠地盯著她，她依舊是一副平靜的模樣，淡然與之相對。

「這是寒食散。」陳氏拿出一個瓶子來，一邊皺眉說著，一邊看向了林昌。這東西，他們這些文人但逢詩會酒會的就會聚在一起食用助興，所以林昌的書房裡有這東西，她早已熟知，看見瓶子就能確認。

林昌見陳氏看他，立刻辯解。「我沒給過這東西給她！」

而此時林賈氏已經又抓了個瓶子出來，打開來一聞，立時皺了眉頭。「怎麼還有麝香？」

陳氏聞言回頭去翻另外幾個瓶子、紙包，最後一臉驚色的看著林嵐。「怎麼連紅花都有？這些可全都是墮胎之物，難道妳……」

陳氏一臉驚詫地望著林嵐，她的話語使得屋內人的眼光盡數落在了林嵐的身上，包括香珍。

「這是怎麼回事？」林昌從腦袋到脖子立時脹紅。「妳莫非已、已……」他說不出來，如果真是他想的那樣，那這個他最疼愛的女兒恐怕會在今天就被送到尼姑庵裡去！而林家真是丟臉丟到姥姥家！

「不會的！」就在此時香珍挺身而出擋在了女兒身前，阻擋著別人的目光。「這裡面一定有什麼誤會，嵐兒潔身自好，不會做那糊塗事，更不會……」

「常嬤嬤，拉她去驗身。」林賈氏此時開了口，聲音決絕中明顯的帶著一絲顫抖。

當下常嬤嬤應聲衝了過去，把林嵐直接拽出了屋，去了一邊的耳房裡，而這過程中林嵐又看向那丫頭，可惜林熙還是橫挪了一步上前給她擋住了。

她們一出去，林賈氏看向了跪地的丫頭，掃了她一眼後衝陳氏說道：「陳氏，把這丫頭的賣身契等下給我找出來，然後妳問問她怎麼回事，說的是真話，我今日給她自由，還送上十兩銀子給她傍身，可若是有半句假話，先打上二十下，再發賣到窯子裡去！」

林賈氏丟下這話，便坐去了椅子上，屋內章嬤嬤見狀，十分有眼色的去了角落，從一堆破碎的瓷片裡撿出來了那根枴杖，拿著衣袖擦抹了幾遍才遞送到林老太太手裡。

陳氏立在那丫頭的跟前。「老太太的話妳也聽見了，說實話妳便能得大好處，就是府裡的丫頭們正經出去怕都沒這個福氣脫了奴籍的，妳若要說假話，那就只管編，回頭千人騎萬人睡的時候可別埋怨……」

「我說實話！」那丫頭立刻言語。「我收拾的這些東西，都是六姑娘，一早、一早叫我收著的，那、那寒食散是早幾個月前，六姑娘拿回來的，說是老爺賞的。」

林昌聞言立時要言語，林賈氏瞪他一眼，他悻悻的閉嘴，卻一臉慭氣。

畢竟他會不會給自己丫頭這東西，大家心裡也能作出個判定的。

「昨晚上六姑娘吃了那寒食散嗎？」陳氏出言詢問。

「沒有，不過她是今早吃的，早上起來就要了過去吃了。」丫頭急急地說著，這一句話便把林嵐所謂的誤服給拆穿了。

「那這些墮胎藥是怎麼回事？」

丫頭搖頭。「這我真不清楚，是六姑娘昨兒個下午跟我說了這些，要我去採買胭脂水粉的時候帶回來的，至於做什麼我就不知道了。」

「那妳剛才為什麼要提著這些爬牆逃跑？」

「不是逃跑，是、是去後院裡的老榆樹下掩埋，這是六姑娘交代的，說萬一什麼時候她出了事，瞧著不對了，就趕緊把這些偷偷拿去那裡埋了，剛才我聽著屋裡摔了東西，心裡一慌，就去了……」

「明翠，妳可不能亂說啊，六姑娘待妳可不薄……」香珍聞言，急忙出言，只是話還沒說完，林賈氏開了口——

「閉上妳的嘴，這裡有妳說話的分兒？再敢言語一句，我立時把妳轟出我林府！」

香珍抽了兩下嘴角只能低頭了。

「還有嗎？」陳氏再問，丫頭卻似乎有些顧忌不言語了。

「妳還真忠心呢！」陳氏說著扭頭看了眼已經黑面的林賈氏，轉頭繼續問話。「妳是跟在六姑娘身邊的人，她能把這些交代給妳，自是信著妳的，肯定有不少事，妳最好還是說出來，反正招都招了，還猶豫什麼呢，我要是妳就痛痛快快的什麼都說出來，興許還能多得點銀子！反正妳以為這個時候了，她還能原諒了妳？」

那丫頭咬咬唇開了口。「別的我不太清楚，只知道兩樁，一個是、一個是去年的事了，那個時候六姑娘用浸了依蘭的繩繐給瑜哥兒打了個宮絛……」

「說別的，說另一樁。」林賈氏急急地開口打斷，不但惹得陳氏詫異，更惹得林熙轉頭看向了祖母，繼而她的手在袖中捏了拳頭，再次低垂了腦袋，因為她看到了林賈氏的表情，那代表著，羞憤。

依蘭是什麼東西，林熙知道，康正隆最愛弄些這種玩意兒回來，她自是清楚這東西的作用，打成宮絛給瑜哥兒聽來有些令人奇怪，難不成林嵐會瞧看上瑜哥兒起了心？她想想祖母那羞憤的表情，想想林嵐狠戾的目光，她知道不會是這麼簡單的。

「另一個是今早的事，她叫我最近注意著點，說要我盯著珍姨娘的進補，要我把但凡是太太張羅的進補，全都、全都記錄下來告訴她。」

陳氏聽了這話鼻子一搡。「真是個有心相護的姑娘啊，難不成還以為我有加害的心不成？我若真有那心，又豈會有她落地，有宇哥兒在府？哼！」說著她不屑的轉頭，卻對上了林熙的眼眸，林熙的眼裡閃著一絲懼色，讓她一驚，隨即就看到林熙轉頭看向了那一包亂七八糟的墮胎之物，陳氏瞧望幾眼後，立時醒悟過來，隨即變了臉。「這東西該不會是她給妳準備，而後用來嫁禍於我的吧？」

這話一出，一屋子的人都是冷汗皆冒，香珍更是白了臉。

「怎麼可能，嵐兒乖巧，她不會……」林昌第一個出言反駁，嵐兒是他幾個姑娘裡最疼愛的一個，今天的事已經讓他一驚再驚，焦頭爛額，可現在陳氏這麼一說，他疼愛的嵐兒竟心思可怕到這種地步，猶如蛇蠍，這是他絕不能接受的！

可是話還沒說完，對上的是母親那一雙痛色的眼，他立時就傻了，急忙地言語。「娘，嵐兒還不到十四歲，香珍是她的生母，她怎麼可能如此加害？這是謬猜，這根本不可能！」

林賈氏卻看著林昌。「是嗎？」說著她眼掃向臉色發白的香珍。「你瞧，她的生母可不這樣想！」

香珍聞言驚慌的縮身低頭，卻一句反駁的話都說不出來，因為此刻她的心怦怦跳著，自己都混亂不已，畢竟她心裡清楚，林嵐可是給她出過這嫁禍的點子。若她否認了，可是女兒的手裡出現了這些東西，還要明翠盯著她的進補，自己女兒在打什麼算盤，這不明擺著嗎？

「香珍，妳和我說實話，嵐兒，真、真有這麼惡毒嗎？」林昌整個人都哆嗦了起來。

香珍白著臉。「老爺，嵐兒是您的女兒啊，她、她怎麼可能那麼惡毒，我、我肚子裡的這個可是她的弟弟妹妹啊！她怎麼會……」

香珍極力的為女兒圓謊，但是她的表情盡數落在了林熙的眼裡，此刻她是徹底確信自己的推算沒有錯，但是這個答案痛心得叫她無以復加。

而在此時，常嬤嬤帶著林嵐回來了。

「六姑娘乃完璧之身。」常嬤嬤的聲音不大，但足夠屋內的人聽清楚，林嵐跟在她的身後，雙眼依然往丫頭這裡瞧。這一次林熙沒去阻擋她的視線，所以她看到了，明翠低頭趴伏的樣子，完全不肯和她對視。

「別看了，她什麼都招了！」林賈氏忽然開了口，再看到林嵐臉色僵住時，她撐著枴杖起身，兩步走到林嵐跟前，再次掄起了枴杖抽打在了林嵐的身上。「我打死妳這個不肖的孽障，妳日日心裡起念，連自己姊妹都算計，我幫妳壓了，指著妳悔改，妳竟一而再再而三，連妳母親都敢算計，妳、妳小小年紀如此毒辣，我今日就打死了妳，全當林家沒妳這個孽障！」

林賈氏怒了，她一邊數落一邊抽打，可她到底年紀大了，先前就這般爆發過一次，這回又冒火上來，打了才幾下，自己就差點喘不上氣來，直嚇得屋裡人忙著攙扶、拍背、順氣的一通忙活，林賈氏才算順當了些，可看著林嵐的眼神卻是憤恨與痛惜。她抬手指著林嵐，一時說不出話來。

這邊林昌卻已經紅了眼。「妳這孽障，枉我疼妳護著妳，妳卻如此毒辣，不但對妳生母起惡，還差點氣壞了妳祖母，看我今日不打死妳！」他說著立時吼著叫取家法。

林賈氏卻抬手使勁拍桌，而後指著林嵐半天才吐出一些字來。「如此惡性，留不得！配、配個馬伕，早早嫁了，打發了去，免得壞了、壞了我林家的名聲！」

林賈氏發話，自然算是府中的「聖旨」了，她這話一出來，屋內的人都是錯愕。馬伕？就是一等丫鬟都會尋個莊頭的，馬伕這種可是粗使丫頭才配的，林嵐可是六姑娘，橫豎也是個小姐啊，怎麼能……

「娘，這……」林昌雖然傷心惱怒，甚至恨鐵不成鋼，但是眼看林嵐要落得如此境地，自是要出言求勸，不為別的，只為林家姑娘這個身分，就不能看著母親氣惱之下亂點鴛鴦，可是話都沒說出來呢，林賈氏已經衝他吼上了——

「要不就是送去尼姑庵裡，你要她走哪條？」

林昌一看這等情況，立刻閉嘴了，他清楚母親已經徹底在氣頭上了，他要再爭執上兩句，母親弄不好會氣暈不說，甚至還可能叫人端來毒酒，那豈不是更糟糕？於是他閉上了嘴，把所有的話都嚥了回去。

此時香珍眼看林昌不言語，自己倒急了，那是她的閨女啊，再是毒算了她，可還是她的閨女啊！真能眼看著她配個馬伕？她無法接受，立時言語。「老爺，您快求求老太太吧，馬伕不成，尼姑庵也不成啊，她到底是林家的姑娘，配個門當戶對的好不好？」

林昌扭了頭，不與她言語。

林賈氏轉頭看向了香珍，伸手一指她。「來人，送她去莊子上！送走！」

香珍聞言一愣，眼珠子一翻，人就出溜到地上了……

林賈氏發話，林昌也是不能反抗的，何況是這個節骨眼上？所以香珍出溜到地上後，立刻就被下人抬了出去。

林昌唯一能做的就是急忙扯了陳氏的衣袖，要陳氏趕緊言語兩句，可陳氏才和香珍爭執了，這會兒怎可能出言幫忙，頭一扭也不打岔，弄得林昌只能硬著頭皮衝下人們言語了一句。「她肚子裡還有孩子呢，都小心些，先、先送她回院吧！」說完人就縮了脖子，閉了眼，一副等著挨吼的樣子。

不過林賈氏沒言語，許是林昌提到了孩子，她到底是心疼的，便只是瞪了一眼林昌，就看向了林嵐。

林嵐此刻完全就傻呆呆的立在那裡，似失去了魂魄一般，畢竟林賈氏的一句言語，無疑把她所有的希冀和盤算全都抹殺了。

馬伕？馬伕！

她慢慢的抬頭看向了林昌，看到的是父親一臉的惱色，看向林賈氏，看到的是她那雙恨不得剝了自己皮的厲色，登時她也身子一晃，繼而直挺挺的倒下去了。

林熙坐在書桌前，呆滯一般的看著面前的宣紙，屋外幾個丫頭婆子妳看我、我看妳，都是不時交換著眼色，卻沒人敢言語什麼。

林嵐倒下去後，會審便無法再繼續，縱然林老太太氣惱，陳氏與林昌驚愕，可人都昏了還能怎樣？所以當林賈氏喊著要封院禁足之後，林昌立刻接話的言語安排，在場的林熙便沒了待在那裡的理由，埋著頭一言不發的回了她的碩人居。

「葉嬤嬤？」

門外一聲輕喚，之後，傳來窸窸窣窣的聲音，繼而簾子一挑，葉嬤嬤一人進了屋，隨手便把門給關上了。

「我把她們都打發走了，心裡不舒服也別憋著。」葉嬤嬤說著直接拖了張繡凳，坐到了林熙的對面。

林熙抬眼。「您都知道了？」

「可以想像得到。」葉嬤嬤說得很平淡。

林熙一個冷笑。「您隨便就想到了，我卻……」

「妳只是不肯接受事實而已。」葉嬤嬤望著林熙。「不管我和妳說了多少次，妳都覺得家人是妳的最後依仗，所以妳不信他們中有人會如此不是嗎？」

「我無法想像她的惡毒，我只是看透了她在撒謊！」林熙激動地站了起來。

早上林嵐的一番高熱在別人眼裡是痛苦，可在她眼裡不是，因為她看到了林嵐微微上翹的唇角，看到了林嵐瞇成一條縫的眼，這些都在告訴她，林嵐的得意。

所以她知道是假的，是林嵐故意以此要她裡外不是人！

她那一刻就明白林嵐不是善茬，因此她回到屋裡就一直在想一個問題，到底林嵐是怎麼燒起來的？

潑水凍身嗎？寒冬臘月倒還可能，可如今正值夏日，怎麼可能因此而燒？難道會那麼巧嗎？

她一直在猜想，卻沒有什麼答案，但是作假她可以肯定，而後她記起了當時爹爹是要請王御醫來的，可來的是住得最近的李郎中，雖然看起來這似乎沒什麼問題，但是她不由自主地想到這也許是一個可以弄明白原委的點。所以最後她才會找祖母去請王御醫來複看，至少弄清楚，林嵐到底怎麼燒起來的，豈料答案竟然是寒食散，而她不過是叫花嬤嬤那邊多防備一點，免得自己沒了後手，結果竟拽出了一連串事來，林嵐的惡毒，這才真正的現了出來！

「您知道，她在算計我嗎？」林熙望著葉嬤嬤。

葉嬤嬤眨眨眼。「宮條的事？」

「您知道？」林熙驚訝，如果不是林賈氏惱怒之下說出那句話，她根本想不到宮條的事是在算計她！

「妳日日心裡起念，連自己姊妹都算計，我幫妳壓了，指著妳悔改，妳竟一而再再而三，連妳母親都敢算計……」

這話當時一說出來，林熙便是驚了一身的汗，再回頭思及那浸了依蘭的宮條，還有什麼不明白的呢？

她驚訝於林嵐的毒辣算計，驚訝於祖母把這事徹底的壓下來，更驚訝的是，葉嬤嬤竟然知道！

「知道。」葉嬤嬤已然答得坦然。

「那您為什麼不告訴我？」林熙的聲音挑高。

「我為什麼要告訴妳？」葉嬤嬤也站了起來。「她算計的事我一發現，就告訴了妳祖母，妳祖母又要一張臉又想給她機會，與我這邊違心答應，我一看妳祖母表情就知道她定會幫著掩蓋，那我何必把這事講出來？難道打不死敵人，我還要出來告訴她，我在這裡嗎？至於告訴妳，哼，告訴妳，妳會聽嗎？妳會信嗎？妳自己好生想想這些時日我和妳說了多少次關於信任的事，妳聽過嗎？」

「可是……」

「可是什麼？可是她是妳的家人嗎？我的七姑娘，睜大妳的眼吧！她有把妳當家人嗎？

她要當妳是家人還會處心積慮算計妳、陷害妳？她甚至都沒把自己當林家人！」

林熙低了頭。「是的，她沒把自己當林家人，但凡她當了，就不會生出這種惡念，竟要……」

「七姑娘，我早和妳說過了，妳不害人，卻不能不防人！似妳這般毫無防備，哼，總有一天要吃大虧！輸在外人手裡，我思量著妳還咬牙過得，要是輸在了妳的家人手上，只怕妳連活著的勇氣都沒了吧！」

林熙聞言身子一晃，跌在了椅子上。

背叛，昔日的背叛滋味再度湧上心頭，貼身的丫頭背叛了她，她那一刻便覺得除了家人，世間沒什麼人可以再信，而現在，連她的家人都不能信了。

「我這輩子，是不是再無可信之人？」

葉嬤嬤嘆了一口氣。「我問妳，妳覺得六姑娘為什麼會算計妳？」

林熙一愣，抬頭看向了葉嬤嬤。「她不甘心，對於她是庶出的，她從未甘心過。」

葉嬤嬤抓了一旁的筆，隨手沾了筆洗裡的水在硯臺上蹭了幾下，便裹著未化的墨色在紙上寫下了一個字——貪。

「我以前就和妳說過這個，我不再多說。但我要告訴妳，這便是人性，當一個人的貪念蒙蔽了雙眼，她看到的只有不公，因為如此才可以作為她貪念的理由；當它的底線被貪念吞噬，那個心就成了貪心，它就再分辨不出是非黑白，因為只有如此她才可以不擇手段，所以，妳在乎的親情家人對她來說，就和路人無異；她算計妳，是因為她貪心妳的機會，也許在別人眼裡，謝家的這門親，不是個好親，但到底謝家是侯門啊，這在她看來卻是垂涎欲滴的未來！」

林熙看著紙上那個貪字，濃墨未展，如嶙峋怪石又如猙獰鬼面，反倒心中忽然踏實了。因為葉嬤嬤的話已經讓她明白，在起了貪心的人心裡，根本沒有什麼底線。

她抬頭看著葉嬤嬤，粉唇輕啟。「我懂了。」

「是嗎？」葉嬤嬤看著林熙。「希望是真的。」

林熙看著葉嬤嬤眨眨眼。「您曾說過，對您也得留著後路，也得防備著，對嗎？」

葉嬤嬤點頭。

「那您要算計我什麼？」

葉嬤嬤看著林熙。「妳覺得我會回答嗎？」

「董廚娘為什麼要教我皇上喜歡的菜色，葉嬤嬤，您能告訴我原因嗎？」

葉嬤嬤咬了下唇。「不能。」說著她起身往外走，但走到門口時，她回頭看向林熙。「看來妳是真懂了，不過，妳要學會的是藏著，很多時候只有讓別人相信妳什麼都不知道，那才是妳最好的保護傘。」

葉嬤嬤說完就出去了，林熙卻望著那未關上的門，口中喃喃。「保護傘？那是什麼？」

翌日，林熙因為擔心結果，清早起來去祖母那裡問安，林老太太大概因為昨日氣得不輕，沒有見人，是以林熙沒能問安，卻和前去請安的林昌與陳氏一道返回了正房院落。

林昌的臉色十分難看，林熙與他問安，他也只是心不在焉的應付兩句，衝著林熙嘆了一句「要是嵐兒和妳這般就好了」，然後人就穿戴整齊的出去到翰林院應卯了。

大約昨日出了惡氣，陳氏折回來時，臉上帶著一絲爽利，不過她並不是真就高興了，因為她和林熙說話的口氣裡充滿了無奈。

「家裡出了這樣的事，妳爹他傷心得厲害，平日裡最疼愛的兩個，一個日日不清閒，一個毒辣到叫人冒冷汗，想想我都覺得受不了，何況妳爹。他今日無精打采理妳，妳別往心裡去。」

林熙點頭。「娘您放心，爹爹的心情我能理解。」說完看著陳氏。「那她們如今……」

「珍姨娘封了院，妳祖母發的話，說孩子不落地，不許出來，等生下了，孩子就放到我膝下養著，她一出月子就打發去莊子裡，不許她在府裡待了，怕她把孩子教壞了。」

「那六姊姊呢？」

「閉門思過呢，妳祖母說找馬伕的事，畢竟是氣話，真要那般了，咱們林家的人都跟著丟臉，我雖氣惱想給她配個歪瓜裂棗，可到底那是傷德的事，而且妳祖母氣過了，還是要疼的。所以，我打算選個門當戶對的，趕緊給她定了也就是了。」陳氏說著看向了林熙。「對了，章嬤嬤和我說尋東西的事是妳授意的，妳怎麼知道她有那惡心的？」

第四十章　親事

「哎，我只是覺得六姊姊病得太巧了些，想著是不是作假，叫著花嬤嬤央娘您這邊防備一手而已，哪曉得……」林熙的話沒說下去，那之後挖出來的答案，的確教人震驚。

「小小年紀，心思毒辣得可不是一點半點，我都是昨晚才從常嬤嬤那裡知道了有關宮條的事，這個事我不和妳細說了，但妳要記住，以後對她們母女不管有無往來，都得防備著。」

「我知道的。」林熙才答應著，屋外有了些許動靜，隨即章嬤嬤急急的跑了進來。

「太太，宮裡來人了。」

陳氏聞言立刻丟下了林熙，整理了下衣冠出去了。

先前林老太太就已經打了招呼的，如今這個時候不過才是天剛放亮而已，宮裡就來人了，明顯這是選秀的結果下來了。

林熙就在母親的院落等了一氣，一盞茶的時間過去，陳氏臉帶喜色的回來了。

「娘您臉上喜色滿滿，看來堂姊是留中了。」林熙起身言語，陳氏上前拉了她的手。

「對呀，妳堂姊好本事呢，三關皆過，留中了，宮裡放了牌子叫回來各自與家人聚聚，能待個一、兩天。」

「那幾時回來？」

「今兒個黃昏後了，後日的清早彩車來接，再復入宮。」陳氏說著衝林熙一擺手。「好了，妳快回去吧，她今兒個要回來，我這兒還得一通張羅。欸，妳幫我和葉嬤嬤打個招呼吧，稍後我去找她討張單子來，看看還得弄些什麼好給妳堂姊預備下。」

林熙立時應聲告辭了出來，回往碩人居，陳氏也立刻召集諸位管事安排事情去了。

「留中？」葉嬤嬤挑了眉，臉上並沒有林熙想像的喜悅。

「對，得您的教導，留中了。」

「妳是專程來和我說這個的？」葉嬤嬤斜眼看向了林熙。

「不算吧，其實是母親讓我來和您提一聲，好叫您給她個單子，預備些東西給我堂姊。」不知道是不是昨夜的話作祟，林熙面對葉嬤嬤時，心態並不能如往昔那般將她當作一個慈祥的長者，她發現自己和葉嬤嬤之間，似乎已經回不到當初了。

「好，我知道了。」葉嬤嬤說著擺了手。「林二姑娘要晚上才來了，七姑娘還是先回房弄妳的帳冊吧，哦，對了，把妳屋裡拾掇一二，有些東西還是收好了藏好了，免得惹事。」

林熙一頓，明白的點頭，應聲而出。

她一走，葉嬤嬤的眉便蹙了起來，她伸手揉揉額頭，口中輕喃：「怎麼會留中呢？她怎麼不按說好的來呢？難不成她看不上眼嗎？」

中午用飯時，食物擺進屋內，林熙剛準備用餐，卻是外面一聲招呼，陳氏來了。

「娘，您怎麼過來了？」林熙有些詫異，畢竟母親這會兒應該忙得團團轉才是。

「想找葉嬤嬤商量下把董廚娘接過去做兩天飯，伺候下妳堂姊，畢竟她是要入宮的，咱們雖不和別人似的指著她飛黃騰達，但到底是進到那裡面去，一別經年，怎好怠慢……」陳氏說著臉上的喜色收了些，竟有些唏噓，完全不是早上那般的喜悅了。

林熙不好說什麼，扯了扯母親的衣袖。「那葉嬤嬤可答應了？」

「答應了，我還來妳這裡做什麼？」陳氏無奈的搖頭。「她說早先和董廚娘就說好的，除了妳的灶，別個再不碰。我說了半天她都不應，我一尋思，得，我把妳堂姊安到妳這裡，和妳住上一天一夜的，搭上妳的灶，這總不礙吧？」

林熙笑著點頭。「不礙事，反正添一雙碗筷而已。」

如此在正午用飯過後，林熙的屋裡就沒怎麼清靜，全是上下打掃收拾，到了黃昏前，林府一家穿戴整齊，便在二門前的廳裡等著了。

雖然只是留中，尚無什麼封號，還不至於要大張旗鼓，但到底自此後便是後宮裡的女人了，忌諱甚多，禮儀規矩甚多，是以大家都還是嚴陣以待的，就連閉門思過的林嵐，也因為情況特殊，而招呼著立在一邊。

珍姨娘卻沒這個榮幸了，畢竟，林嵐再是庶出也是林家的骨肉，而她珍姨娘，一個受罰的妾侍，卻是沒資格在此的。

黃昏一到，管家就報聲說著到了，立時林府開了正府門旁的小角門，迎了銅車裡的林佳入府，林昌則給迎送的太監們遞送了紅包。

林佳是坐了小轎子來到二門處的，一下來時，臉上還蒙著一層細紗，立時迎接之人齊齊的給她福了一福，這才迎進了屋裡。

進了屋，便取了面紗，又置下了蒲團，由著一通叩拜言語的折騰，待到一圈招呼完了，林佳才坐到了林賈氏的身邊，林昌和陳氏則分坐了兩方椅。

坐下來，林賈氏便問及選秀的事，林佳似乎興致不高，寥寥地說了幾句，絲毫聽不出什麼驚心動魄來，林賈氏看她那樣子，也就沒再多問，只說著一個多月前她有了個妹妹。

林佳聞言嘴角總算升起了一抹淺笑，繼而便低聲說著困倦了的話，立時陳氏出來安排著她歇去碩人居。

府上宅院不少，空下來的也還有，聽著陳氏安排林佳同七姑娘一道住，站在角上一直沒存在感的林嵐卻抬頭看了林佳一眼，瞧著她衝林熙淡淡一笑，說著如此甚好什麼的，便又低頭繼續當空氣了。

很快應對了兩句，陳氏便同林熙一道引著林佳去了碩人居。

她們一走，林昌就忍不住言語起來。「大哥還是教導有方啊，瞧她禮儀舉止很是有名門之閨的風範。就是人冷了點，不過思量著這一進宮便是再難出來，冷些，倒也對！」

林賈氏聞言撇了一下嘴，眼掃去了林嵐那裡，哼了一聲，張口便是打發林嵐回去繼續思過。「妳且回去好生反省，妳堂姊在這裡，明日護著妳臉面，也不禁著妳了，但後日裡，妳依舊給我回去，聽好了，妳若知道悔改，還能有個門當戶對的嫁，妳若再敢不安分，真格的把妳配馬伕！」

白天陳氏提出了自己想法，說了一些到底是林家骨肉的話，讓林賈氏有了臺階下，便也因此把氣頭上的話就此揭過，不過這會兒她看到林佳的冷漠想起的卻是當初她的瘋狂，再看到林嵐，她這心裡莫名的就發怵，生怕林嵐也跟她一樣犯渾，是以不客氣的這般言語。

林嵐一臉乖覺的樣子應聲離去，林賈氏便招手把林昌招呼到了跟前。「給嵐兒瞅人的事你可抓緊點，能不能一個月就敲定？」

林昌一愣，隨即說道：「手裡是有幾家，可還得一家家的打聽摸清了底……一個月太緊了，起碼得三個月啊，畢竟這是婚姻大事，怎能草率……」

「草率？我給你一個月的時間打聽篩選這還叫草率？」林賈氏立時挑眉。「你那嵐兒什麼性子、什麼心眼，你自己好生想想，留得越久我越是心驚，早定早出的好！」

林昌聞言張張嘴，想要說什麼，可看到林賈氏那張不悅的臉，最後還是閉嘴了。

陳氏說了幾句安排的話，又在林熙的屋裡同她問了幾句缺什麼少什麼後，便囑咐著早點休息，離開了院落。

林熙在蜀地時，就和林佳不算多親近，到了其後葉嬤嬤全力教導，她都幾乎被甩晾在了一邊，是以林熙很自覺的把自己的床鋪讓給林佳，打算自己去睡梢間，免得彼此尷尬。豈料林佳卻說著晚上一起睡的話，繼而言語著要見葉嬤嬤。

林熙現在是沒有話語權的，只好帶著她去了葉嬤嬤的房前，此時葉嬤嬤的屋裡燈光昏暗，似乎只點一支燭，連燈罩都未上。

在門外言語之後，門簾一挑，葉嬤嬤立在了門前，也沒說叫林佳進去的話，只柔聲的問著：「有事？」

林佳衝著葉嬤嬤一拜。「佳兒能留中，全賴嬤嬤教導，三關爭華，既不為首也不為尾，最後得留，是以佳兒拜謝嬤嬤……」

「師傅領進門，修行在個人，妳若不努力，也不是有我的教導就能中的，如今妳留中，那是妳的本事，就別謝我了。」葉嬤嬤說著臉上掛著淡淡的笑。「還有事嗎？」

林佳一頓後言語道：「望進宮前再得嬤嬤指點。」

「該教的我都教了，沒什麼私藏的。」葉嬤嬤說著抬手取了門楣上的風燈，提罩張嘴的一吹滅之，而後一邊掛燈一邊言語道：「宮裡不比別處，遇事別太衝動，多想想沒壞處的。」說完她把簾子一放，人竟縮回了屋裡。「兩位姑娘早點歇著吧！」繼而把屋門給掩上了。

葉嬤嬤這般冷淡的態度，叫林佳和林熙都有些始料未及，但是要說因此覺得葉嬤嬤有錯，兩人卻又都不覺得，畢竟，葉嬤嬤還是留言囑咐了，而且她的性子本身就有些不按常理，時冷時厲的，林佳倒也沒計較。

她望著那屋內的暗淡燭火，臉有一絲猶豫，好不容易邁步向前，似要找葉嬤嬤再說說，屋裡的最後燭火卻是熄滅了。

林熙見狀看向林佳，便看得她無奈的嘆了一口氣，而後轉身回去，林熙只好立刻跟了上去。

洗漱過後，兩人同床而眠，由於昨晚沒睡好，而她和林佳都沒什麼話說，林熙很快就睡著了。

但是半夜的時候，她迷迷糊糊中聽到了抽泣之聲，摸到身邊空空，她立時驚醒翻身坐起，一撥開帳子就看到林佳坐在書桌前，一邊抽泣著一邊書寫著什麼，林熙當即放下了帳子，輕手輕腳的躺了回去，偏著頭躲在帳子裡默默關注著她那模糊的身形輪廓。

看著看著，瞌睡再度襲來，她睡著了。

翌日，陳氏一大早就跑了過來，張羅了一些東西給她瞧看——有衣服，秋冬薄厚的各有兩套；有賞物，一些精緻細小的金銀件；還有頭面雜物的，總之倒是林林總總的收在一起，一個不算小也不大的包袱，入宮帶著倒也方便。

林佳道過謝，陳氏一臉笑容與之說了幾句後，看著飯菜擺了進來，便離開了。

林熙和林佳都是和葉嬤嬤學了規矩的，吃飯時兩人的舉止動作一般樣兒，只是林熙到底這般富養的時間長，舉手投足坦然隨興習慣，林佳卻是難免刻意了。

「到底妳比我自在。」才放下碗筷，尚未淨口，林佳便言語起來。

林熙銜其笑了一下，放了碗筷，淨口之後，才把茶捧起，那林佳又言：「聽說妳說下的那人失蹤了？」

林熙點點頭。林佳眼掃屋內的人。「妳們下去吧！」

丫頭婆子立刻收了東西，屋內除了她們兩個，沒別人了。

「為什麼會是妳？」

「什麼？」林佳的話有些跳脫，林熙被問得有些懵。

「妳不是林家最乖最好的那個嗎？」

林熙這才聽懂了她的意思。「這是我的命。」

「呵，妳是葉嬤嬤教養下的，大家都知道妳，妳應該過得更好啊，不應該是嫁給一個很可能都死掉的人吧！」

「父母之命，媒妁之言，何況謝家於我們林家有恩，我不敢置喙……」

「不敢？那妳心中是不願的了？」

「沒什麼不願，我姓林，我是林家人。」林熙這話說來高義，但何嘗不是事實呢，沒有母親的暗示猜測，沒有船行的相遇，那在她所知裡，謝慎嚴不就是等於是個死人嗎？那她還不是依然會嫁？

林家需要一張臉啊！

林熙的回答讓林佳挑了眉，她盯了林熙一陣後，從袖袋裡摸出了一封摺好的信箋。「這個幫我收著，若是……若我有一天在宮裡落了個淒慘，便把這個交於我的爹娘。」

林熙立時想到了昨夜林佳的抽泣而寫，小心的伸手接過。「我會收起來，但我希望沒有交付的時候。」

林佳衝她一笑。「我也希望。」

清晨，彩車在林府外守候，林熙陪著林佳向府中之人一一道別後，走向她的未來。

「祖母，請原諒我當日的糊塗。」眼看要出二門上轎了，林佳忽然回頭言語。

林賈氏衝她笑得眉目慈祥。「一家人不說兩家話。妳保重！」

林佳笑著上轎了，林熙看著她雙肩的鬆垮，實在不清楚林佳是徹底沒了包袱還是對前方的路，已無希望。

她走後，林熙回到了自己的院落，就看到葉嬤嬤站在院子正中望著她。

「她走了。」林熙上前言語。

「我知道。」葉嬤嬤說著昂起了下巴。「去把妳那身十二單衣換上。」

林熙一愣。「為何要穿得那般鄭重？」

自她將禮儀熟化後，十二單衣便極少穿起，尤其這一年她還是竄了些個子的，那套衣服現在再拿來穿的話未免短了點。

「我得教妳些宮廷禮儀了。」

林熙在炎熱的暑日，穿上了厚重繁瑣的十二單衣，雖然這套是短了，可是葉嬤嬤已經叫人給她量身，擺明會再做一套來折騰她。

林熙聽到「宮廷」二字時，就想到了那些菜式，她越發的不明白為什麼葉嬤嬤總要把她往宮廷上帶，但問了也是白問，葉嬤嬤的嘴巴閉得很緊。

就這樣，林熙跟著她學了七、八日，已經盡數掌握，而林昌也帶來了消息，林佳第四日上侍寢於皇上，得了個美人的封號。

林府上下頗為高興，林賈氏叫林昌執筆寫給大兒子報喜，正言語間，管家送了帖子來，是謝家的。

「七日後是謝家十三姑娘的及笄之日，邀著我們過去觀禮。」陳氏瞧看完了帖子，衝林賈氏言語。「六姑娘我要帶上嗎？」

林賈氏看了她一眼搖了頭。「不必了，就說她病著。」

「知道了。」

轉眼到了及笄之日，林熙起了個大早，由花嬤嬤收拾著穿戴整齊的隨著林昌、陳氏，還有三位哥兒去了謝家。

今日的衣裝葉嬤嬤沒有前來修正，但林熙自己作了主，但凡豔麗的她一併棄之不用，畢竟謝家小四爺現在可是個失蹤的人。

所以她穿了一身藕荷色的高腰襦裙，雙螺上也只簪著花簇模樣的珠花而已，一如當初那般——全身看起來能顯出她身分的，便只是頸子上的掛玉金項圈了。

謝家今日熱鬧，府門處人頭攢動喧譁非常，前轎在此落下，林昌下去與之拜門，便有家丁上前迎著後面的兩個轎子去了東角門上，送她們到了內院。

才落轎下來，謝家安三太太就上前來迎。「親家可算來了，老太太剛剛還問起呢！」

陳氏客氣的答了話，隨之一道入廳，林熙乖順的跟在後面。

一進廳，林熙跟著陳氏連連招呼，把謝家的幾個太太也都一一拜了，而後跟著哥兒幾個立在邊上時，才偷眼掃了下，但見廳內擺設依舊是那種華而不彰的風格，各位太太們的穿著也是同等打扮，衣料金貴華美，卻無人打扮得滿頭珠翠，就是作為今日主角娘親的安三太太，也不過是比其他幾個頭上多了一支珍珠簪而已。

林熙再掃眼中間，小心打量著謝家的老太太，畢竟若她嫁過來，少不得要在這位跟前伺候，只是這位老太太，她偷眼過去，卻除了她臉上慈祥的笑，便什麼也看不出來，而大家的言語笑談中，老太太更沒言語過一個字。

寒暄了片刻，還有新客到，立時他們幾個在安三太太的指引下到了等下舉行儀式的花廳裡。此時不少貴婦人在此，安三太太介紹了幾個後，便匆忙回去招呼客人，大家也就湊在一起言語。

哥兒們問過禮後，便被引去了一旁的涼亭裡，這邊幾個貴婦人卻把林熙打量過來瞧望過去的，顯然是對她興趣不小。

「七姑娘，我可尋到妳了！」忽而嬌嗲之音入耳，林熙忙回頭，便見是十四姑娘笑嘻嘻的走了過來，一把就拽上了她。「妳甭在這裡做蠟了，快同我們去那邊，大家一起自在。」

林熙聞言衝她一笑，回首看向母親，陳氏擺手。「去吧！」

林熙應聲，這才跟著十四姑娘離開，那邊幾個貴婦人便互相交換著眼神。

花廳角落處的水榭邊上，已有幾個姑娘在此，林熙掃眼瞧看，有幾個面熟的，都是先前見過的，大家湊在一起招呼了幾句，便閒扯起來。不多時有丫頭湊過來，說著致遠伯孫家到了，有姑娘跟著，謝家的十四姑娘只好立刻過去接應，而她一走，先前說著胭脂水粉衣料頭面的姑娘們便換了話題。

「欸，妳們說孫二姑娘會來嗎？」

「我要是她，才不來呢！來這兒不夠丟人的嗎？」

「可不是？滿城都知道她是該說給謝家的，這會兒卻說給了金家，嘖嘖，好女可不會嫁二夫！」

「混說，妳那可過了，她到底也沒下定的，只是人家說說罷了。」李家的三姑娘出言反駁，轉頭看向了坐在一邊安靜不語的林熙。「不過林七姑娘倒也因此和謝家結緣，就是不知妳前路如何？孫家不地道，把火坑推到妳這裡了，妳定是委屈的吧？」

林熙見人家看向自己，還似替自己不平的模樣，當即衝其淺笑。「我林家受了謝家的恩惠，有所償報也是應該的，何況失之我命，得之我幸，也沒什麼委屈不委屈的，不過是隨遇而安罷了，多謝李三姑娘妳的關心。」

「林七姑娘倒豁達呢！」李三姑娘見林熙沒有什麼多說的意思，便閉上了嘴，轉頭張望片刻後，一抬下巴。「喏，人家可不避諱，大搖大擺的來了呢！」

隨著她的話，眾人起身來迎，畢竟孫二姑娘可是伯家的小姐，身分不低。

孫家來了兩位姑娘，二姑娘和五姑娘，十四姑娘笑吟吟的言語招呼，孫五姑娘始終面帶笑容與之言語，而孫二姑娘卻有些魂不守舍似的東瞅西望，最後她的眼神落在了林熙這裡，嘴角微微的上抽，眼皮子也微微下垂，儼然一副可憐她的模樣。

孫二姑娘為何對自己露出這般可憐之色，林熙不想也知道原因，因此，她選擇了視若無睹，盡可能的別去和這位孫二姑娘有什麼衝突。

但有的時候，真是你不找人家，人家也要來找你，那孫二姑娘直接邁步到了她的跟前，衝她言語起來。「聽說妳和謝家是早有婚約的？」

林熙低了頭。「婚姻之事，輪不到我一個女兒家言語，故而不知情。」

孫二姑娘聞言一頓，臉上便有了些許臊色，悻悻的轉身又覺得一句話就被兌回去了不合適，又轉身看著林熙。「妳爹娘怎麼就那麼捨得妳？他都不見了，妳又是葉嬤嬤教養下的，橫豎也能挑個更好的吧？」

林熙聞言，心裡非常不舒服，不管她孫二姑娘是真關心還是假關心，真可憐還是假可憐，怎能對自己的父母去評頭論足、指三道四呢？是以她抬了頭看向了孫二姑娘，眼神充滿著一抹不親不近的淡色。

「三綱五常我在閨學第一日便已知曉，仁義禮智信的道理更是記在心間，我們林家乃清流世家，絕不會挑挑揀揀、背信棄義，故而有約應約，有恩報恩，理所應當，我謝孫二姑娘妳的關心了。」林熙說著對著孫二姑娘微微一福身，繼而人退往了一邊，顯然是不打算再和孫二姑娘言語。

而此時孫二姑娘臉色脹紅開來，那「挑挑揀揀、背信棄義」的八個字，怎麼聽都似是在指責她的不是，偏人家又對自己說著謝謝又福身的，倒叫她發不了脾氣，畢竟伸手不打笑臉人啊！

其他幾個姑娘一看兩人沒了下文，立時說起來最近選秀的傳聞，自然少不得提到自己熟識的某某留中或是落選的，就這麼湊在一起混說了一陣子後，總算到了及笄的時候。

觀禮之時，林熙不想扎眼，索性站在了邊角處，豈料十四姑娘卻把她胳膊一撈，拉著她要往前面去。

「不了，這裡一樣看得到，我若過去了，難免和孫家的姑娘站在一起，倒無端的添笑話了。」林熙急忙與十四姑娘言語。

十四姑娘一聽覺得也是這個道理，畢竟一前一後的兩個都和謝家有所關聯，不管爆沒爆出去，但凡是個明眼人的，誰又不知底細呢？若真在一起，添出笑話來，那也是添到謝家的，立時十四姑娘衝林熙一笑。「果然妳思慮得多些，罷了，我陪著妳在這邊吧！」

「妳不到前面去的嗎？」

「我和十三姊都喜歡妳，寧可陪妳。」十四姑娘說著把林熙的胳膊一拉，跟個大姊姊似的立在旁邊，立時讓林熙有點發窘，畢竟日後她要真嫁到謝家去，卻要做人家嫂子的。

「妳別太搭理那個孫二，那人的性子屬狗的，逮誰咬誰！」忽而十四姑娘偏了腦袋在她耳邊言語。

這話立時讓林熙嚇了一跳。謝家的姑娘，謝家那個說話嗲音充滿嬌柔的十四姑娘，竟然和她這般悄悄耳語？她詫異地看向十四姑娘，看到的是她的一個滿滿笑容，當即自己也不好意思的笑了笑，低了頭。

「妳知道她說給誰家了嗎？」十四姑娘這次沒和她咬耳朵，但聲音很小，完全等於是在和她竊竊私語。

「剛才聽到，好像是金家。」林熙說著腦中已經在尋思會是哪個金家，這邊十四姑娘就給了答案——

「撫遠大將軍的次子。」

林熙立時想到了瑜哥兒口中時不時會提到的那個金鵬鵬哥兒，登時倒有些可憐那人了，畢竟要說身分，兩家相比起來能算是門當戶對，但到底武將之家要落得一些輕視。再來那個鵬哥兒在瑜哥兒的口裡聽來，就是個孔武有力卻腦中空空的人，若娶了孫二這個嬌寵刁蠻的，少不得要體驗一下河東獅吼的日子了。

林熙這般胡思亂想的時候，及笄正式開始。

前面的各執祝福她沒太在意，只留神著十三姑娘身邊的幾個婦人，猜想著會是誰為她綰髻上簪，好不容易等過了那一遭，便看到是個衣著華貴的老婦人由人群中走上去，手持著一支赤金金鳳大簪，接手了那婦人的綰髮為她上了簪。

「她們是誰？」林熙不認得，小聲問著十四姑娘。

「上簪的是都察院左都御史趙大人的夫人，給我十三姊綰髮的是他們的大房長媳，也就是太僕寺卿趙大人的夫人。」十四姑娘說著衝林熙眨眨眼。

林熙立時明白，謝家的十三姑娘等於說給了趙家大房的兒子，左都御史趙大人的孫輩。

「長孫嗎？」

「對，如今在大理寺任右丞。」

林熙聽來內心咋舌——有道是樹大好乘涼，權貴相扶，還真是如此，自己做大姑娘出嫁的時候，爹爹便是從六品，而如今將娶十三姑娘的這位年紀輕輕的已是正六品的官職，這實在叫人驚嘆！

十四姑娘瞥到林熙驚訝之色，笑了一下靠在了她耳邊言語。「我這個未來姊夫專注於業，勤奮於職，遲遲未有成親訂親，是太傅出面保的媒，其實他年紀不小，二十六了！」

林熙聞言點點頭，看向場中忙著行禮的十三姑娘，鬼使神差地說了一句。「嫁個大點的也好，起碼知事一些，少些亂子。」一說完這話忽而察覺到身邊十四姑娘炯炯目光，立時意識到自己說了什麼，登時羞得低頭了。

「看來妳家人沒少給妳開導，若是我四哥洪福齊天，老天爺肯放了他，他娶妳時，也算大些的了，也會知事少亂的。」十四姑娘說著竟雙手合十，衝著老天比劃起來。「老天爺快保佑我四哥平平安安的回來吧！」

林熙望著她，心中有些亂，因為她看著十四姑娘那表情，竟無法看出她是真在祈求還是作假。

她到底知不知道他還活著呢？林熙心裡正問著自己。

及笄儀式已經結束，謝家立時招待著大家入席用餐，林熙便被十四姑娘拖著一併進出，害得林熙幾次都有些尷尬，想要避諱些吧，偏生十四姑娘就不放手，倒弄得她也無法，只能和她一起進出，以至於到了午飯後林家告辭出來回府時，陳氏在車上唸起她來。

「到底還有五年光景呢，妳這頭出得也太早了，雖說妳與謝家的親事定下得早，大家都知道，也還是該壓著些的，沒得那麼張揚才是。」

林熙聞言點頭。「是，母親，其實我也不想，奈何……」

陳氏看著林熙的樣子追了一句。「是她處處拽著妳的？」

林熙再度點頭。

陳氏便挑眉。「不應該啊，謝家可是頂頂的世家，規矩什麼的可不比宮裡差，個個都是活出來的人精呢，她怎會處處拉著妳出風頭？」

林熙搖頭，這也是她不明白的地方。

「算了，這些想不清楚就不想了吧，倒是那十三姑娘竟嫁給一個年紀那般大的，確實叫人有些意外了。」陳氏說著又嘆了口氣。「不過終究還是門當戶對的大家，熙兒啊，將來妳這嫁過去的，娘心裡還是沒底啊，如今只能盼望著五年裡妳爹能再往上升一升，可他在翰林本就是熬資歷的，卻又難了……」

「娘，車到山前必有路，該如何就如何吧，女兒出閣的事還早，您就別掛心了。」林熙說著衝陳氏笑笑，母女兩個抱在了一起，可林熙心裡卻越發的感覺到自己的壓力很重，畢竟今日裡瞧著進進出出的人，哪一個不是大富貴的呢？

林熙回到了府裡，就同哥兒幾個隨著陳氏和林昌去了林賈氏那裡回話。

「謝家倒是會尋思人，說起來是有些意外，可細細想想，門當戶對不說，這御史線上也有了門，倒是把這個世家照顧得更周全了。」林賈氏聽了一茬，顧自的念叨了起來——

「哎，我們林家如今這幾個姑娘命算好，橫豎都高嫁了，你們的爹也有些奔頭了，這倒是好兆頭的！桓兒、佩兒還有宇兒，你們可不能就此便把自己當富家少爺了，還是得各自上心的學，咱們林家可比不上人家這些大戶，背後一把的人情隨便拉扯著都能靠，你們便只能靠自己，知道嗎？」

幾個哥兒立時應聲。

林賈氏看向了長桓。「桓兒，你是做大哥的，帶著你兩個兄弟，如今你是讀出來了，可他們還沒呢，提醒著，叫他們也能光耀門楣才是！」

「放心吧，祖母！」長桓立時言語。「我自會擔責的。」

「是啊祖母，我們也會像那雷敬之一般，給咱們家門好生光耀一二的。」佩兒在旁高聲附和。

林賈氏聽著一愣。「誰？」

「雷敬之，今年春闈裡得中二甲第四名，後來朝考也過了，和咱們桓兒一樣是個散館，得皇上召見過兩次。」林昌在旁答話。

「聽來不錯啊，怪不得佩兒要學他呢！」

「是啊祖母，今兒個在謝家府上，我們這些幾乎全聽他一人言語了，那人真是口若懸河滔滔不絕。中途遇上謝家大爺過來，論了一道大前年金殿裡的考題，好傢伙，人家就斟茶那麼點時間竟就破題解題的答起來了，結果聽得爹爹擊掌讚嘆，眾人咋舌，這不？回來路上兩個弟弟就一直嚷嚷著得學他這般，也好日後討個如同今日的風光呢！」長桓說著一臉笑容。

林賈氏聽得是連連點頭，誇著孩子們有志向，復又說了幾句，便叫散了。

孩子們各自回院，林昌同陳氏回了正房，剛進屋才坐下，林昌就把丫頭攆了出去，轉頭言語起來。「對了夫人，給嵐兒看的人家咱們已看了幾家了？」

「七家裡你打聽了五家，得了准信的也就三家，這三家你還瞧不上呢！」陳氏說著自斟了杯茶喝了。

「那三家確實不成，那鄭家小子其實人不錯，但他娘死得早，他爹雖然鰥夫不娶，可家裡弟妹太多，日後少不得拉拔，有道是長嫂如母，那還不把嵐兒給累死？」林昌說著搖頭。

「是是是，鄭家婆子死早了，王家你嫌棄人家如今還沒中舉，那張家總還是可以的吧？」陳氏撇嘴言語，臉上的不快十分明顯，畢竟林昌的偏心她早已知道，卻沒想到他在林嵐親事上那個挑揀哦，只怕香珍在這裡都沒他那麼挑的！是以再想想當年大姑娘的出嫁，她這心裡就不舒坦了。

「哎，張家別的都還成，就是住得太遠了，這一嫁便是跋山涉水的，咱們看護不住啊……」

「看護？你想什麼呢？嫁出去的姑娘潑出去的水，你想看護誰？你但凡伸長手了，那可是打親家的臉！」陳氏立時起身言語，當即還瞪了林昌一眼。

林昌立時起身抬手按了她的肩膀。「妳別不舒坦，我這也是怕啊，妳忘了可兒了？原先在跟前，不也瞧著好好的嘛，後來出嫁了，不過是住在城的兩頭，這就出了那事。嵐兒這兒，我能不多想著看護，免得她也出事啊！」

陳氏衝林昌嘆了一口氣。「我懶得聽你這些歪理，你也少拿可兒來堵我的嘴，你要挑揀我不攔著，可婆母說了，只一個月的，這可都半個月過去了，你連個候選的都沒看下，我看到了跟前你怎麼辦！」

林昌伸手捋了把鬍子。「妳說那個雷敬之怎麼樣？」

陳氏一愣，立時冷笑了起來。「老爺，你把嵐兒是當嫡出的吧？」

林昌撇了嘴。「夫人啊，妳看看咱家餘下的四個姑娘，三個都是高嫁，總也不能虧了嵐兒……」

「呸！」陳氏又站了起來。「我看你真是把心都糊住了，你要是三品以上的，我啥都不說，你就是要為嵐兒求到謝家去，我都不言語一聲由著你去糟盡這張臉！你也不掂量掂量咱們林家的底子，三樁高嫁，哼，那還不是自己給自己臉上貼金的事！」

林昌嘆了口氣。「是，我知道，所以我指望不上權貴之門，這個後生總還是能想想的吧？」

「想？人家可是庶起士，又得皇上召見兩回的，這日後前途大著呢，人家能瞧上咱家一個庶出的嗎？」

「若是嫡出的，我思量著還是有那個可能，畢竟四姑爺說過，這雷家的家境可不怎麼樣，一個教諭的兒子罷了，前面還鬧了場婚約嘴仗的……」

「我看你是早盤算上了吧？只可惜你也說了，得是嫡出。」

「夫人啊，妳就點個頭，把她填到妳……」

「別想！」陳氏立時黑了臉。「我這輩子就是到死，這件事都不會答應！就那麼一個毒辣黑心的，還想糟蹋到我這裡，作夢！」陳氏說完扭身就回了裡屋了，林昌在外撇嘴黑臉的待了一氣，起身出院，去了萍姨娘的院子了。

而陳氏因這個發了脾氣，接連三天都沒怎麼給林昌好臉色，而林昌也一連三天都窩在妾侍的院子裡——萍姨娘那裡兩宿，巧姨娘那裡一宿。

章嬤嬤眼看著兩口子又這麼鬧起來了，急忙拿話勸著陳氏。「我的太太哦，您不能這麼硬著啊，您忘了前幾年的日子了？男人嘛，得哄著，您這麼拗著不就便宜了那些個？香珍那蹄子為什麼那麼討老爺的歡心，還不是她就會哭就會裝可憐，您就別硬著拉！」

「我不硬著怎麼辦？但凡我軟了，他就想著把那死丫頭過到我名下來，那是個什麼東西？過到我名下會髒了我的！」陳氏扭著頭，話語裡已然冒著火氣，而此時常嬤嬤卻來了，叫著陳氏說林老太太請她過去。

陳氏生生的壓了火氣，急忙趕了過去，豈料才坐下，林老太太開了口，問的便是林嵐的親事可有幾個中意的人家了。

陳氏心裡正不舒服呢，自是把這事跟林賈氏嘀咕了一番，末了更提起了林昌惦念著雷敬之的事，林賈氏一聽，眼珠子便轉了起來，陳氏一瞧，心中立時後悔自己不該提這茬，果然林賈氏開口了。

「其實這個雷家還真能和咱們嵐兒成的，只要妳肯把嵐兒過到妳的名下，在名頭上她便能算嫡出的。他家有一個新秀，我林家也有，昌兒如今也仕途順當，他多一個在翰林的老丈人，只有好處沒壞處的。何況咱們林家的幾個姑娘，都是和權貴結親的，想來雷家應該也不會那般計較的，畢竟姻親扯進來的關係也是路啊。」

陳氏聞言登時悔得恨不得搧自己兩耳光，眼瞧著林賈氏望著自己，一咬牙悻悻的扭頭。

「我不願意。」

林賈氏點了點頭。「要怎麼著妳才願意？」

陳氏扭頭不語。

林賈氏手裡的佛串扒拉了幾下後說道：「妳知道我那兒子的性子的，等香珍生了，他必然要鬧騰著，最後還送不走香珍；可妳要能願意，我給妳應承著，待香珍生下了孩子，連月子都不用出，歇上三天，我叫人立刻把她打發到莊子裡，無論其後什麼事，定叫她永不回來，怎樣？」

陳氏聞言扭著的頭轉了過來。

「我給妳打這個包票，何況只是過到妳名下，等出閣了，她都是潑出去的了，礙不著妳了，那時候這兩個最叫妳不舒服的全不在府裡了，昌兒這邊我也不言語，叫他承著妳的情，這不也兩全其美嗎？」

陳氏聽了這話，立時就心動了，畢竟這府上能噁心她的就這兩個人，若只是過到名下，這兩個人真就徹底的叫她眼不見心不煩了，倒似是划算的買賣。

林賈氏看到她那猶豫的樣子便知有戲，又說了幾句後，陳氏終於點了頭。「好吧，若是如此她能和雷家說成，那我翻年的時候就去添上，可要說不成，那別賴我頭上！」

「行，只要妳願意就成！」

林賈氏把陳氏的工作做通了，當晚就把林昌叫了去，按照她許給陳氏的，便說自己覺得嵐兒的事能成後，太太主動鬆了口，願意幫林嵐一把，立時林昌便言著好話，林賈氏卻懶得和他多說，叫他儘快的去雷家打聽說項看看。

林昌到底是疼愛林嵐的，第二日就忙活起了這件事，他先是在翰林裡問了一圈，復又去探了探口風，覺得已有八成的把握，便回來和林賈氏言語，當下林賈氏便叫著林昌找個機會請那雷敬之過府坐坐，也算暗示一回，畢竟求親還是得男方上門來求才是，怎好是女方上門過去不是？

於是兩日後，在長桓和林昌的雙簧之下，雷敬之應邀過府。

因為是給林嵐說親事，林賈氏只想趕緊的敲定，便打算不過問林嵐，反正於規矩上這也沒什麼。但架不住林昌自己漏話給了林嵐，是以到了人家來的時候，林昌說林嵐已經知道，林賈氏倒不好不給這個孫女關照，恨恨地剜了林昌一眼，便叫常嬤嬤把林嵐和林熙一道叫了出來，藏在了花廳邊上的梢間裡，好叫她們透著那雕花大窗瞧看一二。

而為什麼林熙會陪著，這便是林賈氏擔心沒人盯著林嵐，怕她會倒騰點什麼出來。

臨近正午，雷敬之遞送著帖子應邀而來，長桓將人引了進來，彼時林賈氏坐在大椅上和那林昌正在有一句沒一句的說著，這人一進來，自是行禮問安。林賈氏客氣地招呼了，叫人坐下後，便趁著丫頭上茶的時候，打量人家，結果這一打量林賈氏臉上的笑就僵硬起來，而梢間裡，多少有些期盼的林嵐在看到那雷敬之的一張臉後，便立時黑了面，轉了頭縮去了梢間角落裡，再不肯多看一眼。

林熙先前未去瞧看，眼瞅林嵐如此，這才好奇的去偷瞧，結果一瞧才知道，這個雷敬之長得實在是，太醜了。

按他坐著的身形來看，個頭還是不算矮，胖瘦也適中，可是這人一身皮膚黑黢黢的不說，寬大的額頭、扁平的鼻子、不大不小的眼睛外加一張吃四方的大厚嘴，登時組成了一張類似大餅一般的國字臉，當然也虧得是國字臉，畢竟這是一等的官相，若不然的話，只怕他這張醜臉，也會壞了他的名次，有驚龍顏的可能。

第四十一章 顫慄

雖然第一印象林賈氏不滿，林熙也能想到林嵐的不願，但隨著爹爹與兄長同雷敬之言語起來後，林熙卻覺得這人很不錯，至少他言語出來的東西十分新穎，有獨到的見解，而且問到什麼說到什麼，都才思敏捷答得飛快，真格的是有才華之人。林熙便回頭瞧看著林嵐，心想她巴結父親這些年討好得力，終還是得了門好親啊！

雷敬之在府中用了一餐飯，又坐了半個時辰後便告辭了。

他一走，長桓相送，林賈氏立刻就衝林昌言語上了。「這人是挺有才的，可這長得也……」

「娘，他是讀書人，是個爺們又不是姑娘家，學識才華這才是一等一的，那長相賴點有什麼打緊的。」林昌立時言語，一臉滿意的神采，顯然是把人家已經當未來姑爺看了。

林賈氏聞言頓了一下，點了頭。「既如此，那你安排一下漏漏口風吧，若他能應倒也是好事。」

她說著扭頭看向了陳氏，陳氏立時起身去了梢間把門動手打開，林熙便和林嵐一前一後的走了出來。

「妳們兩個瞧著，那雷公子如何？」林賈氏拿話來問，問著她們兩個，何嘗問的不是林嵐的意思？

林嵐沒說話，捏著衣袖閉嘴不言。

林熙見狀，只好言語。「雷公子談吐不凡才學匪淺，爹爹能對他讚賞有加，必然是在這上有真本事的。」

林賈氏點點頭。「嵐兒，妳覺得呢？」

林嵐扭了頭，話語滿是不屑。「祖母與爹爹安排就是了，我覺得如何有所謂嗎？何必走著過場！」

林賈氏一聽這話登時惱了，抬手拍桌。「妳這孽障，說的什麼渾話！」

林昌聞言立刻上前去抓了林嵐，抬手就是一巴掌。「死丫頭，竟敢拿話頂撞妳祖母！妳反了天了？還不趕緊跪下認錯！」

林嵐咬著牙捂著臉的跪在了地上，人卻扭著頭，顯然一副不領情不認錯的模樣。

林賈氏氣得拍桌頻頻。「妳這死丫頭，我林家怎麼就有妳這麼一個孽障！小的時候看著還懂事乖巧，豈知那背後一心的毒辣！妳不親著家人，我們做家人的卻處處為妳，只因為妳是我的孫女，是我林家的骨肉，妳再胡鬧我都認了，可我費心費力的為妳張羅，妳爹妳母親更為妳處處鋪路，妳竟還心生怨懟？妳、妳……」

「得了吧！」林嵐忽然開了口。「何必說得對我一番大恩義的模樣，你們要真心疼我，豈會弄個如此醜陋的男人來噁心我？說什麼林家的骨肉，是啊，我要不是林家的骨肉，你們這會兒早把我配給馬伕去了，還不是怕那樣糟盡了林家的名聲？哼！裝什麼仁義！」

「妳！」林賈氏瞪了眼。

林昌更是怒了，抬手抓了林嵐的頭髮，朝著她的臉上啪啪的就是兩個耳光。「妳這丫頭好毒的嘴！我、我今天就打死了妳！」

林嵐梗著脖子，一臉冷絕。「打，使勁的打，打死我最好，我寧可死了也不要嫁那個醜八怪！」

林昌聞言一頓，而林嵐又急急言語。「誰當初和我口口聲聲說，日後給我說個好親事的；誰說就算不能風光高嫁，也許個我自己點頭認可了的，可這會兒你們誰管我樂意不樂意？」

「啪！」

茶杯帶著茶水直接砸在了林嵐的身上，林嵐痛得驚叫，林昌也是一愣，而扔了茶杯的林賈氏已經撐著扶手站了起來。「妳要我問妳樂意是不是，好，這個雷敬之妳是不是不樂意？」

「是，嵐兒不樂意，嵐兒不要嫁他！」林嵐大聲言語。

此時長桓也送了人回來，正走到門口看到這一幕，當即蹙眉言語。「六妹妹，妳未免太不識好歹了吧！雷兄頗有才華，將來前途更是無量，祖母爹娘齊齊為妳張羅，妳怎麼還挑三揀四！」

林嵐扭頭衝他瞪眼。「你說得那般好，那你嫁呀，反正我不嫁！」
「由得妳說了算？」林昌立時瞪眼。「我還非……」
「老爺！」陳氏此時忽然開口了。「嵐兒不願意就算了吧，有道是強扭的瓜不甜，何況咱們這樣人人為她，她還把咱們的好心踩在腳下，有意思嗎？婆母，那添名到我膝下的事，還是算了吧，這樣不識好歹的女兒我可不敢有，怕折我的福！」
陳氏說了這話，林賈氏便知道林嵐同雷家的婚事沒得談了，眼看著那林嵐不知好歹的樣子，她也確實惱了。「好，既然如此，這婚事我也不幫著張羅了，昌兒，你前日不是和我說，那有三家還是成的嘛，就那裡選一家……欸，對了，不是有個條件還不錯，就是遠了些的嘛，就選他家！」
「啊？娘，這……」
「這什麼，反正我們橫豎不落好，我何必費那心思，早點把她嫁得遠遠的，省得鬧心！何況選他們家，那也是門當戶對的，就這麼把她嫁出去了，也沒人會說我林家虧欠著她！去，給他家放話，叫他早些來求親，一說好了立刻給她及笄，翻年就嫁出去！」林賈氏大聲說著，眼瞪著林嵐。「我告訴妳，這都是妳自找的，將來埋怨的時候，狠狠抽自己的耳刮子，賴不著妳這娘家！」
林嵐一咬牙爬地而起，哭嚎著就跑了。
林昌看著她跑出去的背影氣得抖手。「這這這太沒規矩了、太沒規矩了！」

陳氏在旁言語一句。「老爺，你一心護著沒規矩的母女兩個，這會兒也該是醒悟了吧？難不成你這慈父的心要一遍一遍的被糟盡嗎？你叫熙兒這種知規矩的又如何討要個公平！」

林昌聞言立時奔去門口吼了起來。「來人，去把六姑娘的院子給我封起來，打今兒起，不管什麼日子，不到她出嫁之日就不許她出來！」

好好一樁為林嵐定下好人家的事，愣是被攪和成了這樣，林賈氏氣呼呼的回去了。林昌心中憋悶，拉著長桓去了書房言語，陳氏則拉著林熙去了府裡的後花園裡轉悠了起來。

林熙瞧看著母親眉眼裡的輕鬆，知道此刻她心情暢快，想到林嵐竟會因為那人長得醜就如此不甘願，便低聲的言語。「全家人都不計較她的過錯，為她盤算最後一程，她卻這般以貌取人，以惡度人，實在是不知好歹，只怕這會兒爹爹還氣得受不住，祖母更是要傷心了。」

「受不住那也是活該，至於傷心，更是自找的！」陳氏說了這話人又一頓，臉上有些憮然之色。「叫他們心疼，叫他們巴望著，這會兒恰恰是自作自受！」

林熙眨眨眼。「祖母顧念我們這些兒孫，再是不好，也念著一家人一條根的顧著周全，爹爹更是把六姊姊當成心裡的寶，只怕這會兒生氣，過得兩日，又去扒拉著了。」

「是啊，好了傷疤忘了疼，一次次的這般……」陳氏應了一句，忽而看向林熙，卻是自言自語。「不成，我不能再由著他們反悔去，我這就叫人去備下禮物，明日裡不把妳爹慫恿過去，我就親自過去，早點給她定了，省得沒完沒了的折騰！」陳氏說完一轉身就往回奔。

林熙看著陳氏的背影眨眨眼，仰頭看天。
嫁得遠些好啊，省得住得近了是非多，放著前途無量的雷敬之不選，林嵐啊林嵐，妳也有糊塗的時候啊！

「妳這是發的什麼瘋啊妳！」香珍伸手就揪扯上了林嵐的耳朵。
雖然玉芍居現在被人盯著算是封院，但攔著出的，攔不了進的，香珍一聽到出了這等么蛾子的事，立時就衝了進來找林嵐算帳。
「是妳自己說的要妳爹給妳瞧看雷敬之，我和妳……」香珍收了高亢的聲音，壓低了言語。「我和妳姨媽為了妳可沒少在他耳邊念叨，好不容易機會來了，妳怎麼又……」
「夠了！」林嵐扯開了香珍揪扯自己耳朵的手，一臉厭惡的看向香珍。「您知道什麼啊，那會兒我聽著他有些機遇，原想著不行就做個後路，可今日一看，娘啊，那人醜得叫我不想再看第二眼，那樣的人我怎麼可能嫁給他！」
「那妳不想嫁他妳嫁誰？妳以為現在和當初一樣？妳以為妳爹還肯為著妳豁出臉去嗎？這會兒好了吧，聽說妳祖母發話了，要把妳嫁給那個張家的，那個遠的，妳、妳說這可怎麼辦！」
林嵐咬著唇盯向外面。「辦法多得是，只要您和姨娘肯幫我，我就有法子嫁得好！」
「什麼？」香珍一愣，林嵐已經拉著她在她耳邊言語起來。

片刻後，香珍傻在那裡。「妳、妳這樣，妳爹可會把我皮扒了的啊！」

「您傻啊，您肚子裡這不還有個嘛，他能把您怎樣？等您生了孩子下來，這事早過了，何況您日後能不能回到林府，還得指望著宇哥兒出息與否，您還能指望他了？這會兒，人家為著前途，只會看著正房太太的臉，還會看顧您？」林嵐說著一拉香珍的手。「娘，您幫幫我，待我好生嫁出去了，一準把您接出去，給您單置個宅子住著，再弄幾個丫頭伺候著您，您何必在這宅門裡受氣！」

香珍抿了唇。「可是我……」

「您還惦念著他能幫您昭雪不成？您與其指望他倒不如指望您未來的女婿！」林嵐說著雙眼期待的望著香珍。

末了香珍一咬牙。「都說兒是娘的心頭肉，兒就是拿把刀在娘心頭上割肉，娘也得忍著啊！嵐兒，妳盤算我時，我就知道妳是個不簡單的，與其我在妳爹身上耗著，倒還真不如成全了妳！行，這事我應下了，不過這事情只我幫著妳，不許拉著妳姨媽，萬一不成了，就算毀了妳和我，妳姨媽那邊至少還有個念想，聽見沒？」

「知道了娘，娘您放心吧，好日子等著咱們呢！」

林嵐拒了這樁婚事，陳氏也表態不會把林嵐過到名下，林昌便沒去雷敬之那裡暗示下去，長桓在翰林院裡與他相處時也不敢過多表示，生怕弄得將來尷尬，便只能與他談些詩詞事務，對於人家的私事再不敢問上一句。

陳氏把東西全部備好後，林昌便也去張家大房府上作客了一回，兩方私下談了個差不多，張大人立刻表示，會寫信回去叫弟弟立即奔赴京城前來求親，於是林嵐的婚事在彼此私下已經說好的情況下，就這麼暗自定下了。

林昌一回來，這事就報給了林賈氏知道，林賈氏便扳著指頭算了算日子，估摸著怎麼也得二十多天近一個月的，便叫林昌同陳氏說說，回頭在對方的聘禮上別太計較，儀式上略微簡單點都沒關係，總之是一心的想早些把這孽障嫁出去了。

敲定婚事的事傳去了玉芍居，林嵐沒鬧，林賈氏知道後唸著嵐兒這叫自找苦吃，一臉的煩悶，而碩人居裡的林熙知道了，卻委實覺得有點奇怪。

「她竟沒鬧？」林熙說著一臉不解。「以她那性子，只怕心裡很不樂意吧，她心氣那麼高的不是想要什麼高嫁的嗎？怎麼定了這麼個非高枝兒的，她倒不吭聲了。」

在旁撥弄著一支玉釧的葉嬤嬤，聞言冷冷的言語了一句。「黎明前的黑暗，暴風雨前的寧靜罷了。」

林熙聞言一愣，眼珠子轉了幾圈沒再言語，可這個時候，董廚娘卻一挑簾子進了來，奔到葉嬤嬤耳邊嘀咕了幾句，立時葉嬤嬤臉上就變得凝重起來。「明天嗎？」

「對！」董廚娘說著從袖袋裡摸出個金鑲玉的腰牌來放在了桌上，看了一眼林熙後便退了出去。

林熙的心莫名狂跳起來，她能預料到是有什麼事會和自己有關，眼掃向那腰牌時，葉嬤嬤卻一把將它抓進了手裡。

葉嬤嬤看了一眼林熙後說道：「七姑娘今晚早點睡，明兒個寅時初刻就起來吧！」說完拿著那腰牌就要出去。

「嬤嬤，起那麼早，是有什麼事？」

「等一會兒，妳就會知道了。」葉嬤嬤答了話就出去了，卻不是回她的房裡，而是直奔了老太太的福壽居。

林熙坐在那裡，惴惴不安卻也無法，亂亂的在屋裡轉了幾個圈後，便乾脆取了紙筆出來，練字磨心的要自己冷靜下來。

半個時辰後，她多少平復得差不多了，而這個時候常嬤嬤卻來喊她到福壽居去。

林熙心中惦念著葉嬤嬤的話，出來後便從常嬤嬤嘴裡套問著這個時候過去是有什麼事。

「好事！」常嬤嬤臉上洋溢著一抹喜色。「七姑娘現在可是有名頭的人了呢！」

林熙聽得糊塗，再問常嬤嬤卻是笑嘻嘻的閉嘴不說，無奈林熙只好揣著糊塗過去。剛一進屋還沒來得及行禮呢，林賈氏就一臉喜色的衝她擺手。「熙兒快過來！」

林熙聞言過去，便看到陳氏就在跟前，臉上也是喜慶之色，登時讓她更迷糊了。

「熙兒，妳是個有福的啊，咱們林家因著妳便也能光耀一回，在臉面上，可也不比那權貴差了！」林賈氏樂呵呵的言語讓林熙更加糊塗了。

林熙急忙詢問：「祖母這話聽得熙兒糊塗非常，到底是、是什麼事啊？」

林賈氏笑嘻嘻的看向了陳氏，陳氏便開了口。「熙兒啊，明兒個是什麼日子？」

林熙眨眨眼。「七月七，乞巧節。」

「對啊，每逢乞巧節的時候，皇后娘娘便會設宴，邀請京城裡有盛名的貴女們進宮赴宴，這些年去的都是那些權貴家的，從來輪不到我們的。可今年例外了，妳得了葉嬤嬤的教養有了名頭，宮裡剛來了位公公傳了話，說妳得了資格明兒個能進宮赴宴呢！」陳氏說著一臉的紅光。「咱們林府這會兒可露臉了呢！」

林賈氏立刻把手邊的盒子打開，取出了一面銅色的腰牌。「就是這個，明日裡捧著它進宮！」

林熙一望這腰牌，不自覺的看向了葉嬤嬤。

葉嬤嬤衝她言語道：「明日裡我會陪妳一同去的，妳前面看見的腰牌，那是我用的。」

林熙一時有些迷瞪（注）——要說進宮赴宴這絕對是天大的榮耀，足夠林家燒幾天高香的，可是莫名的她卻高興不起來，她甚至想到了董廚娘教給自己的那些菜式，故而她不安的看著葉嬤嬤。「我、我只是去赴宴嗎？」

「算是吧，不過去赴宴的貴女們又稱巧女，少不得要在宮裡一展巧手平添喜樂，我已經教過妳不少東西，董廚娘也教了妳幾個菜式，明日裡進去了，看著人家的安排吧，到時該露手爭光的就露手。」

「該？」林熙聽出這話音來。「那就是還有不該的了？」

葉嬤嬤掃了一眼林熙。「這就得妳自己判定了，我雖是陪妳一道進去，但我肯定不會跟在妳們身邊的，至少赴宴的事，我沒資格。」她說著看向了林賈氏。「我到底是老了，又是打發出來的，如今能得個機會瞧瞧我那些老姊妹，也算皇后娘娘抬愛了。」

當下葉嬤嬤同林賈氏言語了幾句，把林熙這岔問就給晃了過去，而後林賈氏同陳氏耳提面命般的囑咐個不停，還是葉嬤嬤說著差不多了，才算勸罷了散了。

出了福壽居，原本是兩人一起回碩人居的，豈料葉嬤嬤說要出去採買些東西，就叫林熙自己一個回去，她趁著日頭未落，匆匆的出府了。

林熙慢慢的一路往回走，越走這內心越是煩躁不安，因為腦中總會出現葉嬤嬤那句叫自己留後路的話，這使得她越想背後越冒冷汗。

「七姑娘？」忽而一聲喚，驚了魂不守舍的林熙，一回頭就看到瑜哥兒手裡拿著書提走了過來。「七姑娘是來找妳大哥嗎？」

林熙一愣回頭瞧看，才發現自己魂不守舍的竟走到長桓的院落來，當即紅了臉。「我想事情沒留意，走錯了！」

林熙說著便要轉身離去，瑜哥兒卻衝她輕聲說道：「聽說妳明兒個一早要入宮赴宴？」

林熙抬頭。「你怎麼知道？」

注：迷瞪，意指心裡迷惑、迷糊或糊塗的意思。

「一回來就聽說了啊，滿府上下不都在說嘛！」瑜哥兒說著歪了腦袋看著林熙。「七姑娘魂不守舍的該不是為著明日進宮的事，怕得腿軟了吧？」

林熙盯著瑜哥兒的雙眼。「你知我怕？」

「怕是應該的。」瑜哥兒說著轉頭看了下四周，而後言語道：「到底那裡是皇宮，看不見鮮血的埋骨之地，聽不見廝殺的黃金墳場……不過我要是妳，坦蕩蕩的去，直愣愣的回，越沒心思的越安全，因為那裡的妖魔鬼怪只有有心人才看得見！」

瑜哥兒說完這話，衝著林熙一欠身後提著書提便走了，但是他口中的話語卻飄了過來，乃是幾句耳熟能詳的佛家箴言。「菩提本無樹，明鏡亦非台，本來無一物，何處惹塵埃！」

林熙看著他的背影，品味著這句話，很快她的唇角一勾，如釋重負的笑著轉身快步回往碩人居了。

有了瑜哥兒解惑指路，林熙這晚睡得挺好，到了寅時初刻花嬤嬤叫了她起來，葉嬤嬤便進了來，指派著人伺候她沐浴時，又叫花嬤嬤取來衣包，備好了衣服，待到林熙洗好了出來，便往身上套。

今日她穿的乃是常見的上襦下裙，和以往的穿戴差別不大，可等衣服穿上了，林熙才發現有所不同，因為平日裡她穿的不過是六幅的褶裙罷了，可今日裡這裙子的幅面卻多達十面，且腰間部分褶縐壓著褶縐的，那個密實度完全叫林熙開了眼。

「這裙拖怎生這麼多幅？」林熙好奇而問。

葉嬤嬤眼裡閃著一抹奇異的光澤。「妳平日穿的乃是湘江裙，不過六幅而已，這叫月華裙，十幅增色。」她說著給林熙親自動手紮好了腰帶，叫著她走兩步。

林熙依言動作，裙裾微動，腰褶處每褶不同之色便交替起來，似月華流動光照，倒和那月華裙的名字相得益彰。

葉嬤嬤動手給林熙掛上宮絛，又給她套上了交領的短襦，這才拉著她去了梳妝檯前打扮。

依著林熙十歲的年紀，她本是梳個雙螺或是雙平髻罷了，可葉嬤嬤親自動手給她梳理，就梳了兩邊各有一束對折髮的垂掛髻來，正中的小盤頭上簪上一支金翅的嵌寶蝴蝶，兩邊垂掛髻的頂頭處，各自插著一支小小的花蕾流蘇花釵，整個人瞧起來，既清新乾淨，又有少女的俏麗，而且渾身上下無有攀比的貴氣，卻也絲毫不會叫人覺得寒酸。

「成了，就這樣吧！」葉嬤嬤瞧看了一下後言語著。

花嬤嬤在旁詫異。「就這樣？耳墜子也不戴？金項圈，還有手鐲什麼的……」

「花嬤嬤，七姑娘是去赴宴的，可不是去選秀的，打扮成那樣難不成真想壓了別個貴女一頭嗎？」葉嬤嬤看了花嬤嬤一眼後，轉身出屋了。

花嬤嬤疑惑地看了一眼林熙，小聲張口言語。「她生氣了？」

林熙搖搖頭，她方才沒看到葉嬤嬤生氣，只看到她眼中的一絲不捨。

進宮赴宴，這是天大的福祉，但對於此刻的林熙來說，她更覺得是受罪，因為早早的到了東華門之後，竟是在這裡靜靜的等著，直等了足足一個時辰後，這才開了角門、亮了腰牌的進去。而後又是搜身，又是唱譜宣儀的一通念叨比劃，被太監和宮女指手畫腳的練習起來——這足又費了一個時辰，她原本以為差不多了，豈料把她們帶進了宮裡，卻是在一所宮苑的耳房裡坐著，依舊是等！

這會兒葉嬤嬤已經不在她的跟前，打進了宮門，她們便分道揚鑣了，她跟著其他幾位貴女在此，好些都是熟識的，卻也不敢招呼，只能低著頭盯著鞋面子的在這裡候著。

茶換了兩次後，終於有公公來引，大家這才跟著出去，路上公公說著等下要注意的禮儀等等，而後才把她們一眾的引進了御花園的一處水榭前。

「這裡等著！」公公發了話，甩著拂塵入內，幾個貴女互相相識而笑，而後偷眼瞧著四周。

林熙秉持不多事的心思，規規矩矩的立在那裡，很快那公公折身回來便引著她們入內，大家規矩的逐個跟隨，待進了水榭，便能聽到依稀的絲竹之聲，而隨著深入，有一些輕輕的笑聲和言語聲模糊地傳來，反叫大家一下子都緊張了起來。

林熙是她們當中年紀最小的，個子也矮，便在頭裡，是以第一個入內，但好在葉嬤嬤這些年的教導出了成效，就算她內心緊張，可舉止步伐卻絲毫不見慌亂，上前後行禮一套規矩做得十分妥貼，竟比身後的幾個貴女看著沈穩多了。

皇后發了話免了禮，立時叫著賜座，便有宮女上前引著她們去了一旁閒置下的一排桌几處。

林熙看著地上的蒲團，便知此宴乃跪坐席，便小心的撥攏了裙幅，慢慢的跪坐下去，而後一整裙面，迎頭大褶便撫平在雙膝之上，宮絛同垂，立時雙手交疊在其上靜靜的候著了。

這套禮儀是在不久前葉嬤嬤專門教她的，因為這種跪席宴會只有在皇宮裡大宴時才會有，她之前還並未學過，但她如今有備而來，自然做得漂亮乾淨，無有瑕疵，是以在這些貴女的面前，也就謝家的十四姑娘與她做到完美。

「本宮今日邀妳們來，是討個巧意，妳們幾個都是京城裡有些盛名的姑娘，這裡在座的可都是大富大貴之人，所以本宮想把宮裡討來的巧由著妳們帶出去，入了百姓家。」皇后娘娘的聲音不大但中氣十足，她說話時，絲竹之音雖未停歇，卻都是放輕壓低了的，倒襯出人家母儀天下的氣度來。

「皇后娘娘愛民如子，以巧度民（注），這可是百姓的福祉。」皇后身邊一個胖乎乎的公公言語起來，諂媚十足，幾個貴女進來前更是被提點過的，立時個個低頭欠身，用行動證明著自己聽到了。

「傳交了吧！」皇后娘娘發了話。

注：以巧度民，意指把巧（女工）傳出去給百姓，恩澤百姓的意思。

隨即坐在貴女對面的那些後宮妃嬪們身邊立著的宮女，就各自捧了銀盒珠貝漆木匣子過來，紛紛放到了貴女們的面前。

林熙得到的是一只雪白的珠光貝，那合緊的貝身上還纏著紅色的絲線，顯然是縛緊了貝殼，怕裡面的喜蛛跑了。

看到這個貝殼，林熙本能的向前快速地掃了一眼，因為她想知道這個貝殼的主人是誰，結果看到那返回的宮女竟站在了下首第一位的身邊，而那位一身的裝扮華貴非常不說，頭上竟還戴著六尾展開的鳳吐珠花簪，立時便明白人家便是那位在宮中深得皇上寵愛的莊貴妃了。

林熙收了眼，沒敢多看，雖然這會兒她根本沒看清莊貴妃的模樣，卻已經因為她的身分內心有些狂跳。

「這些是她們求到的，妳們一定要帶出去好生的放養，知道了嗎？」皇后娘娘言語一聲，眾人皆應，立時皇后娘娘便宣稱著開宴了。

這些流程規矩，葉嬤嬤也是教過的，林熙便不急不躁的依著規矩來，每一舉動看起來都十分自然流暢，無有緊張，也無有造作，絲毫看不出刻意來，可實際上林熙的內心卻一直念叨著那四句佛家箴言。

皇后娘娘不時的會和她們中的某一位言語兩句，有時又同妃嬪交流，那莊貴妃在她的點問之下，也是會說上幾句的，只這一面看起來，倒十分規矩不似傳聞中恃寵而驕的模樣。

「林七跟著葉嬤嬤這些年，倒真是學下了規矩，竟比宛心公主看起來還知規矩！」忽而皇后娘娘點了林熙，卻不是問而是誇讚。

立時林熙放了箸，欠身低頭。「臣女惶恐。」

皇后娘娘呵呵一笑不與她言，轉頭看向了莊貴妃。「瞧瞧，這舉止無瑕的，要不是她都說給了謝家，我一準把她指給我那麒兒做王妃了。」

莊貴妃聞言笑語。「皇后娘娘看來很是喜歡林七呢，您這麼喜歡她，不如賞個物件吧，也算彌了那憾事。」

「嗯，有些道理。」她說著一抬手。「小崔，去把本宮那對羊脂玉雕的雪蓮耳墜子取來！」

「喏！」那胖公公應聲折了出去。

立時莊貴妃衝林熙言語道：「林七，快謝恩吧！皇后娘娘是要賞妳了！」

林熙這賞來得莫名其妙，卻不可能多話，而皇后娘娘還沒說賞給她呢，她又怎敢亂謝？是以急忙正身跪下，卻是那腦門貼去了地上，規矩地五體投地的候著了。

皇后娘娘的唇角一勾。「行了，別那般伏著了，取過來還要些時候呢，快和她們一道嚐嚐這八珍宴吧！」說著她一轉頭又和謝家的十四姑娘言語上了。「謝十四，妳那姊姊可說了人家，妳呢？是不是已經開始張羅了？」

謝家十四姑娘微微一笑，聲音依舊發嗲。「謝皇后娘娘關愛，只是臣女的親事爹爹不許過問，是以張羅與否全不知呢！」

皇后娘娘呵呵一笑與她還要言語，此時忽然一聲聲唱喏傳了過來，竟是說著三皇子、四皇子殿下來了。

立時林熙想到避諱二字，其他貴女也個個直身低頭似等著召喚起身暫避，豈料皇后娘娘竟沒發話，也沒太監宮女的來引，大家便只能這麼待著，只聽著兩個少年郎的聲音在殿內正中響起，隨即就被賜座了。

「你們兩個倒會湊熱鬧，明知吾宴巧女，竟就跑了來。」皇后娘娘似出言責怪，但那話語口氣聽來何來半點責怪之意？

「母后勿要責怪兒臣，只是我聽三哥說您這裡要把宮中巧福借巧女之手傳去百姓家，自然把我今日得的也送來，這種福延百姓的好事，橫豎都是值得一湊的，對吧三哥？」

「是啊，所以我也帶了來呢！還望母后能恕了我們兩個的不是。」

兩人聲音一前一後，聽來差別不大，只後一個言語的音色略粗一點而已，但也足夠林熙按照他們剛才所言判定出哪個聲音是三皇子的，哪個聲音是四皇子的。

「來都來了，本宮還真能罰你們了？何況你們如此有心，好生在此同宴吧！來人，再設一席！」皇后娘娘發了話，宮女太監的應聲，轉眼間就備置好，兩位皇子一入席，這些貴女們就只得行禮了。

大家起身規矩的行禮問安，兩位殿下齊聲出言免禮後，大家這才歸於位，立時皇后娘娘與他們閒散的說了幾句，那胖公公便取了耳墜子回來了。

當下皇后娘娘便言語賞賜給林熙，胖公公捧了過來，林熙大禮謝恩後，才雙手捧接了，正想著是不是收進懷裡，皇后娘娘卻言語道：「流雲，去，給她戴上。」

立時有宮女應聲過來給戴，林熙卻心裡驚得發涼——嬤嬤不給我戴耳墜子，莫非是知道有這一齣嗎？

心裡正亂著，卻聽到了四皇子的聲音。「母親怎麼會賞賜與她物件啊？」

皇后娘娘一笑。「她是林七，葉嬤嬤教養下的那個，今日禮儀樣樣出眾，不賞她賞哪個？」

四皇子應聲。「原是如此，不過往年巧女之間都要比一比誰巧，今年可還有嗎？」

「循規例矩的事，自是少不了的，等下用罷了宴席，自然會的，不過你們兩個可別想再湊熱鬧！」

「兒臣知道。」四皇子應聲。

這邊林熙耳墜子也戴好了，她有些惶恐的再次謝恩，皇后娘娘卻忽然言語道：「妳把頭抬起來，叫本宮看看合襯不？」

林熙聞言一愣，這呼吸就停滯了，人也未動。

此時公公的聲音傳了過來。「愣什麼呢？皇后娘娘叫妳抬頭給她瞧看一下！」

林熙的手攥緊了，她不敢悖禮卻更不敢忤逆，當下只得抬頭，只是她可不敢迎上而看，只能垂眼向下，偏巧她這位置對過去，恰恰是迎著兩位皇子那一桌的，這垂眼向下的正好能看見他們兩個，於是驚鴻一瞥下卻看到了有些奇特的一幕——坐在對面右手邊的紫衣男子昂著下巴眼掃自己，而他左邊湖藍色的男子竟然是臉衝著她這邊，眼斜向皇后娘娘那邊，林熙飛快的順著那角度過去一掃，就看到他的眼光竟是落在皇后娘娘身邊的宮女身上，而那宮女也微微側頭與他相望。

「不錯，挺合襯的。」皇后娘娘發了話。

林熙立刻低頭，心中卻詫異為何那位皇子會和皇后娘娘跟前的宮女對視。

而不及她多想，有女官進來回稟著比巧之物已備好，皇后娘娘便言語著自己用得差不多了。

當下妃嬪貴女們全都停了進食，紛紛表示自己已經用好，於是皇后娘娘便說著要大家去比巧的話，兩個皇子便起身告退了。

林熙偷眼瞧著他們分別言語，這才知道紫衣的是四皇子，湖藍的乃是三皇子。

兩位殿下一走，安靜的貴女們似乎都自在了許多，跟在皇后娘娘以及眾位妃嬪之後離開了水榭，在御花園裡小轉了片刻後，便到了一處花廳前。

但見花廳內灶臺也有，針線也有，甚至筆墨、琴棋之物都一一陳列。

皇后領著眾人入內分坐後，才看著站著的九個貴女言語起來。「比巧比巧，終是到了這熱鬧的時候，本宮知妳們都很不錯，樣樣都是精通的，可也不能瞧著妳們樣樣的比下去，不如妳們抓鬮好了，抓到比什麼就比什麼。回頭呀，本宮和諸位姊妹一起評出個最好的來，便是今年的巧女，循例重賞。」

皇后娘娘發了話，自然大家聽吩咐了，但見皇后娘娘身邊的宮女捧了個鬮碗出來，依次走到大家跟前，每取出一個來，她便打開拆了唸著裡面所寫，最後才到了林熙這裡，林熙照樣的取了出來，那宮女便伸手拿過替她拆了唸道：「廚藝。」

林熙這心裡一個咯噔，立時想到了董廚娘教的那些菜式，再想想前頭，越發的覺得不對起來。

但再是不對，還能不比了嗎？皇后娘娘一聲令下，林熙便只能和另外一個臉生的去了灶臺處。

桌上擺著不少食材，林熙掃了一眼後，心中更是不安了，有做壽形鴨方用的料，也有做玲瓏珍包和蜜汁燒肉的料，而這三道菜，董廚娘可都教過！

此刻林熙有種步步驚心泥足深陷的感覺，望著這三道菜的料，她越發覺得自己在鑽進一個口袋。

做還是不做？若我不做，或是做不好，豈不是丟了林家的臉？可做，可做了會不會……

「林姑娘這是愣什麼呢？沒想好做什麼嗎？要不要咱家幫妳選一個？」那胖公公在林熙身邊出言詢問。

林熙驚得立時搖頭。「不勞公公費心了，我這就做。」林熙說著繩紮了袖口，隨手抓了一盤子蝦仁過來，一看抓了這個食材，便只能去做鴨方了。

她立時忙活起來，而皇后娘娘掃了她一眼看她所做後，眼裡閃過一絲笑色，與此同時圍觀在外的一個公公悄悄地退走了。

這做菜和刺繡可都是費時間的，書畫和琴技倒相對不那麼耗時，是以大家在那裡說笑閒聊起來，等著她們完工。好不容易大家都把各自的弄好了，皇后娘娘這才招呼著開始，當下抽到琴技的謝家十四姑娘便是第一個展現巧技的人，而沒想到的是，她的曲子才終，便有渾厚的讚嘆聲從花廳外傳來。「妙，餘音繞梁啊！」

隨即皇后娘娘大驚而起，眾妃嬪紛紛起身，此時也有太監唱喏道：「皇上駕到！」

林熙立時跟著貴女們紛紛下跪行禮，但聞皇后娘娘的聲音——

「陛下您怎麼過來了？莫非也想湊下熱鬧？」

「巧女比巧，本就是樂呵的事，朕剛剛批完奏摺正覺得累，打跟前過聽了這琴音，立時就舒坦一半了。如今進了來，又是聞香見墨的，怎能不湊這熱鬧呢！」皇上似乎興致很高，聲音十分的洪亮，跪地的林熙可沒膽子偷瞧，老老實實的趴伏在地上。

「陛下有這興致，那就好。老話說來得早不如來得巧，這乞巧的日子，您可就巧了一回了！」

「皇后這話怎麼說？」

「這些姑娘們才把巧技備好準備獻來評比，陛下您就到了，那您在此，臣妾們也就不敢妄評了，還是請陛下您定出誰是今兒個的巧女吧！」皇后娘娘說了這話，皇上欣然同意，立時比巧繼續，貴女們獲了免禮紛紛起身退立在一邊，隨著公公的指引各個上前展示自己的巧技。

皇上的確興致很高，對著書畫評頭論足，對著刺繡翻看比對。到了其後的廚藝之上，林熙同另一位做的菜色便呈獻到了皇上的跟前，先由太監試吃了，皇上看了兩道菜後，又問了問她們各自做的什麼、怎麼做的，而後才動了筷子。

林熙此時心裡惴惴亂猜起來——

因為從林悠的口中知道鴨方乃是皇上喜愛的菜式，我本是隨手抓的這個，卻沒想到皇上來了，還要來評判，如此對他胃口的菜，會不會自己得了巧女之稱呢？若是如此，難道葉嬤嬤設計重重就為讓我得這名頭不成？

可是似乎不對啊，葉嬤嬤總說什麼自留一條後路的話，又不止一次的告訴我，就是她也是不能信的，分明在暗示我這是個局啊！哎，你們到底在搞什麼把戲？

她還在心中亂亂的糾結，皇上卻是吃完了，立時大讚了林熙此菜做得不錯，卻並未就定了林熙是巧女之首，而是起身一一回顧評判，最後讚了那謝家的十四姑娘，將她定了巧女之首。

立時皇后娘娘召喚了賞賜而來，由皇上言語著賞，那謝十四姑娘得了一柄玉如意，而林七及其他姑娘也都紛紛有賞，只是東西沒那玉如意金貴，卻也是些珠花鐲子的好東西。

眾貴女跪地叩謝，皇上言免，眾貴女起身退立一邊，林熙跟著眾人退後，豈料猛然間身後撞到了什麼，繼而一股子溫熱的茶水從腰部淋下來，澆濕了她的裙面，立時一個端著茶具的宮女倉皇跪地。「啊，奴婢不是故意的，奴婢不是……」

「冒冒失失成何體統？」皇后娘娘的聲音立時高亢。「來人，拉下去打！」

登時那宮女一面叩謝皇后娘娘的責罰一面被拖了下去，而皇后娘娘一臉歉意外加尷尬的看向林熙。「林七，我這宮女太沒規矩，竟撞到了妳，妳沒事吧？」

林熙立刻回話。「謝皇后娘娘關心，臣女沒事，其實是臣女退時未能留神，是臣女的不是。」

皇后娘娘立時臉上的尷尬少了些。「妳沒事就好，流雲，速速帶她換身衣裳去，免得難堪。」

皇后身邊的宮女答應著，當下上前請了林熙，林熙不敢逆，加之皇上在此，自己濕裙的也算失禮，便趕緊的跟著那宮女退出了花廳，隨著她往外走。

很快流雲帶著她出了御花園，把她引到不算太起眼卻也不算差的院落裡，抬手指著正對的房間。「林姑娘，那是我住的屋子，妳這邊請！」流雲說著請了林熙進屋，從盆架上拿了一條帕子給了林熙。「林姑娘您先去那屏風後脫了濕衣服吧，我這就給您打盆水擦洗一下，再取一身我平日穿的衣服來與您換上，您可莫要嫌棄。」

那流雲說著便要轉身離去，林熙一把抓了她的胳膊。「等、等一下，那個，我、我有點內急，可否告訴我淨室在何處？」

流雲一頓，伸手指了外面。「哦，淨室在院子外面有點遠，姑娘急的話，不妨屋裡等著，我給妳取個淨桶來。」

林熙卻立馬一捂肚子。「哎呀，不行了，我、我失禮了。」當下不管流雲，快步的衝出了屋子就向外跑。

流雲見狀只得跟在後面招呼。「林姑娘，林姑娘！」

林熙哪裡理會她的招呼，迎頭衝進了先前留意到的淨房，立時就扎了進去，而後雙手死死的捂著那柴門，渾身篩糠似的抖了起來。

淨房外，流雲出言詢問，林熙說著自己腹痛拉肚，死按著柴門不出，房外流雲往自己屋子那邊張望幾眼後，瞧著一個湖藍色身影往那邊去了，便懊惱的在外咬唇跺腳，而後一臉無奈的望著淨房鬆垮了雙肩。

淨房內林熙依舊篩糠似的按著柴門，可她心中卻是一個聲音在喊——冷靜，妳一定要冷靜！

是的，她需要冷靜，只有冷靜才能知道接下來該怎麼做。

宮女撞了她，說實話，她很詫異，自己後退時一直有留意後方，明明避開了那宮女的，卻偏偏撞上了，這說明什麼？這說明那宮女是自己撞上來的，雖然這看起來有些不合理，但林熙卻在看著那宮女一臉驚慌的求饒時，知道自己判斷得沒錯。

撞到了她，潑了一身的茶，這自是壞了皇后的面子，少不得重罰，可她做著一臉驚慌的模樣，眉眼裡絲毫不見擔憂與恐懼，這便讓她意識到有問題。隨後，皇后好心叫她換衣，這是沒錯，可是跟著這個喚作流雲的宮女出來，她卻越發的感覺到不對，因為那宮女的雙肩緊緊的繃著，而且走得飛快，似乎緊張著什麼盤算著什麼，這讓她更加意識到自己的危險。

是以她邊跟著走邊猜測盤算，莫名的就想到了先前自己瞧見的那一齣兩人的對視，忽然她記起那個對視時三皇子的嘴角輕勾，眼角拉伸，立時明白過來那對視其實是兩人的眉目傳情。而一想到這個，再看到這流雲把自己往一座院子裡引，她便已經能想像到最糟糕的情況是什麼。本能地她尋找出路，就看到了那個淨房，而帶著最後一絲僥倖和希望，她聽話的跟著流雲進了屋，卻眼睜睜的看著她衝自己撒謊，那鼻翼處肌肉的上揚代表著的興奮，足以讓自己明白對方此刻的真實內心——成了！

她成了？那就是說我糟了？

林熙在那一瞬間明白自己已是落入虎口的羊，本能的立刻求生掙扎逃了出來，而現在她躲到了淨房裡，她不知道到底是否已經躲過危險，更不知道接下來她該怎樣平安的逃離！

第四十二章 被漠視的無辜

花廳內，眾人在皇上的招呼下東拉西扯的言語著，皇上不時的會問上一、兩句，可眼神老會落在那份鴨方上，最後當絲竹在皇后的授意下彈奏起來時，皇后衝身邊的皇上開了口——

「陛下雙眼頻頻流連，可是覺得林七做的鴨方滋味很好？」

皇上聞言一笑，毫不在意的點點頭。「是啊，的確不錯！食用初時還不覺得，可漸漸的回味有些不同，奇怪，她一個小丫頭竟做得出這道菜來？欸，這是宮裡的菜式吧？」

皇后聞言嘴角揚起一抹笑來。「陛下莫非要找林七算帳了？您可應該知道她府上有個什麼人的吧？」

「知道，葉嬤嬤嘛！」皇上說著眼裡閃過一絲懷舊——他那時身為太子，父皇許給葉嬤嬤自由的旨意還是口囑他書的呢！轉眼間他已繼位二十年有餘，而這位舊時與他頗為照顧的嬤嬤卻幾乎被自己忘記了。

「是啊，她當年可是個十足的巧人，會的東西花樣可不少，至於這道菜嚴格說來可不算是宮廷的菜式，因為那本就是她想出來的做法，不過，她只管說不管做，先皇又頗有興致，御膳房種種嘗試後才做出那等美味來！其後她便想出十幾種來，如今不還有七、八道菜都是陛下您和幾位皇子愛吃的嗎？想來，那林七會做也實在應該，顯然是葉嬤嬤毫不藏私的一股腦兒教了！」

「葉嬤嬤是個重情誼的人。」

「是呢！今兒個林七這丫頭來，臣妾瞧著她規矩什麼的可不輸咱們那宛心，想必日後定是個可人啊！足可見，葉嬤嬤到了林府上還真是念著一份舊情，處處用心教養那林七呢！」說著她看向謝十四。「哎，雖說謝家的公子失蹤了一位，但到底還是謝家有福氣得了她去，要不然就衝著葉嬤嬤的名頭，我都要把她弄來給我們麒兒做個枕邊人了。」

皇上聞言點點頭，雙眼微瞇似是回想著什麼，皇后在旁瞧看他這般，一轉頭衝身後的太監言語起來。「小崔啊，你去流雲那邊瞧瞧她們換好了沒，催著點，好了就趕緊把人帶過來，總不好大家都在這裡等她一個的。」

那胖公公答應著立刻退出去了，而後皇后轉頭衝著皇上言語。「陛下在想什麼呢？」

「沒什麼，只是一時回想起小時候，母后嚴厲苛責於朕時，朕不懂母后的苦心，內心鬱結，還是葉嬤嬤與朕言語開導，朕才知母后的不易啊！」皇上說著嘆了口氣。「哎，她離宮時，朕那時只顧著父皇龍體，後來繼承了江山忙著治國，也把她完全給拋卻腦後，也不知她現在怎樣了？」

「陛下掛念葉嬤嬤，這可是她的福氣了，不瞞皇上您說，今兒個其實她也進宮了的，不過是隨著貴女們進來，去了母后那邊，您知道的，母后年紀大了，總要念舊，唸著要見見呢！」

「應該的，這一說的，朕也想去見見她了。」皇上說著便要起身，皇后立時伸手輕輕的拉了皇上的衣袖。「陛下要去不妨略等一下，帶上林七那丫頭一起去吧，她一個小丫頭若能見上太后一面，那可是大福氣，想來也是陛下您給葉嬤嬤的一個恩典。」

皇上聞言點點頭。「有些道理。」

皇后立時笑著看向水榭外，而皇上閒來無事一轉頭看見莊貴妃捧茶輕抿，便衝她言語起來。「晴兒今日這般悠閒，想是一早無獲吧？」

莊貴妃放了茶杯衝著皇上眉眼含笑。「皇上可猜錯了，今兒個一早我那珠貝裡就落了兩隻，可是個雙蛛呢！」

「哦，那倒是大喜了！」皇上立時呵呵的笑了起來，莊貴妃也一臉得意，皇后娘娘堆著和煦的笑溫柔的看著她們，一副大家十分親近的模樣，但她的內心卻是毫不客氣的言語著——好一個雙蛛啊，好一個大喜啊，等下看妳怎麼收場？

「流雲，妳怎麼在這兒啊？那事……」

忽而鴨公嗓子在外響徹，急出了一身汗的林熙再度緊張得停止了呼吸。

「崔公公！」候在外面懊惱到不行的流雲，一見到崔公公來，急忙的一面言語一面使勁的衝他擺手。「我可不候在這兒嘛，林姑娘好生生的忽然鬧起了肚子，連衣裳都沒進房換呢，就入了這裡。」

崔公公聞言一愣，眉頭緊蹙，口中卻是言語。「是嗎？難道一直都在裡面？」

流雲點頭，無奈地上前敲門。「林姑娘，妳沒事吧？可好了嗎？」

林熙咬了咬牙。「還不成……」

流雲扭頭和崔公公對視，崔公公憤憤地甩了一下拂塵。「林姑娘還是快些吧，皇后娘娘叫咱家來催著些快著點，免得大家都得等著妳一個。」

「哦，好，我、我馬上。」林熙在內應答，人卻實在不知到底該不該這時候出去，胡思亂想的想著這麼一直躲著也不是辦法，一咬牙決定賭一賭，便拉開了柴門，一臉虛弱樣的走了出來。

她先前就是惴惴不安，躲在淨房裡也沒真正的冷靜下來，而在這種緊張場合的情況下，冷汗早已沁出，再加上她此刻因為緊張而的確發白的臉，倒顯得真跟拉壞了肚子一樣。

「有勞公公和姑姑等了。」林熙聲音有些氣弱的言語，讓崔公公和流雲對視一眼後，只能無奈的迎了她出去。

「姑娘沒事的話，不如就趕緊去我屋裡把濕透的衣裳換下來吧！」流雲還在做著好心模樣。

林熙怎肯羊入虎口，伸手拉了她的月華裙面。「勞姑姑掛心了，這天氣，裙上已不滴水，加之裙面多幅，倒也不明顯了，如今我已耽誤了時候，公公也說皇后娘娘叫人來催，還是不耽擱了吧！」她說著衝崔公公一欠身。「公公，咱們快過去吧？」

崔公公立時同流雲對視，林熙瞧著他們這樣，一咬牙邁步就往前小跑了起來。「公公和姑姑還是快著些，我耽誤了時候，去了我自認錯。你們快別為我再耽誤時候，免得挨罵了。」她這般說著人已跑上了宮中甬道，崔公公和流雲一起嘆了口氣，只得掛著一臉的無奈跟在了後面。

很快他們回到了花廳內，皇上皇后還有莊貴妃不知說著什麼，三人正是笑吟吟的，一見到林熙當頭的衝了進來，三人都是一頓，皇后是徹底愣住了，莊貴妃則是詫異地挑眉，而皇上卻是看著林熙那一身未變的模樣開了口。「咦，這一身衣服換的怎麼瞧著沒變，莫不是宮裡有一模一樣的？」

此時皇后尷尬一笑，看向了流雲。「這是怎麼回事？為何林七她沒換……」

流雲一臉小心的正要言語，林熙自己跪地開了口——

「臣女多謝萬歲爺陛下的關心，多謝皇后娘娘照顧，只是臣女方才宴席上有些貪吃，吃壞了肚子，所以，先去方便了，結果耽誤了許多時間，等我出來時，公公已經到了，也就來不及換衣裳的趕緊過來了。不過皇后娘娘請不要擔心，臣女的衣服已經乾了，倒也用不著換了。」她說著露出一個感激的笑容向著皇后這一方，雖未敢抬眼瞧看，卻也是一副小孩子的單純模樣。

皇后登時只能淺笑以對。「原來是這樣啊！」

「妳現在可還有不舒服？」一旁的莊貴妃忽而言語起來。

林熙立時搖頭。「已經好了。」

「既然好了，今兒個的比巧也就到此散了吧！」皇上說著起身，眾人立時跪下恭送，只除了皇后與莊貴妃。

「朕要去樂壽宮一趟，林七，妳府上葉嬤嬤也在那邊，不如就和朕一道同去吧，稍後妳們一起離宮，至於別人嘛，皇后，妳安排一下吧！」

「臣妾遵旨。」皇后立時欠身應聲。

皇上便邁步走到了有些發呆的林熙跟前，抬手一拉她的胳膊，將她拽了起來。「走吧！」說罷甩袖邁步。

林熙便有些茫然的衝著皇后同莊貴妃急急福身行禮後，追在後面跟著去了。

林熙同皇上一走，皇后就說了幾句客氣的話，便叫著散了，當下崔公公引著她們一眾到了外面，由來時的公公領著去了，而那邊莊貴妃與皇后已經言語起來——

「今日裡這一齣比巧邀宴的，姊姊可受累了呢！」

皇后淡然一笑。「本宮覺得還好。」

「姊姊身子好，妹妹真是比不得，這會兒已經覺得周身無力了呢，還望姊姊心疼准我失禮告退。」莊貴妃說著已經低了頭。

皇后這會兒根本沒心陪她來往，當下便擺手。「去吧，本宮准了。」

莊貴妃挑眉看了一眼皇后，低著頭施禮後立時退出了花廳。

她一離開花廳，便偏轉著腦袋同身後跟著的嬤嬤言語。「去打聽打聽剛才那林七姑娘出去後，可有什麼動靜。」

嬤嬤立刻應聲離開，而一直跟在莊貴妃身邊的宮女輕道起來。「娘娘怎地忽然關心起那個林七來了？」

莊貴妃微微蹙眉。「那丫頭在禮儀上幾乎無可挑剔，對規矩顯然是很有分寸的，方才她卻是打頭進來的，雖然這樣進來也不算錯，但到底可視為瑕，妳不覺得這太不應該了嗎？」

那宮女立時明白過來，與莊貴妃小聲言語著。「所以您懷疑這段時間裡是有什麼事的。」

「查查總沒壞處。」莊貴妃一臉嚴肅地說著。「在這宮裡，小心一些總是沒錯的。」

「妳是怎麼辦事的？」回到了坤寧宮的皇后，一把抓了流雲的胳膊將她扯到了自己的跟前。「不會是妳臨到跟前又反悔了吧？」

「奴婢不敢！」流雲說著自己就跪下了。「奴婢對娘娘您可是忠心耿耿，何況也是奴婢提出願意為餌引三皇子入局，豈會臨陣反悔？」

「那怎麼弄成現在這樣？」

「奴婢也不知道，其實先前一切都很順利，三皇子也接到我的眼神，明白我約他的意思，依著時候過去了的。只是誰知那林七，早不拉肚晚不拉肚的，偏生是那個時候，結果三皇子過去時，奴婢還在淨房外，候著那林七呢！後來崔公公來了，陪著我等了一會兒，催了她幾道，她才出來的。」

「妳的意思是那林七看破了我們的用意？」

流雲搖頭。「不像！若是看破了，只怕根本不會跟著奴婢進屋的，她是進屋後就央著要方便的，只是還沒等我穩住她，她就叫著失禮了，奔去了淨房，以奴婢看，是巧了。」

「巧了？」皇后的手拍在了一旁插屏上。「這局我們苦心安排，只等這個時候，一個巧了便毀了本宮的安排嗎？」

流雲抿了抿唇。「娘娘息怒，如今已經這樣，便只能再尋機會了。」

「機會哪有那麼容易找的？」皇后說著一臉怒色的坐去了大椅裡。「本指望著來一齣連環局，好叫那三皇子壞了林七的名聲，壞了其跟謝家的婚事，更壞了他自己和謝家親近的可能，叫他以後想靠都沒得靠，可如今這機會卻白白浪費了，這叫本宮如何能不怒？她那身分到底低著一等，以後又怎好再叫她進宮？」

「娘娘，奴才不這麼想，先前皇上不是帶著林七一起去了太后那邊嗎？日後只要皇后娘娘您順著這個氣，接連對她關照一二，想必到了重陽佳節您邀她再進宮，也會順理成章的。」一旁的崔公公小聲諫言。

皇后偏頭看了他一會兒，嘆了口氣。「也只能如此了，本是一個推波助瀾之舉，如今卻是後路了！」

「哀家老了，也不知道哪天就閉眼了，可是哀家心裡不放心啊！」羅漢榻上歪著的古稀老嫗，伸手抓著身旁斜坐的葉嬤嬤的手，昏黃的眼中透著一絲明亮，十分堅定的與她言語。「四十年前，妳幫了我，我許妳一個周全，都說一朝天子一朝臣，妳終歸也得給她個投名狀不是？放心吧，她是個知好歹的人，妳的瑜哥兒日後必然是大富貴的人，終能為妳葉家還了風光的。」

葉嬤嬤點了點頭。「是啊，我只能指著他了。」

「妳也別為那小丫頭傷心，雖然她做了棋子，但有我在，給她一個王妃的身分也還是可以的，日後總也不比謝家差的。」

「是您厚愛了。」葉嬤嬤低了頭。「這年頭怕是沒哪個棋子有她的……」

啪啪！

房門被敲響，葉嬤嬤一頓，立刻抽手起身離開了床榻，而隨即外面有了唱喏聲。「皇上駕到！」

太后與葉嬤嬤對視一眼，彼此點了點頭。

繼而房門被推開，葉嬤嬤已經跪地行禮。「老奴叩見皇上！皇上萬歲萬歲，萬萬歲！」

「兒子給母后問安了！」進房的皇上言語輕快。

太后的眉眼微微一挑，笑著擺手。「快免了吧！」

皇上立時轉了身，對著葉嬤嬤一個虛扶。「嬤嬤快起來吧！二十多年沒見了，妳可好？」

「老奴謝皇上掛心，老奴託皇上的福，身子還硬朗。」葉嬤嬤低頭言語。

皇上呵呵一笑。「嬤嬤不愧是個全人啊，林家的閨女讓妳調教得極好，連皇后都說妳教養下的林七比之朕的宛心公主都要知規矩呢！」

「謝皇上誇獎了。」葉嬤嬤欠身言語，並不為此而惶惶，慣有的態度讓皇上有種回到自己兒時的感覺。

此時太后開了口。「皇上怎麼這會兒到哀家這兒來了？不會就是來瞧她的吧！」

「哦，兒子在那邊瞧著比巧時，見到了林七，憶起了嬤嬤，皇后說她在此，朕自然是過來的。」皇上說著轉頭看向了葉嬤嬤。「對了嬤嬤，妳那林七朕也帶她過來了，就在外面候著呢，一會兒好同妳一道回去。」他說著轉回腦袋看向太后。「母后要不要見見她？」

太后笑著點點頭。「你都帶來了，哀家自是要見見了，宣吧。」

皇上當即轉身吩咐，太后則掃眼看向葉嬤嬤，葉嬤嬤此時已抬眼盯向了門口，臉上依舊是她慣有的淡定之色，看不出別的什麼情緒。

太后收回了眼，慢條斯理的看向房門處，但見一個個子並不算高的小丫頭走了進來，步履穩重，身姿如蓮，立時臉上神情一晃，抿了下唇。

錯。

林熙向太后請安，得了免後，再次向皇上請安，最終是退在一邊低頭躬身，全然規矩無

「不愧是妳教養下的！」太后衝葉嬤嬤言語了一句後，對著林熙招手。「抬頭叫哀家瞧瞧！」

林熙依言照做，太后便問了她幾句，不過是跟著學規矩的事，幾句之後話頭就轉到了比巧之上，問著如何等等，林熙有什麼答什麼，話也不算少，但絕對不聒噪，甚至在說到謝家姑娘成為巧女時，臉上還顯出一分豔羨來，太后邊問邊瞧，這般說了大約一盞茶的工夫，她便伸手端茶不言語了，林熙見狀立刻低頭欠身的閉嘴候著了。

「母后是乏了？」

「是啊，一到這個時候就犯睏了，要不哀家可要聽這丫頭好生講一講呢！」太后說了這話，便是到了散的時候，她衝著林熙誇了幾句，抹了一只鐲子賞賜給了林熙，眼見林熙臉上透著激動的喜色，便笑了起來。

皇上又接茬的說了幾句後，葉嬤嬤便和林熙告退而出，由太監引著離宮，皇上則親自伺候著太后回到了內殿後，這才告辭而去。

太后坐在內殿的床邊上，一邊由著婆子伺候一邊聽著她言語，當聽到這丫頭因為趕巧拉肚黃了安排，便無奈的一笑。「倒是她運氣了。」

「運氣未必吧？要老奴說，怎麼就那麼巧？只怕是葉嬤嬤與她耍的滑頭吧？」婆子面有

疑色，太后聞言卻是一笑。「不，我瞧著那丫頭言語，臉上時而豔羨、時而欣喜，不像是個心計深厚的，何況她不過才十歲，理應沒那底子。至於葉嬤嬤嘛，不必疑她的，皇上能順利繼位，她當年功不可沒，她與我們身為一船之人，若要行舟，必得齊心的，何況她是個聰明人，誰能給她最後的仰仗她清楚得很，才不會玩這等把戲呢。」

「這樣啊，那老奴要不要去趟坤寧宮？」

太后頓了一下後，搖了頭。「不必了，此事不成她自會再等機會的，等著吧！」

馬車往林府上行，車內林熙抬眼望著葉嬤嬤，直勾勾的目光完全是盯著她瞧，而葉嬤嬤卻十分的淡然，依舊那副無波瀾的樣子，悠哉一般的坐著。

「嬤嬤……」林熙憋了許久，忍不住低聲言語。

葉嬤嬤卻迅速抬手在嘴巴上比劃了一個噤聲的動作，指了指外面，又指了指耳朵，口中才說道：「什麼事，七姑娘？」

林熙眨眨眼，急忙興奮似的言語。「皇后娘娘賞賜了我這對耳墜子呢！」

「那不錯，說明七姑娘今日的規矩是到家了的。」

林熙轉了轉眼珠子，低聲說道：「其實今天我出了錯的。」

葉嬤嬤望著她。「是嗎？」

「嗯，皇上選出巧女時，我撞到了一個宮女身上，茶水澆潑在了身上，皇后娘娘關照我去更衣，結果，也不知怎地去的路上，我就鬧起了肚子，原想著要忍著，結果……」林熙一番丟人似的口氣言語了一番，而後嘆氣。「今日裡怕大家回去要笑話我了。」

「人有三急，最是不能，七姑娘也別往心裡去了。」葉嬤嬤說著衝林熙一笑，表情乃是讚賞。

林熙卻沒興趣和她再演戲下去，扭了頭不語了。

兩人乘馬車回到了林府，早有家人候在二門處，回去後少不得問上一遍，林熙自是與葉嬤嬤兩個言語應付了一番，後叫嚷著累，才雙雙回了碩人居。

不過到了碩人居後，林熙直接扎進了葉嬤嬤的房裡，在葉嬤嬤動手關上房門後，她立刻輕聲而又氣惱地問道：「您是知道她們要算計我的嗎？」

葉嬤嬤點頭。「是，知道，還參與其中。」

林熙聞言盯著她。「為什麼會是我？」

葉嬤嬤眨眨眼。「因為妳和謝家有親事，三皇子若撞見了妳衣不蔽體、壞了妳的名聲，那妳如何能嫁進明陽侯府？而謝家因此壞了臉面，三皇子和謝家還能走得近嗎？」葉嬤嬤說著話語幽幽。「很多時候，讓重要的第三方離對手遠一點，就等於近自己一些，這個可不難懂。」

林熙當即呆滯在那裡，許久後才言語道：「妳們就沒人想過我的無辜嗎？」

葉嬤嬤聞言一個冷笑。「人啊，別把自己太當回事，妳走在路上踩死一隻螞蟻的時候，會考慮它的無辜嗎？」

林熙盯著葉嬤嬤。「您的意思，我是一隻螞蟻，我微不足道？」

「覺得我看輕了妳對嗎？可妳對宮裡的她們來說不就是一隻螞蟻嗎？她們是博弈者，而妳只是棋子罷了！」葉嬤嬤說著昂了頭。「妳複盤有兩年了吧？回想一下，妳可曾有對以一顆棋子的失去換取一個角域勝利而感到痛心與不平嗎？」

林熙閉嘴不言，因為她何曾會替一顆棋子著想，更何況在與對方角力的時候，別說忌諱一顆棋子了，只要能吃下那片角域，她會毫不猶豫的設下棋子引對方廝殺而後圍城以獲！

「無辜是因為我是那顆棋子，而無感是因為我是博弈的人？」

她口中喃語而出，這是她的悟！

葉嬤嬤聞言一笑。「妳說得很對，妳在什麼位置上，就會做什麼樣的事，更扮演著什麼樣的角色；現在妳體會到了博弈者的心態，我想妳以後就不會傻到指望別人替妳著想，指望別人會給妳留條生路了吧。」

林熙咬了咬唇。「都這個時候了，您還要擺出教導我的姿態嗎？」

「為什麼不呢？難道因為妳差點掉到火坑裡，便記恨我這個推妳一把的人嗎？哈！我來問妳，妳是因何知道自己落入陷阱的？又是因何知道危險降臨的？妳更是仰仗什麼來判定和逃出的？」

林熙的手握成了拳頭。

她感知的每一個點，都是與葉嬤嬤有關的，葉嬤嬤教的禮儀，葉嬤嬤叫人教的菜式，葉嬤嬤教會她的微表情，甚至是葉嬤嬤警告過的最好讓別人認為妳什麼都不知道……

「妳知道鷹為什麼可以飛得那麼高嗎？」葉嬤嬤說著走去了桌邊，動手研墨。「老鷹的巢穴總是選在懸崖峭壁這種很高很高的地方，牠在那裡孵出小鷹來，將牠們養大。小的時候當牠們餓了，會有老鷹給牠們餵吃的，可等到牠們翅膀上的羽毛剛剛長成的時候，老鷹便會一反平日的呵護把牠們通通踢向懸崖……」

葉嬤嬤看了一眼林熙。

「從懸崖下飛上來的小鷹，學會了飛翔，學會了生存，以後牠會飛得很高，會有自己的一片天；而學不會飛翔，學不會生存方法的小鷹便只能摔死，老鷹並不會多看失敗的牠一眼，甚至不會為牠哀鳴，知道為什麼嗎？因為活著的本身就要面對殘酷的現實，勝者為王敗者為寇，在什麼時候都是不容爭辯的事實。」

葉嬤嬤說完，提筆餵墨，轉頭便在白色的宣紙上勾勒出了稜角分明的鷹喙，繼而筆鋒伶俐灑脫，在紙上勾勒出深深淺淺的羽翼，漸漸的一隻踏足懸崖而立的雛鷹帶著犀利的目光，凝望著前方的蒼茫。

葉嬤嬤提筆落款卻是提了四個字——雛鳥待飛。

而後她丟下了筆，笑看著林熙。「這畫應該在昨日給妳的，不過那樣倒沒意義了，現在送妳，我覺得才是時候，畢竟該教妳的，我早教妳了，到底妳學會沒，只有今天妳單槍匹馬的闖了一遭，才知道答案。」

「所以我今天其實是試飛嗎？」林熙說著眼裡閃了淚花。「可是萬一我、我沒能逃出呢？您當真如那老鷹一般，不會憐憫嗎？」

「是的，不會憐憫！」葉嬤嬤盯著林熙的雙眼。「還記得我和妳說過的話嗎？路是自己走的，別人幫不了妳！誠然這個局中有我的參與，甚至我是把妳推進這個火坑裡的其中一個，可是我早已警告過妳，後路的重要，更提醒妳過防人的必須，而顯然妳在進宮之前，拜妳那六姊姊所賜，總算開竅，知道我也在算計了，不是嗎？所以妳也不算全然被蒙在鼓裡，更不算毫無防備吧！

「如果這樣妳都折戟沈沙了，那還能怨我嗎？還能指望著我去憐憫妳？可笑！要知道這個世界的贏家只屬於強者，不屬於弱者！而今後妳要面對的只會比這些更加凶險！」

「所以，現在我應該謝謝您算計我了嗎？」林熙心中早已被葉嬤嬤的這番話震撼，但是她還是無法不去憤怒，畢竟這是她信賴的葉嬤嬤啊，是教導她種種本事的葉嬤嬤啊，卻怎麼可以那麼不留情誼的把她推下懸崖，看著她自己如何飛上來……她的狠，讓林熙的內心感受到的是她的無情與冷漠。

「想謝就謝，想恨就恨，隨妳，我不在乎。」葉嬤嬤說著離開書桌回到了林熙的身邊，隨手拖了張椅子一坐，便望著她，整個人坦然到恍若什麼事都沒發生一般。

「您冷漠無情。」林熙抬頭使勁的睜眼想把眼淚往回嚥，此刻她就是一個委屈的孩子。

「我不否認！要知道我似妳這麼大的時候，也和妳一樣把大家想得很美好呢，可是我的情感在一樁樁事情裡耗費到乾涸，我的心在一次次傾軋中鑄造出了盔甲，我就學會了冷漠自保，學會了無情而無傷，更學會了面對生存之道。」

「不要告訴我生存之道就是冷漠無情！」

「當然不是！冷漠無情不過是我保護自己的方法，而生存之道嘛……利用規則、利用一切可利用的，為了自己的追求去弱肉強食！七姑娘，在這個利益至上的世道裡，妳千萬不要把希望寄託在別人身上，包括我！妳得永遠心中有怕，對人有戒心，還有……清楚自己的身分地位，腳踏實地，只有這樣妳才能看清楚妳前方的路。」葉嬤嬤說著一指林熙。「而現在的妳，其實很糟糕，因為妳對自己的身分地位還沒搞清楚呢！」

「我？」林熙看向葉嬤嬤。「我不就是林家的七姑娘嘛！」

「錯，在妳和謝家的小四爺訂親後，妳就不只是林家的七姑娘了！妳是未來和謝家相關的人！我問妳，此時，皇后娘娘的這個局，妳看懂了嗎？」

林熙眨眨眼，伸手捏著衣袖。

有些東西原本可能是模糊不清的，但現在還有什麼不清楚的呢？葉嬤嬤更是把話說白了！要三皇子窺她的衣不蔽體，繼而她就成了壞了三皇子和謝家關係的一顆棋！

「七姑娘，雖然妳年紀還小，但這不是妳可以逃避的理由。從妳和謝家小四爺訂親的那一刻起，妳要記住，妳已然和謝家在朝局中的變化綁在了一起，所以對於今日妳為棋，妳真沒必要如此激動，因為以後這樣的日子多著呢！尤其是等到妳順當的進了明陽侯府以後，更多的事會等著妳的！」

「等著我？」

「當然。謝家的分量有多重妳應該知道，明陽侯府，這頂級的世家，妳以為嫁過去了，就會和妳在自己家一樣每天無所事事吃飽喝足得過且過嗎？或者學妳的母親那樣，終日和妾侍庶女沒完沒了的鬥嗎？不，不一樣的，妳要面對的是一個大家族，一個有著千年傳承的大家族，它的厚重不會比皇宮差，它的詭譎波雲更不會比皇宮裡少！」

「可我，我只是嫁一個小四爺罷了。」林熙知道謝慎嚴不簡單，但是有葉嬤嬤說的那麼可怕嗎？她知道侯府的背後分量沈重，但敢與皇宮作比，這是不是危言聳聽了？

「只是？哈哈，妳可看輕妳未來的夫婿了，妳好好想想，如果他不重要，他需要死遁而藏匿避害嗎？莊貴妃一心要給三皇子拉個厚重的籌碼，他謝家便是第一個被籌算的人！不就是選邊站嘛，不就是娶了孫家二姑娘嘛，如果將來選錯了邊，壯士斷腕也就是了，對於一個家族來說，不過是一個子嗣，當真謝家捨不起嗎？謝家能到今日的地位，捨在家族大業上的人，可不會少的。那為何謝家要如此大費周章，弄出一個有欺瞞之嫌的死遁來呢？妳說，這能說明什麼呢？」

「他、他與眾不同？」

葉嬤嬤盯著有些惶惶的林熙。「也許我該恭喜妳，撞到了好運，日後能大富大貴，可妳要是沒那個斤兩，撐不住這個身分、壓不住陣的話，這好運就是厄運，會叫妳疲於應付，甚至就此喪命！所以妳說，妳要是連今天這關都闖不過，日後妳面對那些善於玩弄權勢，翻手雲覆手雨的人，豈不是只有等死的分兒了？」

林熙低了頭，扯弄著自己的衣襟，但很快抬了頭。「您說這麼多，無非就是讓我知道，今日對我來說是好事，是您苦心為我罷了，可是，您推我進的火坑這總是有的，我不明白，難道您要我展翅高飛，還得要為我設局不成？」

葉嬤嬤嘆了口氣。「局不是我設的，是皇后，她是博弈者，而我也不過是一個棋子罷了。」她說著衝林熙一笑。「我以前是太后的人，離宮養老，本來可以不出來的，可因為……妳祖父的託付，我只好走了出來，於是太后想起了我這個棄子，把我撿起來丟給了皇后，皇后用我在乎的和我交換，於是我現在，是皇后的人，我和妳都是棋子，只不過我是她手裡攥穩了的，而妳，游離不定。」

「皇后和您交換……您在乎的是什麼？」

「那個妳不需要知道。」葉嬤嬤說著伸手整了下身上的衣服。「我一個老婆子這個歲數還能被人巴望著，憑什麼？還不是我可以狐假虎威！我假的誰的威？不就是皇后和太后嗎？而妳在我身邊，她們理所當然的會留意妳，最初她們可沒打妳主意，只是少不得因為我的原因會樂意捧一捧妳、捧捧林家，而當謝家小四爺為救妳哥哥而就此死遁消失後，妳的路才變得不簡單了。」

「等於是從那個時候，妳們就開始設局了？」林熙說著白了臉。「原來那個時候您就已經要害我了嗎？」

「害？我要肯害妳，我會教妳微表情嗎？我會從那時起，告訴妳就是連我也不要信嗎？」

葉嬤嬤的問讓林熙啞口無言，因為這的確是她從去蜀地後才開始接觸的，而那個時候，她已經和謝家的小四爺訂下了親事。

「我不願害人，但有的時候為了自己的生存，我不得不動手，難道妳要我大義凜然的為了妳而讓我去死嗎？我沒那麼高尚，沒那麼偉大！不過，很多時候看似你死我活的場合，未必真的就是頭破血流的一條路，比如今日，妳不就走出了自己的路，既沒順了皇后的意思，也沒讓自己成為眾矢之的不是嗎？」

「可是，您也說了，這事沒完的，我躲過了今日，那日後呢？她們要算計我，我日後還躲得掉嗎？還能這麼平安的躲得掉嗎？」林熙有些激動。

「妳躲得掉。」葉嬤嬤一臉的淡然之色。

「怎麼躲？」

「妳到底不是貴女，到底身分還卑微，她們要讓妳有光明正大的資格入宮，還要恰到好處的布局，這都需要耗費心力和時間的，而眼下距離妳可以光明正大進宮的日子最近的無非是兩個——八月十五、九月初九。只要在這之前讓皇后覺得妳沒可能做棋子了，不就成了？」葉嬤嬤一臉無謂態度。

「您能說明白點嗎？」

「能進宮的人，必然是名聲乾淨，身世清白，聲名極好的。」

「難道您要我自毀清白？」林熙瞪了眼。

「怎麼可能？」葉嬤嬤白了她一眼。「名聲受累不就行了嗎？」

「受累？」

「對啊，家裡出了個丟人現眼的醜事，連累了妳的名聲，妳如何進宮做餌？」

「醜事？您是指……」

「林家現在還有幾個姑娘待字閨中？」

「您是說六姑娘？」

「她不是不安分嘛，她不是心比天高嘛？她不是一心想要高嫁嗎？可她一個庶出的怎麼高嫁？她除了走四姑娘的老路，還有法子嗎？」

葉嬤嬤的問話讓林熙變了臉。「您是說，要我拿六姊姊來……不行，她雖然惡毒不值得我憐憫，可是我要那麼做，便是謀害他人了，而且最重要的是，您要我拿林家的名聲來成全我自己，這是不忠於家，這是不孝啊！」

「誰要妳來了？六姑娘是什麼心性，她會甘心遠嫁就此平凡一生嗎？我實話和妳說，不用妳去張羅盤算，她自己就會動手！我這麼說是要妳知道，妳躲過了這一關，剩下的日子好生生的在屋裡等著就是，自有妳的陽關道。不過我可提醒妳，不要再似蜀地時那般猶豫犯傻，記住，路是每個人自己選的，妳要是為別人改道，就很可能要搭上自己！」

林熙一愣，眉毛挑高。「那您呢，您不是為我改道了？」

「我可沒有，是妳自己改了妳自己的道，我只是盡了一個教導嬤嬤的心而已，現在妳翅膀硬了要飛，我有什麼辦法？」葉嬤嬤說著衝林熙一笑，竟是十分歡愉。

林熙一愣後，卻莫名的有些感動。

「好了，該說的都說清楚了，以後的日子妳也該好好掂量掂量了，畢竟現在我還在妳身邊能為妳出謀劃策一二，再過幾年呢？到了妳出閣的時候，總不能再把我帶上吧？有些東西妳從現在開始，就得學會悟、學會盤算！」葉嬤嬤說完這話便是起身要走了。

「嬤嬤！」林熙出言喊住了她，猶豫片刻後說道：「其實我還是有些恨您對我這般無情，但，您說得對，您沒道理為我改您的路，更沒道理為我捨棄什麼，而我，也的的確確得學會面對……所以，我謝謝您教會了我許多。」

「妳我總有分道揚鑣的時候，我不期望妳感恩與懷念，只要有朝一日妳不經意想到我時，會明白我的這番苦心就夠了。」葉嬤嬤說著挑簾而出，留下林熙站在屋中慢慢回轉了身子，看著書桌上的那張畫。

「謝謝您，嬤嬤。」許久後，她喃喃自語。

第四十三章　機關算盡

八月初八，林家接到了帖子，謝家的十四姑娘八月十二及笄，請林府上下過府見證。

得知這個情況，陳氏自然得忙著準備禮物，林賈氏在旁也開始數著日子盤算起來，因為差不多張家的也該到了，緊跟著就會上門提親，那給林嵐及笄的事也就提上了日程。

「依樣兒的來，先去求幾個好日子來，等張家的到了，咱們挑選個好的時候給那邊信，走足了儀式，也就差不多該及笄了。」林賈氏銜陳氏吩咐著。「另外也給嵐兒物色兩個丫頭婆子，早早的準備好，翻年後也好跟著遠嫁過去，最好交託乾淨，少了是非，就此兩廂勿擾吧！」

陳氏看著林賈氏一副恨不得立刻丟掉林嵐這個包袱的樣子，便很痛快的答應了，當即告辭回去就忙著張羅，又是選人，又是定日的，分外忙碌，而這幾年一下子清閒下來的萍姨娘眼瞧著陳氏忙碌，少不得要湊上去幫忙，知曉了近日張家就會來求親後，等到陳氏出去置辦禮物的那日，她溜去了珍姨娘那裡。

「張家的這兩日上大約就會到了，我看了太太手裡的好日子，估摸著可能是八月十五、十六的上門來求，至於訂親也是就近，及笄的日子圖早，可能落在八月二十六，要是圖晚，也就九月下旬。」秀萍說著嘆了口氣。「嵐兒也不知怎麼想的，竟那麼不識好歹，老爺氣得在我跟前就數落她好幾次呢！那個雷敬之不就醜了些嘛，我聽老爺說，最近他很是風光的。」

「風光也沒用，嵐兒不樂意，太太也說不添名，她以庶女身分橫豎是搭不上的。」香珍說著摸了摸肚子，轉身從床頭的箱籠裡翻出一個匣子來，推到了秀萍的面前，繼而又從腰上卸下一枚鑰匙來，放在了匣子上。

「姊，妳這是……」

「妹子，這裡的東西是我這些年的盤算，原本我跟著他就指著有朝一日能為咱們家討個昭雪，只是偏生選了個窩囊貨，早不發跡，如今開始發跡了，卻又成了慫包（注），日日就會看正房太太的臉了！」香珍說著嘆了口氣。「現在我不指著他了，這些便放在妳那裡，日後萬一我和嵐兒有個什麼不對了，妳就算翻身不了，有它們傍身也不會太糟，守著妳的佩兒拉拔著我的宇兒總有個盼頭……」

「姊，妳好端端的怎麼說這種喪氣話，嵐兒是要遠嫁，可到底那家也還是門當戶對的不是？還有，老爺現在是把太太處處圍著，可他心裡到底有妳疼妳，妳肚子裡這不還有個嘛，平白的，妳怎麼氣短了？」

香珍望著秀萍蹙了眉。「這幾個月的事太多了，現在我和嵐兒已經成了眾矢之的，就算留在府裡也是岌岌可危，只怕等嵐兒嫁了，我生了，也沒個什麼好的下場，倒不如趁著現在還能搏一搏！」

「姊，妳要做什麼？」

「妳別管，也別問，總之妳記住，等下拿了東西從我這裡出去，妳就是和我不親近的萍姨娘，知道嗎？真要是我到了落難的時候，別客氣，只管朝著姊姊我的身上踩，想來太太也會對妳好一些，而不是這幾年這般淡著妳，只要妳得了她的信任，妳的機會多得是，就算不成，也不會有什麼損失……」

「妳說踩是什麼意思？妳的落難又是……」

「噓！別打聽了！我說得很清楚了。哪，這些拿著帶回去，房產地契的都在妳手裡，日後真是沒得依靠了，就這些也足夠妳小富即安，為咱們家留個念想。」

「可是姊，妳要真出事了，這些東西老爺會收回的吧？」

「不會的，這些東西我做的帳裡早抹掉了的，他也是個沒數的人，保准不知！何況他的性子我清楚，惱急了把我哄出去了，也斷不會從我手裡收回去的，他丟不起那張臉。」香珍說著把匣子和鑰匙往秀萍懷裡一推。「走吧！」

秀萍還有些猶豫，但香珍接二連三的攆她，她終究還是帶著一頭霧水的抱著匣子走了。香珍站在屋內看著她離開後，一挑簾子出門往玉芍居去了。

八月十二日轉眼來到，林府一家上下打扮妥當，準備前往謝家，這個當口，張家遞交了

注：慫包，意指窩囊廢。

帖子來，意思著明日上門來。

陳氏拿了帖子去了林賈氏的跟前，兩人一陣嘀咕，敲定了時候，陳氏便叫管家給張家來的小廝帶了話回來，說著八月十六是好日子，叫那天來上門求親，但明兒個還是可先過府來坐坐的。

張家小廝回去後，林府一家就前往謝家。

十三姑娘及笄後便在閨閣之內，難以見到，十四姑娘今日又是及笄，這姑娘之間負責招待的人便暫時落了空，由著與之有姻親的徐家、薛家和滕家的幾位姑娘在內牽頭，不時說笑的招呼著來客。

林熙慣常的不冷也不熱，基本上在旁邊就是應聲點頭之類的，即便說到上個月受邀入宮比巧的事，她也一副淡淡的模樣，使得大家也沒興致在這事上多說。她正這麼閒耗著等時辰到呢，徐家的姑娘打從外進來，掃看她坐在角落後，直接到了她跟前。「林姑娘，勞妳跟我出來一下。」

林熙聞言詫異的看向這位徐家的，便看到她雖是笑臉吟吟，但眉眼裡滿是慌亂，不由得怔了一下。「有什麼事？」

「嗯，妳來就知道了。」徐家姑娘說著便轉身向外走，林熙眨眨眼後還是起身跟著出去了。

離開了花廳，徐家姑娘引著她直接穿過穿堂欲進附院，林熙一瞧這架勢立刻收了腳。

「徐家姑娘，妳這是引我去哪兒？」

徐家姑娘撇著嘴。「妳跟著我來就是了。」

「那不成的，我是客，未得主人家允許怎能隨意進出人家內院，我還是回去吧！」林熙說著迅速轉身，才邁了一步，那徐家姑娘已經繞到她身前擋住了她。

「妳呀！」她一臉無奈的左右看了一眼後，才低聲說道：「妳娘和妳姊姊都在裡面呢！」

「姊姊？」林熙驀地就想到了林嵐。不會吧？難道她真的……

「就是妳家六姑娘！」徐家姑娘說著撇了下嘴。「她出事了。」

林熙的心頓時一下提起。「出事？她出什麼事了？」

「還是進去說吧！」徐家姑娘臉上閃過一抹無奈，率先邁步進了附院。

林熙心中已有猜想，緊緊的跟在了後面。

兩人很快到了一間耳房前，門口正有幾個丫頭端著水盆什麼的進進出出，林熙瞧看一眼的工夫，徐家姑娘已經挑起竹簾喊她，林熙只好趕緊跟著她進去。

屋內此刻坐著幾個人，有陳氏、有安三太太，還有一位林熙不識但應該有見過的夫人，以及一個低頭的男子。

林熙見有男子先是一愣，本能的想要轉身迴避，這邊安三太太卻開了口。

「不用避諱他了，他是我本家的姨甥，日後大家姻親的，遲早也會見，何況……」她話沒說下去而是看向了陳氏。

陳氏一張臉已經陰沈發黑，似暴風雨將來的天。

「熙兒，先去內裡幫著妳六姊姊打整下吧！」陳氏說。

林熙聞言立時應聲，對著安三太太欠身後，這才繞過屏風進了內裡，便見此刻有兩個丫頭給林嵐擦拭著濕漉漉的頭髮，而她此時身穿一身略有些大的裙裝，一臉呆滯的坐在那裡，任由兩個丫頭為她打整梳理。

「到底發生了什麼事？」林熙靠近她後便低聲輕問，奈何林嵐跟傻掉了一樣根本不理她，而這邊兩個丫頭對視一眼後，竟雙雙退了出去。

眼瞅著林嵐那個呆滯的模樣，林熙一時有些摸不著頭腦。她掃眼看著屋內，但見浴桶邊上散著一身僕從的粗布衣裳，還是男人才穿的行頭，便又盯向了林嵐，猜著可能，而此時外面的言語聲卻傳了進來——

「林家太太，今兒個這事，附院外的老爺們可都瞧了個清楚，但凡人家說起來，也知道我們榮哥兒那是救人的！只是誰會料到好心救個人，竟把這事給撞上了？我就不明白了，你們家的六姑娘怎麼成了跟轎的傭人，又怎麼好端端的出現在前院裡還落了水？莫非，你們是處心積慮的算計我們家不成？」

聽著那陌生的言語之聲，林熙已經明白這是那面熟婦人在言語，而這般口吻，自是清楚的說明，她是安三太太的姊妹，那個男子的母親；而更加教她震驚的是這婦人的言語，這使得她立時盯向了林嵐。

林嵐依舊呆滯的坐在那裡，面色上看不出喜怒哀樂來，可林熙卻是心中如騰海嘯——這是她的算計嗎？這是她的不甘心而做出的應對嗎？

「曾家太太這話羞煞我了，我這會兒也是一頭霧水的呢！不如，等她穿戴好了，我叫她出來，妳們問個清楚可好？若是她一心糟蹋妳我兩家門楣，我把話放這裡，我就是立時叫人把她送到庵裡做姑子，也絕不會恬不知恥的來扒拉你們曾家！」

「哼，那最好是！」

「熙兒，妳六姊姊可穿戴好了？」陳氏的言語聲在外。

林熙立時應了一聲，上前來拉林嵐，林嵐的身子微微一抖，看了林熙一眼後，甩開了她的胳膊，深吸一口氣的起身出去了。

林熙見狀只好跟著出去，此時林嵐已經走到房裡的正中跪了下去。「女兒一時糊塗，給母親惹禍了。」

陳氏的嘴角抽了一下。「妳怎麼會穿著僕從的衣服出現在謝家府上？」

林嵐扯了扯手指頭。「我和七妹妹曾來過謝府，同謝家的十三姑娘和十四姑娘有些交情。之前十三姑娘及笄，母親未准我來，我便有些遺憾，如今十四姑娘及笄，母親帶著兄長弟妹的來此觀禮，我實在想來瞧瞧，便裝扮成了僕從偷偷隨轎而來。」

「既然如此，妳也是該在後院裡等著的，怎麼會到了前院還落了水？」曾家太太立時問話。

林嵐身子一欠。「我本是想找到花廳這邊，好一會兒偷瞧十四姑娘及笄的，可是誰知道迷了路，稀裡糊塗的就轉到前院去了。本來我想著還是離開的好，後來思想著觀禮的時候大家也會過去，便沒走，就立在邊上等著，打算跟著一起過去，哪曉得……」

「什麼？」

「那曉得跟前一幫公子笑鬧玩耍起來，他們推搡中正好撞到了我，我避之不及落了水，冠落髮散中，這位公子下水救了我……」林嵐說著低聲抽泣起來。「我只是想瞧看一下十四姑娘而已，誰料會變成這樣！」她轉身衝向陳氏。「母親千萬別送我去做姑子，我知道我不討您喜歡，可我也真沒想到會變成這樣，您、您還是罰我打我吧！」

林嵐一時在此求饒哭泣，卻把陳氏架在了難堪的位置上，她這番說辭是從陳氏不帶她來此說起的，這會兒又這般言語求饒，陳氏若要再說什麼嚴厲的話，橫豎坐實了自己欺虐庶女的形象，可要是不嚴厲斥責，卻又難免成了姑息，登時把陳氏氣得臉白，死死的盯著林嵐。

「如此說來，害妳今日出醜的人，是我了不成？」

「女兒不敢妄言，只求母親別送我去做姑子！」林嵐依然在此裝著柔弱。

林熙在一旁看得很想言語，但卻只能死死的忍了，畢竟這裡根本沒她說話的分兒，而林家已經丟了臉，她再開口豈不是更加失禮丟人？

「好了，且安靜吧！」作為主人家的安三太太徐氏嘆了口氣，言語起來。「這事這麼說下去也於事無補，榮哥兒把六姑娘從池子裡救起，大家都是看到的，總得給個說法才能堵上嘴，你們還是趕緊說正經的吧，看看怎麼弄？」

曾家太太聞言撇了嘴，掃了一眼自己的兒子開了口。「還能怎麼弄？自然是我兒子把人接府上去了唄！」

「接？」陳氏一愣挑了眉，這一個字便已道出了曾家的心思。

什麼人才叫接？妾！陳氏的內心固然覺得林嵐自作自受，做妾也是她自找的，可是這橫豎又把林家的臉賠進去了，因為曾家老爺不過是個從五品的知州罷了，林嵐雖是庶出的，配他們家卻是完全門當戶對，甚至還能算低嫁了的！

「林家太太，妳也別覺得委屈，我家老爺雖不是什麼伯侯，只是一個知州，但不瞞妳說，有我娘家關照著，日後也必當不差，而且我家榮哥兒日前已申了補缺，一年半載的便會補官出來，他這種比上不足、比下卻是有餘，娶個門當戶對的嫡出姑娘可正好，幹麼非得娶妳府上一個庶出的，我們家還得賠臉色？」

曾家太太臉上滿是不屑，顯然對林家是不買帳的，陳氏聞言自然想要反駁，畢竟這傷的是林家的臉，但是話到嘴邊，她眼掃到了林嵐，想到她昔日的狠毒盤算，卻覺得就讓她做個不能興風作浪的妾侍才好，是以她張了張口後閉嘴不言了。

林嵐沒有等到陳氏為她出言，這心裡驚慌起來，她抬眼看向陳氏，看到的是陳氏的默然，她立時明白陳氏想要就這樣讓自己成為一個妾，登時急了，掃看了一眼那臉有得色的曾家太太，她一咬牙開了口。「請母親為女兒正名，女兒再不討母親的喜歡，也還是林家的骨肉，怎能與他人做妾？若是母親不給女兒活路，女兒便一頭撞死在這裡就是，死也不會做妾的！」

陳氏聞言，立時捏著帕子的手變成了拳。

何其相似的一幕，她曾因此帶著林悠拚出了一條路，而現在林嵐竟用同樣的方式來拚不說，還要把自己架在一個難堪的位置上，這叫她是開口還是不開口？

「哈！威脅我們不成？」曾家太太一拍桌子站了起來。「是妳自己有錯在先，好好一個姑娘家不依著規矩，不老老實實的待在府裡，如今我們榮哥兒救妳，妳倒還賴上他了。妳既然那麼想死，好啊，我倒要看看妳敢不敢……」

曾家太太話還沒說完，林嵐便站了起來。「我果然是家裡最可憐的一個，根本無人疼愛，與其活著被人低賤，還不如撞死了乾淨！」說著她朝著屋內的立柱衝了過去！

「不要！」立柱跟前不遠的男子立時抬頭大喊，眼看林嵐就要撞上，他衝過去伸手抓了她的胳膊。

林嵐被拽得一頓，但隨即甩開了他的胳膊。「讓我死！」大喊著又要衝向柱子，可整個去勢都緩和了下來，相信就算去撞，也未必能撞死，然而那榮哥兒卻再次抓上了她的胳膊，使勁地拖著她的臂膀。

「別死別死，總還能商量的！」說著他看向了自己的母親。「娘！娘！」

曾家太太立時瞪向了自己的兒子，而此時徐氏的聲音已經傳出——

「夠了！這是我謝家，要死的去外面死，少在我這裡為難！」

林嵐聞言頓住，此時徐氏已經看向了曾家太太。「行了我的小妹，榮哥兒也未訂親，林家橫豎也是我的親家，何必非鬧騰成這樣？閉上一隻眼，叫他們兩個做對夫妻不就是了！」

曾家太太聞言低了頭，一副氣短的模樣，而徐氏一轉頭，衝一直沈默的陳氏說道：「親家今日給足了我這主人家的臉，既沒逼我，也沒做脅，只這孩子烈性不懂得收斂。罷了，我來做這個媒人，為她和榮哥兒保了這樁親事吧！」

徐氏發了話，陳氏怎好還不作聲？當下點了頭。「親家既然保媒，我林家自是樂意的，只是……未知曾家太太樂意否？」

曾家太太撇了撇嘴。「我姊姊作媒，我怎好駁她的臉？罷了，過兩日我叫榮哥兒上妳家府上提親吧！」

徐氏一發話，兩頭都應了下來，自然不必吵鬧爭執，登時林嵐同那榮哥兒雙雙下跪，倒似一對犯錯的小情侶一般，看得屋內人皆有些哭笑不得，幸得此時有下人來知會及笄的時候就要到了，徐氏便順勢言語——

「好了，此事已和，大家就和氣些吧，日後都是親家親戚的，也不必再拉著臉咬著勁了！來人，去引著六姑娘打扮一下，也好到前面去觀禮吃席，親家還是快隨著我過去吧，今日裡可是大好日子，需得喜樂融融才是。」

徐氏這般言語，陳氏同那曾家太太誰都發作不起來，畢竟徐氏是主，還是謝家的太太，自是得給全了面子的，是以陳氏立刻看向林熙。「熙兒跟著妳姊姊，稍後同她一道進出，再別叫她丟人現眼！」

林熙低頭應聲，當下徐氏一手拉著陳氏，一手拉著曾家太太便出去了，那榮哥兒倒也自覺，退後兩步衝著林熙同林嵐欠了下身後，便也快步的隨著出去了。

「林姑娘這邊請！」前頭應聲答話的丫鬟，立時引了她們兩個再進裡屋，稍後便捧了一盒子首飾過來，由著林嵐挑揀打扮。

一盒子的首飾，金貴與否，這都是謝家的東西，林嵐眼掃其內挑了一個也不打眼的珠花出來想給自己粉飾，林熙卻上前按住了她的手。

「六姊姊，還是用我的吧！」說著她把頭上雙螺上的一對珠花取了下來，林嵐看她一眼後，什麼也沒說，卻也把謝家的那個珠花放回了盒子裡。

丫頭上前給梳好了頭髮，把那對珠花給裝飾了上去，繼而她兩人便在丫頭的引導下出了附院回到了花廳。

此時儀式早已開始，連祝詞都已到了尾聲，林熙便同林嵐兩個索性站在了人群的周邊默默瞧看。

很快地，到了及笄的時候，一個衣著樸素的老婦人走了上去，為十四姑娘梳髮綰髮，看得林熙和林嵐都是一愣，猜不出這人的來頭，而此時一位衣著華貴卻也打扮甚為簡單的老婦人從人群中笑吟吟而出，立時一些抽氣聲、驚愕聲散了出來。

那婦人立到了十四姑娘跟前，取出了一支簪子，不是司空見慣的赤金大簪，更別說什麼奢華奪目了，反而那是一支看起來十分普通的木頭簪子。

「諸位！」老婦人笑吟吟的開了口。「我知道你們好奇，為何是我這個老婆子出來上簪，畢竟我膝下的兩個兒子早已娶妻，若論孫輩，更是大的已成家，小的還未束髮，橫豎輪不上的。」

「她是誰？」聽著老婦人的言語，林嵐問起了林熙。

林熙也不識得，自是搖頭，而跟在她們身後的丫頭卻是得意的抬起了下巴。「那位可是太傅之妻，一品誥命夫人！」

登時姊妹兩個都是一驚，而那邊老婦人還在言語——

「……敬之乃是我家老爺頗為欣賞的學生，兩年前更是收到膝下認了義子，只是我家老爺不予張揚，敬之也不是個愛說道的孩子，是以知道此事的人很少。謝家愛才，願把愛女許給我這義子敬之，我便思量著萬萬不能輕了十四姑娘的名，覥著臉的跑來許言要親自給我這未來的乾兒媳婦上簪，是以今日我便搶了風頭，累及敬之的娘替我綰髮了……」

老婦人還在言語，可林嵐已經晃蕩起了身子，她轉頭看向林熙，聲音極低。「她剛才說的義子，是、是誰？」

林熙眨眨眼。「我只聽見敬之二字。」

林嵐立刻轉頭看向了那個丫鬟。「妳家十四姑娘許的是哪家？」

「雷家，新進的庶起士雷欽雷敬之。」

馬車在街道上前行，林嵐是偷偷跟來的，如今回去自是和林熙同為一輛馬車。

自從知道了謝家十四姑娘許給的人是雷敬之後，林嵐的一張臉便是慘白色的，而之後無論是吃席還是招呼禮遇，她都跟個木頭人似的不笑也不言語，只累得林熙在旁牽拉相引的應付。

林熙此刻是完全理解林嵐的心態的，畢竟那個被她嫌棄醜陋、死也不肯嫁與的雷敬之，如今卻是謝家未來的賢婿，而且誰能想到他是太傅的義子呢？

林嵐一心高嫁，若當初這門親事成了，她也算得了大福氣真的高嫁了，可是她卻偏生有眼不識金鑲玉，將其棄之敝屣。如今她這般出醜拚了臉面才得來的親事，卻似乎沒什麼叫林熙能瞧看到高嫁的地方，以至於她一直懷疑是不是林嵐哪裡出了岔子，畢竟那個曾家怎麼看也都沒瞧出值得林嵐這般動手的底子，而彼時林嵐拚死時的表情也是全然落在林熙眼裡的，她倒沒看出林嵐作假來著。

這到底是怎麼回事呢？

林熙只能猜，不能問，她可不想把林嵐此刻的怒氣怨氣引到自己頭上來。

馬車回到了林府，沈默無言的姊妹二人下了馬車換轎入府，進了二門後，本該是一行人都去往林賈氏那裡回話磕頭的，可陳氏卻衝林熙和三個哥兒開了口。「你們就不過去了，我會替你們給祖母告假的。」

三個哥兒和林熙也是明白，那邊少不得一番清算，是以他們幾個當即應聲告退了去。林熙離開時偷掃了父親一眼，看到的是林昌雙目裡的羞憤之色，便低眉垂眼的帶著丫頭回往了碩人居。

回到了碩人居，林熙立刻打發了丫頭自去，人便去了葉嬤嬤的房裡，把今日在謝府上的事說了一遍，而後看著葉嬤嬤。

「我真不明白，她既然費這麼大的力氣心思以醜求路，怎麼會挑上曾家的那個哥兒，莫非曾家有什麼好處，我沒瞧出來？」

葉嬤嬤聞言一笑。「妳剛才和我說，妳去了那屋裡見到六姑娘時，她是什麼樣子來著？」

「一臉呆滯，不言不語的，好似傻掉了一般。」林熙答了話。

葉嬤嬤笑吟吟的望著她不言語，很快林熙反應了過來——

「難道，陰差陽錯，那並非是她物色的人選？」

「這不明擺著嗎？否則她若是中了，再是臉上作態，妳也瞧得出她的得意的，何況那曾家的哥兒若是她挑中的人選，她也不至於會在知道十四姑娘許給雷敬之後，那般的繃不住臉，徹底失態啊！還不是她接二連三的深受打擊，才會如此。」

林熙聞言點點頭。「若是這樣，那她真可謂自作自受了。」

葉嬤嬤笑著看向林熙。「妳說六姑娘落水被救的事，是在前院裡發生，且許多人瞧見的，想來當時必有一個顯貴之人在她近前，只怕她原是希望那人下水救她，彼時有那麼多人瞧看，自是賴不掉的，只可惜啊，有時候不是什麼都算得準的。不過如此妳倒好了，有了那些人的嘴，這醜事必然相傳，妳縱然在謝家太太眼裡因著六姑娘的行徑會有些折扣，但宮裡的人也更是沒法用妳了！而且，林家有這樁事壓一壓的也好，這路途太順了，也不算什麼好事，妳父親也該受些風浪，知道自己的寵溺換來的是怎樣的惡果了。」

第四十四章　歸來

林熙沒有在福壽居瞧看這事的處理過程，但處理結果卻是會聽進耳朵裡，她就此也能看出林賈氏的震怒與林昌的羞憤。

「老爺發了大脾氣，親自動手抽了六姑娘整整四十鞭子啊，而且幫她溜出去的珍姨娘也倒了楣，昨兒個晚上就被老太太叫著收拾了東西，連夜送去了莊子上，說以後都不許她再回府了！」花嬤嬤一臉的喜色。

「如今她就是挺著肚子也留不在府上，只能到莊子裡生產去了，而且老爺不但沒攔著，還叫著她滾呢！對了，那些凡是幫忙了的丫頭婆子，今兒個一早也開始發賣了，顯然那蹄子這次是翻不了身了！」

林熙看著花嬤嬤那高興的樣子，自己卻高興不起來，倒不是她可憐她們母女，而是她在替爹娘擔心，畢竟林嵐原本是和張家說好了親事的，只等張家上門來求親了，甚至原定是十六日的。卻不想一眨眼鬧成了這樣，林家便等於是欠了張家了，少不得爹娘得上張家道歉賠罪去。

「只盼望著爹娘別太難堪才好。」她忍不住口中輕喃了一句。

花嬤嬤聞言嘆了口氣。「七姑娘就別太擔心了，我聽章嬤嬤說，和張家的親事還沒聲張過，如今弄成這樣，張家肯定也不會想著摻和進來一起丟臉，必然也會息事寧人的，是以他們應該不會太為難咱們的。」

「希望如此吧！」林熙無奈的言語。

文人重那臉面，這種事，張家就算心裡窩著火氣，卻也不會傻到和林家爭執讓自己丟臉下去，是以他們在這件事上沒太為難林家，林熙從母親的口中得知自家只賠了一些路費盤纏也就兩方揭過了此事後，還慶幸這事沒弄得太難堪。

但是她高興早了。

那日裡大家都是親眼瞧看到那一齣的，這嘴巴裡自然總是嚼著這事，結果才三天的工夫，整個京城裡都知道林家的姑娘穿著僕從的衣服混跡在男人中，而後落水被救的事。是以無不猜度添磚編排著種種，一說陳氏如何作惡，把庶女欺壓，一說林昌如何疏於管教，以至於府中出了這麼一個輕禮之人。這流言滿城的轉悠，只把陳氏氣得在府中抹淚，把林昌弄得成日臉黑，而第五天上林悠哭哭啼啼的跑了來，尋到陳氏便是數落著自己的種種委屈。

「她這般不要臉的做那醜事，卻把我生生累及，我那婆母這幾日指著我的鼻子說我恬不知恥詐了她的兒子為夫，我真是有口難辯啊！」林悠說著抽泣起來，那腫成核桃的雙眼足以證明這些日子她過得有多委屈。

「妳那夫婿如何說？」

「他倒沒為難我，也沒說我，只是他娘日日的這麼數落我，他難免也會尋思是不是我設計了他。昨日還問我，當時是怎的摔落下去的，只把我嘔得賭咒發誓說若是我設計他，叫我腸穿肚爛不得好死。他才說不過問問而已，叫我別往心裡去，還說，叫我別理會那些謠言，可是娘，我怎生不理會？她這一胡鬧，把我卻扯進去了，我日子難過啊！」

「哎，是娘大意沒想到她會來這麼一齣，害了妳啊！」陳氏聞言自是又傷心抹淚。

林熙這會兒聽著林悠回來，也已趕了過來，當即林悠拉著她又是一通絮叨抱怨，聽得林熙也不知自己應該說什麼好。

母女三個這廂正難受憋氣呢，林賈氏聞訊扶著常嬤嬤趕了過來。

「我說怎麼回到娘家也不來瞧拜我這個祖母，原是直接來抱著妳娘哭訴來了！」林賈氏一進門便是言語起來。

母女三個立刻行禮問安，林悠更是依照規矩的給祖母磕頭，可林賈氏卻沒理會她，而是扶著常嬤嬤坐到了大椅子上。

林賈氏正了正身後，才慢條斯理的衝著林悠言語。「起來，到我跟前來！」

林悠應聲起來去了林賈氏的身邊，林賈氏看看她那腫眼泡，又瞧了瞧陳氏，板著臉說道：「瞧瞧妳們娘兒倆的出息，這點風言風語就受不住了？這才幾天就哭天抹淚成這樣？」

「祖母，悠兒委屈嘛！」林悠在旁噘嘴言語。

林賈氏卻伸手戳她腦門子一下。「委屈什麼？當初妳不招惹莊家那小子，會有後面的事？妳婆母說妳，也是妳的災，該妳受！妳這做人兒媳的，怎能回來編排妳婆母的不是？讓人知道了，不更是妳的不孝失禮？妳呀，怎麼就不長點心！」說著她一轉頭看向陳氏。「還有妳，不過是些風言風語罷了，妳不理會不就是了？由著他們念叨夠了換了別的，妳也就熬過去了，何必哭天抹淚的？」

陳氏聞言低頭，卻還是手裡的帕子蹭去了眼角。

林熙瞧看她如此也知道母親的委屈，畢竟母親雖然不待見林嵐同珍姨娘，但作為一個當家主母，一個正房太太，她卻並沒為難過她們兩個，更沒欺負過林嵐，如今叫她背了那些罵名，恰恰是母親心中委屈不平的地方。

「老爺回來了！」忽而外面有了傳話的聲音，屋內的人都是一愣，這才不過是午時初刻，這會兒他應該還在翰林待著，怎生就回來了？

疑惑之時，林昌一臉黑氣的衝進了屋子，那行走的衝勁顯然滿是怒氣，可結果一進來看到女兒們在此不說，連母親也在這兒，自己就愣住了。

陳氏緊張兮兮的迎了過去。「老爺，您怎麼這個時候回來了？您這臉色……該不會出什麼事了吧？」

林昌臉上閃過一抹尷尬，急速地掃看了一眼母親後，悻悻地堆笑擺手。「哪有，少胡說！我只是今日裡清閒沒什麼事做，想著回來休息一會兒，昨晚太熱沒睡好……母親怎麼在此？還有悠兒，妳怎麼今兒個跑回來了？」

他這欲蓋彌彰的樣子，更加讓屋裡的人緊張起來，林賈氏直接就衝林昌招呼上了。「昌兒，你過來！告訴娘，是不是出什麼事了？」

「啊，沒、沒有……」

「嗯？你還要欺瞞我嗎？」林賈氏抬手拍桌。「你自小在我身邊，全家最不會扯謊誑語的便是你。說，到底出什麼事了？」

林昌聞言嘆了一口氣。「今兒個，有人上了道摺子參我來著！」

「參你？」陳氏當下一把抓了林昌的胳膊。「參你什麼？」

「還能什麼？說我養個閨女失儀失禮，自家都教養不周，何以為皇子執禮教化？」林昌一臉怒色的言語，林賈氏和陳氏對視一眼卻誰都不好再說什麼。

這便是官場，這便是清流，大把的名頭標榜，但凡有點什麼，便如黃泥抹臉叫你頂污難言。

「現在呢？」陳氏抖著聲音詢問。

「還能怎樣？杜閣老叫我回來寫抗辯摺子，明日裡好和參摺一道奉上，由皇上定奪，這幫龜孫看我仕途順當便來拆臺，只怕此一遭，我這皇子侍講的地位難保！」林昌說著一臉憤怒的坐去了一邊，恨恨地拍著桌子。「都是這個不肖女，我林家本有熙兒為我掙著知禮知儀的風光，如今因著她我卻遭逢指點引人參言，我、我真是……唉！」

「說這些有什麼用？早先叫你離她們母女遠些，你可有聽過？」林賈氏看著林昌那樣便瞪了眼，但訓斥一句後，看著兩個孫女尚在跟前，又只能悻悻地收了嘴。

屋內一時氣氛沈重，林悠更是緊張地扯了衣裳，娘家雖然不算高門大戶，但也是她的家，看著父親遭逢參本，前路有變，自是焦急起來，而她身邊的林熙相對來說卻鎮定許多，眼看著父親在此震怒，母親同祖母都是氣惱擔憂，便一咬牙上前幾步，向著林昌走了過去。

「爹爹還是不要氣惱了，氣惱也於事無補，事情已然如此，還是想想辦法才好啊！」她說著伸手拉了林昌的手。

林昌看向林熙，反手攥緊了她的手。「爹爹自然要想辦法解決的！」他說著一昂下巴。「我林家一輩子正骨，遇上這種事的確丟人，但此事也看是怎生個說法！只要我咬死了是場意外，到底也能保住臉面的，何況，我林昌在翰林多年，同窗友輩也不少，我就不信我拉不上幾個人為我聲援，由著別人臊了我的臉！」

林賈氏聞言點頭。「昌兒說得對，這事咱家不能軟了骨頭的！」

林昌當下起身。「我這就去寫抗辯摺子，稍後再去幾個同窗友輩的跟前走動一下，我就不信我林昌就此栽到此處！」

他說著便轉身要往書房去，林熙在旁一把扯了林昌的胳膊。「爹爹請留步！」

林昌聞言回頭，林熙掃看了屋內的眾人一眼後，咬著牙抬頭說道：「爹爹，女兒斗膽勸言爹爹深思！」

「深思？」林昌挑眉。「什麼意思？」

林熙緊攥著林昌的衣袖。「爹爹，自古言官參劾諫言，哪個不是為博一清名？事都是越掙越大，越鬧越僵的！爹爹一心想著拉人為自己聲援辯解，可曾想過，那些言官大多都是沽名釣譽之輩，敢出此摺自是有備而來，為求自己的名利也會與爹爹您你來我往拚死相爭，這事鬧大了，日後還怎麼收場？

「還有當日那麼多客人在謝府，都瞧見了六姊姊的那樁醜事，不管您怎麼抗辯，終有好事者編排挑唆，您一張嘴抵得過十個人嗎？您若與其爭鬥，這不等於把事鬧大？到後面只怕想要息事寧人都難！」

「妳什麼意思？莫非妳叫我不理會？」

「不是不理會，而是……爹爹您認下這個錯！」

「什麼？」林昌憤怒地一把甩了胳膊。「我林家世代清流豈能在此處抹上污泥！」

「爹！掩耳盜鈴自欺欺人有何意義？爹爹為什麼就不能以退為進，拿出氣魄來？」

「以退為進？」

「對，以退為進！女兒諫言爹爹，不要與言官強爭，抗辯摺子倒不如寫成自斥摺子，自求一罰，還能掙個體面與退路，畢竟人非聖賢孰能無過，知錯能改善莫大焉，您敢於認錯承罰，這才是自身作則的教導。想來言官出拳無處可落，而您勇於認錯擔責，也能先博得皇上的諒解啊！」

「熙兒，妳、妳叫妳爹認錯？那這不是給林家坐實了污名？」林賈氏此時大聲言語。

林熙聞言一轉頭便跪下了。「祖母啊，這會兒污名已經潑在咱們林府上了，豈是爹爹幾番抗辯就能抹去的？試想，若熙兒在家中宴客時，於人前失手打碎了貴重之物，而抵死不認，您會如何看我？賓客們又怎麼看我？我若再和賓客爭言不是我的錯，您會不會對我失望而更加生氣？失手固然情有可原，但到底還是打碎了不是？倘若我主動認錯，接受懲罰，敢問祖母，您和爹爹看在我主動認錯的分上還會對我重罰嗎？還會對我的錯大為不滿嗎？」

林賈氏頓住，林昌也是愣在那裡，反倒是陳氏最先有了反應——

「怎會罰妳呢？妳肯認錯，我便欣慰啊！」

「祖母、爹爹，還有娘，我知您們為林家名聲著想，想要為林家正名，但我們的確出了醜，這已是沒法抹去的事實，若此刻咱們還強拗著要去爭，只會把這事變得沒法收場啊！爹爹為侍講，對皇子們也有擔責禮儀教化，倘若身為教導者都不能正視錯誤，那如何言傳身教？還有，到底張家還是本要來人求親的，因著這事黃了，就算人家現在不吭聲，只怕這心裡也是窩火的，倘若咱們這般爭下去，這事一時瞭解不到，終日流言不散，這不就跟根刺一樣的扎在人家肉裡？難保哪天人家不跳出來指責咱家的不是。那時，咱們的處境不是更糟糕了嗎？」

林昌、陳氏、還有林賈氏三人對望相視，很快林賈氏言語起來。「熙兒說得有些道理，似乎，我們這樣下去是討不到什麼好處的，只是，到底不舒坦，到底意難平啊！」

「祖母，林家傲骨不一定是事事強抗強爭的，敢於直接面對錯處怕是沒有幾個人會有這份勇氣的。但我相信爹爹可以，因為爹爹是我們林家的一片天，是我們林家的脊柱，他定然會為我們林家承受一切不能受的！」

林熙這番言語，讓林昌瞬間找到了一絲底氣，他看著林熙，半晌後言語道：「想不到，妳小小年紀，此時倒似個大人一般想得如此遠……」

「爹爹謬讚了，女兒能想到這些，只因我還是小輩，尚不是扛著林家的人，是以不知肩沈背重，反倒可以抽身在外，如觀他人棋局；而爹娘祖母一時不察，也是因為身在此山中的緣故。」林熙低頭言語，內心卻滿是喟嘆——原來複盤這些年求的便是這一時的通透，求的是自己跳出執棋者的身分，看清楚此刻局勢的可能。

「起來吧，熙兒！」林昌伸手拉起了她，雙眼裡不再是焦躁憤怒，更不是不解與疑惑，有的是慶幸與欣慰。「我家的七姑娘長大了，比妳爹我強多了，不愧是葉嬤嬤教導出來的，好，好啊！」

一時間劍拔弩張之氣已收，大家心平氣和下來，思緒也更加清楚，林昌同林賈氏言語幾句後，立時去了書房寫自斥摺子，陳氏則叫下人準備膳食，一家人好用午飯，而先前那種傷心不安與焦躁氣憤的感覺莫名的就淡去了。

林昌到底是文人，小半時辰的工夫洋洋灑灑一片言辭懇切，自悔自斥的摺子就寫好了，檢查謄抄後，他心中的鬱結也疏通開來，便來到飯廳，一家人聚在一起用飯。

陳氏叫著做了些滋補的大菜，好緩和一家人這些日子的疲憊不安。但飯菜才用了幾口，林悠便推搡了碗筷，捂著嘴巴的跑了出去，立時章嬷嬷跟常嬷嬷跟出去瞧看，片刻後幾人折進來，林賈氏就詢問道：「這是怎麼了？」

林悠伸手撫摸著肚腹。「讓祖母擔心了，大約是這些日子被那些流言紛擾，心情鬱卒，飯食不思的沒怎麼好好吃過東西，結果今日遇上如此滋補的，腸胃倒受不住了。」

林賈氏聞言嘆了口氣。「這便是家門，一個名聲敗壞，便是一家人都要受累相及的。也虧得妳們都已嫁的嫁、說定的說定，要不然……」

「婆母，快別想著這不愉快的事了，還是吃飯吧，咱們……」陳氏話還沒說完，林悠捂著嘴巴又衝了出去，陳氏和林賈氏對視一眼後，陳氏便起身奔了出去。

林昌立時張口吩咐起來。「來人，快去請個郎中來給四姑娘瞧瞧！唉，這好端端的回個娘家還吃壞了肚子，莊家那邊還不笑話咱們！」

林賈氏眨眨眼。「未必！」說著也起了身欲往外走，只是才走了兩步，幾人已經折身回來。

林悠無奈地言語。「也不知是怎麼了，明明很噁心的，可就是吐不出東西來！」

「悠兒！」陳氏聞言一把抓了林悠。「妳那月事可準？」

林悠一愣，隨即紅了臉，低了頭。「耽擱、耽擱七、八天了吧！」

林賈氏聞言立時笑了。「妳這丫頭還是有福氣，不用擔心回去再受妳婆婆的氣了。」

林悠眨眨眼已經明白了林賈氏的意思，她一臉驚色的伸手捂著肚子，不能相信的言語。

「難道，我、我有了？」

郎中來後，給把脈瞧看，確認了林悠有孕的事，登時林府裡有了一絲喜氣，林賈氏便趕緊叫著陳氏把林悠給送回去，告訴親家這樁喜事，而林昌這會兒已經拿著自斥摺子回去了翰林院，他相信有了這喜事的喜氣，自己也會順當的度過這一劫。

果然天遂人願，三天後皇上對參本的事做出了反應，稱林昌自斥自己教女無方，無顏再執皇子侍講自求降品，而皇上見他敢於認錯，甚為欣慰，一面令他注意治家教導，一面卻褒揚他知錯能改不避責的行為，不但沒降級，反倒賞賜了他一只大葉紫檀所做的戒尺，此事就這麼揭過了。

而翰林清流們，對林家的言語評價，立刻就從糟糕至極轉為禮教先鋒了。

有了這麼一個轉變，林家的難堪便漸漸淡漠下去，林悠也沒再回娘家抱怨了，畢竟她已有了身孕，莊家樂得抱著兒孫自是會好好的哄她，沒人去給她添不快了。

而此次諫言有功的林熙，立刻得到了全家人的讚賞，但作為只有十歲的林熙卻不敢太過出頭，張口閉口的把葉嬤嬤搬出來，分擔眾人的注意。

秋去冬來，轉眼就到了十一月，一切都如葉嬤嬤猜想的那樣，宮裡再沒有什麼動靜，她順利的失去了棋子的資格，而緊跟著宮裡傳來了好消息，林佳已晉升為貴人，並得皇上賜封一字為「蘭」。

十二月初，孫家二姑娘及笄，十二月中旬，拖了許久的林嵐也終於在這風波過後及笄了，前來給她上簪的乃是曾家太太曾徐氏，謝家安三太太因著姻親的關係也前來捧場。只是一來林嵐是個庶出的，二來她又惹出這檔子醜事來，著實傷透了林昌的心，林家便沒給大辦，但凡有親戚關係的才請來作客，結果席開不過四桌而已，把林嵐臊得是及笄之時難堪非常。曾徐氏似乎心中極為不順，簪子給林嵐一戴上，話都沒說，人便歸去席面上坐著了。

幸好今日之客都算是自家人，誰也不會在此笑話林嵐，紛紛當沒看見這情形，舉杯開席。

酒過三巡後，安三太太一手拉了自己的妹妹、一手拉了陳氏，便把她們的手往一處攏。「事已至此，都別嘔著了，該是兩人的緣分，就當是老天爺作的媒吧！」

曾徐氏雖然總是有些擺臉色，可但凡她姊姊開口，她便氣短，低了頭皮笑肉不笑的應承，而陳氏對於林嵐的未來根本無心理會，對著曾徐氏自然不會刻意討好，結果也只是淡淡的笑了一下。那曾徐氏見陳氏毫無半點巴結的意思，胳膊一甩，立時說著自己還要趕路的話，這就走了。

「妳別和她計較，我們姊妹幾個裡面，數她是爹娘最疼的一個，當日也選了個狀元郎為夫婿，自是看著嫁得極好的，只是我那妹夫性直不善逢迎，是以這仕途上就有些坎坷，她心氣不順，妳見諒些吧！」眼見自家的妹妹這般甩臉子的失禮，徐氏只好講出她的苦處來，分散著大家的不滿，而此時管家卻帶著一個小廝急急的跑了進來。

「老爺、太太，明陽侯府來了人，說有急事要見安三太太！」隨著管家的話音落下，他身後的小廝銜著徐氏便是急言。「太太您快回府吧！咱們小四爺他被人給抬回來了！」

安三太太聽了此信，激動得立時起身，連和親家以及在座的各位都顧不上招呼，直接就往外衝。「真的？我兒回來了，回來了！」她一臉喜色的直往外衝。

陳氏等人也都紛紛起身相送，只是才起身的工夫，人家都奔到院中了。陳氏急忙揮手，帶著管家等人忙著相送，等著一氣忙完再回來坐下，眾人忽然才回過味來。

「抬回來的？這是什麼意思？」貞二太太一臉不解。

「該不會傷殘了吧？」刑姨媽臉都白了。

「不見得，都是公子哥兒的，哪裡受過罪，許是找到的時候，人都不成形了吧！」莊嚴氏臉色充滿了猜疑。

大家這樣不清不楚的胡亂猜測，好好的及笄席面立時就變了話題，誰還會提及林嵐的婚事？相對的，坐在席面上的林熙幾乎成了靶子，炙熱的眼神、關注的眼神，甚至猜疑的眼神盡數招呼到她這裡，她唯一能做的，就是慢條斯理的吃她的，全然當什麼都沒有過，哪怕她心裡其實早已震驚——他回來了？還是抬回來的，這到底怎麼回事？

宴席吃到後面，大家便匆匆散了，畢竟這算大消息，各自都是要回去言語的。大家一散，陳氏和林賈氏一商量，當即換衣收拾的去了謝府，畢竟這位是她未來的女婿，怎能不過問呢？

第四十五章 沖喜

陳氏這一去，就去得久了，本來林熙還以為母親申時就能回來，可是足足到了戌初時分，還沒見人。

林賈氏怕出了什麼事，張羅著要林昌去尋，這邊又安慰著林熙，怕她會擔心，正說道間，陳氏回來了。

陳氏的臉色不是很好，她一進屋，林賈氏便從靠著改為了正坐，林昌也湊了上去。「怎麼這會兒才回來？怎樣？」

陳氏嘆了口氣，去了老太太身邊，這才言語。「不好說啊！」

「什麼叫不好說？」林賈氏瞪了眼。「莫非他不好了？」

陳氏陰著一張臉，心疼的看了林熙一眼，這才言語。「我今日裡過去時，謝府上正忙著請太醫，是謝家老侯爺直奔宮裡向皇上求的太醫啊！彼時太醫還沒來，安三太太急得抹淚，因為我好歹日後也是他岳母的，便讓我進去瞧看了一下……」陳氏說到這裡，臉色十分的難看。

林賈氏抓上了她的手。「怎樣？」

「很不好，面容枯槁，人也消瘦，最重要的是人傷到了肺，一個勁兒的咳。後來太醫來瞧看了，才知道肺上寒重，而且、而且身上還有處刀傷，據太醫說，應是當初被那水匪給刺傷的，這會兒人活著已是萬幸。」

「我的天哪，那孩子受了多大的罪啊！這人是怎麼找到的、如何回來的，還有那傷嚴重不？」林賈氏急急地問話。

陳氏回答道：「我在謝家府上等著的時候，也有幾位其他侯府的主母前來過問，他斷斷續續的說一節，之後又是送他回來的人說的，我聽了一氣，大概能說清。」

「那是如何？」林昌也催問起來。

「原來他拖了咱們桓哥兒到江邊時，尚有力氣，耳聽還有人在水中呼救，便想去救的，哪知那竟是個水匪詐他，逃脫中他腰上被刺了一刀，人就沒力氣逃回岸上，情急之下抱了個船板浮木一路的漂。結果等他再醒來時，才知道自己被一個漁夫給救了，只是那時他傷得太嚴重，別說回家了，連話都說不出來，整日高熱，後來發熱是沒了，可傷得不輕，偏生那戶人家雖在江邊，卻又離城鎮太遠，那漁夫終日還要為生計奔波，無法花十天半月的為他去城裡尋謝家鋪頭，於是他只好在那邊養傷，總之是在漁夫那裡歇腳了半年，後來他見自己能走動，傷不礙事了，這才告辭出來自己往城裡趕。」

「如此只耽誤半年罷了，人該是早回來的，莫非又出了什麼事？」林昌一算日子不對，立刻詢問。

陳氏點點頭。「是啊，又出事了。他前往城鎮的路上，被山匪給瞧見，本想劫錢，可他哪裡有，山匪們聽他說自己是謝家人，當他是誑語，打了他一頓，知他識文斷字的，竟把他留在山裡做匪，為他們那些人的家裡偶爾寫個信什麼的。他只好委身那裡，在寫出來的信裡加了一些求救的話，一封封的這麼折騰，總算有膽大的試著去報了衙門，衙門卻沒當事，幸虧那人惦念著信裡寫的賞銀，自己去了謝家的鋪頭上，結果一聽這事，當即謝家自己找了軍門上的人說了，人家才帶著人馬去把山匪給剿了，這才救了他出來。」

「我的乖乖，總算是救出來了！」

「是的！」陳氏應著林賈氏的話。「只是救出來時，謝家小四爺的肺病頗重，當地的軍醫斷他怕熬不下去，是以，軍門出了一隊人，專程疾奔、不分晝夜的把他送了回來，走得倒比驛站的消息快了。」

「你說什麼？熬不下去？」林賈氏一臉驚色。

林昌也是臉色大變，他急急地看了一眼林熙而後言語。「太醫怎麼說？真的會這樣嗎？」

「太醫說，肺部寒濕很重，身上的刀傷傷了他的元氣，這一年裡他完全是拿本身的元氣在耗，只怕熬得差不多了，這到底能不能好轉過來，得兩說！」陳氏說著轉頭看向林熙，想要說些什麼，看到的卻是林熙低著腦袋的樣子，一時連自己都不知道說什麼安慰的話才好，因為她還有椿大事沒言語呢。

林賈氏和林昌此時已是臉色難看至極，林七是家中最看重的一個，對她寄予著怎樣的希望自不用言語，他們本以為謝家小四爺回來了，林熙日後的日子也算有靠，不必真的去做什麼寡婦守門，哪曉得人回來了，卻是帶著生死未卜的情況，登時讓他們不知道該說什麼好。

眼看屋內沈寂，林昌舔了下嘴唇找話說。「謝家求的是太醫，人家出手應該是無事的，我們，還是別自己嚇自己吧！」

林賈氏聞言卻沒接茬，反而看向了陳氏。「妳回來這麼晚，只怕還有事吧？」

陳氏捏了捏手中的帕子，點了頭。「是有事，也為這樁事，才、才耽擱到現在的。」

「什麼事？」

「謝家想、想早點把熙兒娶過去，沖喜。」

立時林賈氏和林昌對望一眼後，兩人都說不出話的各自低頭了。

怎麼說？不答應嗎？沖喜這事可是人之常情，謝家和林家早已定下了親事，就是人死了，也得照嫁的，如今人還活著要早接了人沖了這晦氣去，難不成他林家能不答應？

「這，早了點吧，熙兒如今才不過十歲……」林昌嘟囔起來，一臉的難色。

「我也是這麼說的，我還同他們說了，不是不捨得，畢竟熙兒早定到他們家，無論生死都是要嫁過去的。只是這個年歲，連、連月事都沒動靜，怎好……可謝家說，只是先娶過去沖喜，不圓房的，等到咱們熙兒什麼時候來信兒了，什麼時候再圓。」陳氏說著看向了林熙，卻只能是頻頻嘆氣了。

屋內一時便是這樣的氣氛，誰都不好言語什麼，足足耗了一盞茶的工夫，林賈氏才看向了陳氏。「妳應了？」

陳氏咬著唇點了頭。「是的，我應了，這種當口咱們家再不能出什麼不順的口風了，謝家那般說了，我只能應，只是到底是口頭應的，謝家明日才會過府走禮來敲定日子。」

林賈氏嘆了口氣點了頭。「只能如此了，只是這樣一來，熙兒倒要嫁到嵐兒前頭去了，怕也不好，不如……」她看向了林昌，林昌立刻懂了母親的意思。「您是想一日雙喜？」

林老太太點了頭。「你那六姑娘多少心眼你是知道的，這次她自己做下醜事，到底心裡認了多少，咱們也說不清楚。有道是夜長夢多，不如明兒個謝家來時，咱們把這事提了，叫那安三太太去和她妹子言語，好把日子改到一處去。她不是要沖喜嘛，咱家雙喜的往外送，也算給了謝家極大的心意，而且沒把六姑娘留下等著出閣，也算是兩廂照顧，沒讓她再丟臉了。」

林昌聞言點了點頭。「急了點是有些難看，但到底謝家為大，由他們去說也好些，而且如此一來也算做臉了。至於嵐兒嘛，她這是咎由自取，尋了如今這個情形，被搶了風頭，也該她的！」

自這次的事情弄得林昌焦頭爛額、臉面丟失後，他便似是愛到深處恨極了一般，對著林嵐倒全無好臉色了，如今說起來也不似以往總是縱容原諒，竟是全然的惱恨起來，而對於林熙和陳氏，林昌幾乎把之前丟失的那種疼愛全部翻了出來，如今很是疼著她們母女兩個了。

「熙兒，妳也聽見了，謝家小四爺如此這個模樣，妳得早去他們謝家了。」林賈氏說著起身走到了林熙的跟前，伸手摟了她入懷。「可千萬別怨著祖母心狠，更別怨著妳爹娘啊，我們也是沒法子。」

林熙伸手抱了林賈氏的腰。「祖母放心，熙兒是林家的姑娘，自懂得仁義禮智信為何，熙兒不會怨著親人的。」

翌日，謝家的三爺及其太太帶著聘禮上門，兩方走了議程後，林昌自然而然的提到了家裡還有個六姑娘在前的事。安三太太聽了話音知道林家的想法，立時打了包票，當日從林府中出來，她人就去了曾府。

第二日再來，竟是帶著卜好的日子了。

林賈氏看了幾個日子，選了個適中的，以免準備的時間太少，於儀式上太過輕慢了孫女。可選下這適中的日子，也不長遠，不過只有半個月的準備時間罷了，當然恰好過了年關，也正好能讓林熙在林府裡過最後一個年。

日子一敲定，便說起了關於林熙及笄的事，只因林熙年歲還太小，就算及笄也不過是應景罷了，兩下一商量，特事特辦，便由謝家許諾在年關的日子上來，趁著熱鬧給林熙順帶著及笄，一來不虧著林熙，二來也算給正兒八經的置辦了。

至於林熙的嫁妝，謝家倒不是很看重，畢竟時日太短，打造規整的哪個不是半年起頭？這半個月的時間哪裡來的定制？就是採買也都將就，所以謝家作為提出沖喜的這一方，倒是十分懂得如何做事，置辦了極為豐厚的彩禮上門，說白了也是給林家包個紅布再抬回去充依仗而已的方便。

不過林賈氏對於林熙這個孫女的未來十分看重，眼看孫女以沖喜的方式早早嫁出，這心裡還是不捨，叫常嬤嬤帶人去了銀樓票號的一通周折，便是自己給兩個孫女都添了一筆嫁妝——林嵐五百兩銀子，林熙一千兩銀子。

這數額放在尋常百姓家便是大額，可在謝家面前自不算大，不過這本就是個添頭，是老人家的一番心意，林熙推辭了一道也就收下了，倒是聽說林嵐知道後，連個謝謝祖母的話都沒說，叫林熙無奈搖頭。

兩個女兒出嫁，時日上急了些，很多時候陳氏的採買也不好再去細分等級差別，便尋了一樣的，在這一點上林熙不覺得有什麼，至於林嵐什麼感覺她也懶得操心，因為這會兒她挺忙的。

出嫁在即，葉嬤嬤幾乎日日都在教習她如何同公爹婆母、叔伯妯娌還有妻妾之間的相處之道，而且陳氏很不幸的被葉嬤嬤拿來做了教材，一樁樁的數落著她的糊塗、她的衝動，以及顧全大局下的委曲求全也未能得來的諒解。

林熙一樁樁的聽，一樁樁的在葉嬤嬤的誘導下對每一件事提出自己的看法，一晃眼，十天就過去了，年關已到。

特定的日子，關在玉芍居裡的林嵐終於得了機會出來同吃年夜飯。

席上，林賈氏少不得感觸，喝了幾杯酒下去竟是掏出帕子摸起了眼淚，只是林熙心中暖暖，能感覺到老人家內心的不捨，而相對的林嵐卻是一副冷漠的樣子坐在一邊毫不搭理，兩個姑娘迥異的態度落進了林昌的眼裡，讓他更加的發覺自己養了個白眼狼。

林賈氏傷感，幾杯酒下去後，人就暈乎了，陳氏同常嬤嬤把人扶回福壽居去。

林昌便看著身邊的兩個姨娘、幾個孩子嘆了一口氣。「今年一過，家裡可就又少幾個人了。」

大家彼此看了看，一時無言，林嵐卻抬了頭。「再過半個月我娘就要生了，爹爹覺得屋裡少了人，不妨接他們母子回來。」

林昌的眉頭一蹙。「孩子我是定然要接的，至於妳姨娘，還是算了吧，若妳日後嫁出去能顧念著林家的一張臉，不要再做糊塗事，想來過個幾年我興許還能接她回來，若是妳還這般惡性惡行的，還是免得她回來再帶壞一個！」

林嵐見林昌說著姨娘的稱謂，又如此不留半點情誼，當即咬唇。「爹爹不是原說真心愛著我生母的嘛，如今她就算有錯，您也不必這麼狠心吧？反正我都要嫁出去了，再礙不著這屋裡的誰，爹爹何不接……」

「閉嘴！大人的事，豈是妳能插言的？妳竟來和我說我與妳姨娘的情誼，哼，當初要不是我太疼著她、縱著妳，怎生生養出妳這個孽障來壞了我林家的清譽！」林昌怒得拍了桌子，這事上他現在倒是真悔了。

林嵐聞言站了起來。「您的意思就是我和我娘不對是吧，可是您別忘了大姑娘！她沒我和我娘的事，是您和太太養出來的，那又如何了？還不是一樣做下了醜事，不只比我的過分還……」

「啪！」結結實實的巴掌搧在了林嵐的臉上，抬手的卻不是林昌，他雖動怒已然起身想要動手，但搧著一巴掌的人卻是林熙。

「妳、妳打我？」林嵐瞪了眼，畢竟林熙在府中是以規矩著稱的，如今竟然抬手打她，這可是絕對失禮破規的。

林熙抬頭盯著林嵐。「身為子女，父親言語處處頂撞違逆，對妳母親更是輕視詆毀，妳這般目無尊長、不知尊卑的，就算我是妳妹妹也打得！何況，亡人已故化土，無論對錯那總是妳的家人，妳竟然把亡人搬出來做妳口中槍矛，妳可曾當自己是林家人？似妳這般不知家、不知孝、不知禮的，我怎生打不得？」

林嵐聞言怒極，欲抬手還擊，但她沒能打到林熙，手就被林昌給抓住了。「妳還要打妳妹妹嗎？她哪句話說錯了妳？今時今日都不知悔改，我、我當初真該把妳送到庵裡當姑子！」

林嵐聞言冷笑起來。「送啊，送我去了，倒要看看是誰更丟臉、更難活！少在這裡充什麼好人，我若去了，看叫這屋裡的兄弟如何說親；我若去了，看您臉上可有光，此時還來做那偽色，當初許我的一樁樁一件件，哪件是成的了？」

「妳！」林昌大怒，抬手給了林嵐又一個巴掌。

林嵐捂著臉狠狠地瞪了屋中人一眼，便扭身跑回了屋去，此時屋內的氣氛生生變得鬱悶暗沈。

「爹，咱們，坐下吃酒吧！」林熙眼看如此，便上前仰臉堆笑的言語。

林昌聞言點點頭，便捉了酒喝了起來，長桓見狀自也是敬酒相陪，長佩也是跟著，唯有長宇，既不見為姊姊林嵐擔憂，也不見同兄弟一般舉杯，只抓著筷子自行吃著自己的，好像從頭到尾的事他都沒聽見沒瞧見一般。

幾杯酒下去後，巧姨娘和萍姨娘自也端杯找著由頭共飲，陳氏此時才回來，雙眼竟是紅紅的。林昌瞧見，拉著她問話。

陳氏才言。「婆母醉了也歇下了，就是口裡不住的唸著熙兒，我聽著心裡酸，才、才這般了。」

林昌聞言剛剛緩和點的感覺全都沒了，人望著林熙竟是眼圈慢慢的也紅了起來，最後更是聲有哽咽。「熙兒啊，爹爹沒怎麼疼過妳，妳卻是家裡最、最出息的一個！去了謝家，妳可得好好的為咱們林家爭氣啊！妳、妳可別像妳大姊一樣，叫咱們窩囊啊！」

林熙聞言淚也在眼眶子裡轉悠，人一個勁兒的點頭，這般一家人說了幾句後，還是巧姨娘看著年夜飯的如此傷感不大好，在一邊開了口——

「老爺太太您們可再別說了，好歹這也是年夜飯，大家該樂呵的。您們這會兒就看著幾個姑娘要出嫁了，卻也該為桓哥兒的婚事著想了吧，他這年歲，也該張羅親事了。若是老爺太太覺得少了人冷清，那就趕緊給桓哥兒說個媳婦進來，回頭再生幾個大胖小子，咱們林府上依舊熱鬧。」

巧姨娘適時地轉了話頭，林昌和陳氏自也不會在這個話題上待著不走，大家立時把長桓的親事拿來說道，弄得長桓在一旁紅著臉低頭不語了。

翌日，大年初一，拜年的好日頭，兩個出嫁的姑娘帶著姑爺回來，又因林府早已散了帖子，邢姨媽還有幾房親家也都趕了來，熱熱鬧鬧的聚在一起，便是把林熙及笄的事，趁著這股子熱鬧一起給辦了。

安三太太出手闊綽，給林熙簪上的是一支赤金鳳頭大簪，上面用七、八顆東珠鑲嵌做了小鳳尾，又墜著一掛金絲流蘇，把貴氣不容置疑的顯露了出來。

林熙被葉嬤嬤調養得本就水靈雪膚的，配了這簪，看起來很有一番眉眼的貴色，立時在座的讚美聲不絕，更有不少巴望著謝家的名頭，給送上了不少禮物，這讓萍姨娘看在眼裡想到了昔日的林嵐，心中便是不平起來。

而當天下午，林熙也得照規矩鎖了碩人居的院門走個程序，但在這之前也都會和家裡人瞧上一遍，得到了些各人的囑咐和教導，她一圈走下來，順理成章的到了玉芍居前。花嬤嬤不待見林嵐，也不希望林熙與她多言，便拉了她的胳膊。「姑娘，您和六姑娘都是要入閨閣收心的，不如您就不去擾她了吧！」

林熙瞧著花嬤嬤的樣子，也知道她是怕自己去尋晦氣，畢竟昨日裡，她就沒客氣的打了林嵐，而且實實在在的也算以下犯上了。

「還是見見吧，免得日後她說我真的目中無她這個姊姊，眼下這種情況，寧可錯在她身，也不要失禮在我。」林熙說著邁步到了玉芍居掛了鎖匙的門前。

早有下人在內言語傳話，所以門拉開一個縫，林熙便能看到內裡的林嵐，林嵐也能看到她，當即她盯著林熙頭上的簪子便是眼裡閃著嫉恨之色。

林熙無奈開口詢問：「妹妹就要收心了，不知姊姊可有什麼話要囑咐的？」

林嵐看著林熙咬了咬唇。「妳莫得意，咱們，走著瞧！」

林熙聞言點點頭。「六姊姊的囑咐原來只有惡語，走到今時今日，妳心中都無半點家人親情，既然如此，我也送姊姊幾句話——無家者無根，無足者無樂，而妳這般無底者，狗鼠不食汝餘！」林熙說完，轉身就走。

林嵐在內氣得拍門。「林熙！妳等著，終有一日我必在妳之上，讓妳向我搖尾乞憐！」

林熙頭也不回的邁步離開，而隨行的花嬤嬤聽到林嵐這話，狠狠地瞪了她一眼後，跟在了林熙身後。

「姑娘今日這話說得痛快，要我說早該這般不理她，偏您一次次的還將就著！」

林熙聞言偏頭看了花嬤嬤一眼，才慢條斯理地說道：「花嬤嬤，妳說我母親心中惡她不惡？」

「當然惡了！」

「那我母親可有虐待過她、欺負過她？」

「那沒有，太太也真是心軟，要是我早叫她和那賤蹄子的姨娘一起倒楣去！」花嬤嬤說著扠了腰。

林熙卻搖搖頭。「好，按妳說的來，我母親要真那麼做了，別人會給她一個什麼名頭？如果她嫁的是權貴之家，倒也罷了，惡名就惡名，誰能把她怎樣？可她嫁的是我父親，是林家這個清流世家，頭上壓著一塊重匾，她只能隱忍。因為她要是那麼做了，我父親就能憑一個『妒』字休了我母親！凶妻亂家，妨妾壞嗣，這可是母親背不起的惡名。珍姨娘對我爹來說有多重要，府中上下誰不知？母親再是與她爭鬥，也不能自送把柄出去，她便只能熬著，熬到她們惡行毀身，如今我爹也終於明白誰是對他好、對這個家好，她不也算熬出頭了？」

花嬤嬤聞言愣住，半晌後嘆了口氣。「太太不易啊！」

「盛名之下的血淚誰又會看見呢？」林熙輕聲說著邁步向前。

花嬤嬤偏頭看她。「那妳對六姑娘……」

「祖母爹娘費盡心機，也是一心指望著我做個林家的禮字牌坊，這便同我穿上了華美的十二單衣，每走一步，每動一下，都必然完美，否則便會被人詬病。於禮，我對她可無半分虧欠，誰也不能說我輕了庶出的姊姊；於情，我對她更是仁至義盡，就算日後翻臉打鬥起來，我也不輸半分理。」

「所以您一次次的……」

「這叫『先手』，道理禮儀我占完了，她就算和我鬥，也已自折八百了！」林熙說著衝花嬤嬤一笑。「花嬤嬤，妳可是要做我的陪房嬤嬤跟過去的，謝家那地兒規矩比咱們府裡大，那轉心眼的地方更多了去，若妳還是這麼直性子的，不知道藏著，不知道忍著，我看妳還是在林府上比較合適。」

花嬤嬤面上一紅，立刻擺手。「姑娘不要留下我，我保證跟過去後不這般了。」

林熙抬手拉了她的胳膊。「嬤嬤，我自小是由妳照顧的，我自然是最想妳跟著我的，我圖個輕省，也圖個安心，只是我人小勢微，在謝家怕是這家底子最弱的一個，去了那邊誰知道有什麼風浪等著我？若妳們不能和我一心的忍著受著，便真不如留在這邊自在。」

「姑娘這麼說，我更要去了。您放心，姑娘想我怎樣就怎樣，老婆子絕對不給姑娘添麻煩！」

林熙聞言點了點頭。「我們趕緊回去吧！」

「是！」花嬤嬤應聲跟著，走了幾步後，她看著林熙口中輕嘆。「姑娘看著年歲小，事情卻想得如此透澈，我這老婆子倒顯得魯莽不知事了。」

「不是那樣的，您只是性子直又疼我，始終看不慣我受欺負罷了，只是有的時候，不一定要硬碰硬的，尤其是我這個時候，人小勢微，何必強出風頭呢？」

林熙說著笑了笑，邁步向前。

回到了碩人居，院門上走形式的掛了把鎖。

再五天，就是初六的日子，她便要出嫁，是以她閒下了，林府上卻還忙碌著。

姑娘出嫁少不了陪房丫頭的安排，當日先配給莊頭的夏荷便自然是要跟過去的，林賈氏跟前的大丫頭雪雁，也在兩個月前被林賈氏指配了莊頭，如今也放話跟著一道過去。丫頭這邊，秋雨和冬梅本應該跟著過去，但娘兒倆先頭商量的時候，林熙因著她們兩個性子毛躁而反對，所以最後陳氏從自己身邊把秦照家的派過去跟著，又從林賈氏跟前要了幾個丫頭，這會兒忙著挑揀呢。

初二的那天，丫頭終於挑定了——兩個貼身丫頭，是林賈氏指定的，原本是雪字開頭的，為了討喜氣，便改了名，分別叫做四喜和五福，年歲上倒和林熙差不到多少，都比她長著一歲；兩個使喚丫頭是在林府已有三年活路的，叫做見平、見安，都是機靈又不多事的，如今都十三的年歲；還有兩個粗使的叫做知樂、知足，也都十三的年歲。

人定下後，全數送到了碩人居裡葉嬤嬤的身邊，葉嬤嬤花費了兩天時間盡心教導，幾個丫頭倒也上手極快的適應了伺候的規矩和禮儀。

初五上，東西什麼的都收拾好了，趕製的嫁衣也於一早送到試了身，而後頭面首飾一溜的擺好，碩人居裡便熱鬧起來，從林昌到陳氏，從林賈氏到幾個姨娘，各自來言語幾句，一折騰的，便都到了黃昏時分。

此時大家都已離開，陳氏便留在了碩人居裡與林熙說著那些私房話，雖然說以林熙的年歲還不到圓房的時候，但這畢竟是免不了的事，是以她還是得說，而且陳氏恰恰因為林馨出的紕漏內心有懼，便只好紅著臉的給林熙說了個七七八八。林熙上輩子好歹也是做過人妻的，這事自也清楚，生生的憋著聽母親講的，到最後弄得兩人都是臉色訕訕，紅霞飛天的。

這樁事終究說完了，陳氏便拿了帳冊出來遞給了林熙。「這是妳的嫁妝單子，咱們小門小戶，妳又嫁得急，也沒能備下多大的陣勢來，這些是給妳的底，雖不算多，卻也還是夠妳用度的，這些妳自己扒拉著緊一些，謝家大門大戶吃不到妳的嫁妝，妳卻也得還是有個主意，別散了手，畢竟這是妳體面的保證。」

林熙應了，將帳冊收了，陳氏又說道了一些為人妻該注意的，看著天色不早，便退了出去。

她走後，林熙拿出帳冊瞧看了一遍，發現莊子大小八處，占地共有二百畝，另有一千八百兩的嫁妝銀子，加上祖母給的，她手裡的銀子便已有二千八百兩了，而還有各色頭面、衣裳、布疋、瓷瓶飾物、鏡檯梳妝的，總之這些東西下來的折銀也是得有個五百兩的樣子。

如此厚重的嫁妝讓林熙吃了一驚，一盤算便知母親是把大半的嫁妝貼給了自己，以免得她在謝家一點底氣都找不到，她正在這裡內心感激呢，葉嬤嬤卻抱著一個小匣子到了屋裡來。

「我是妳的教導嬤嬤，說起來，咱們也算師徒一場，本以為還能教養妳幾年，可如今妳卻要嫁了，我們這分道揚鑣的日子，來得比預料的早了許多。」葉嬤嬤說著把手裡的匣子往林熙面前一推。「這些是我給妳的，算做給妳出嫁的賀禮吧！」

林熙一愣看向了匣子，隨即搖頭。「嬤嬤教我許多道理，更教我一些不傳的技藝，這便是熙兒得到的最好的賀禮了。」

葉嬤嬤聞言笑了笑，伸手撥回匣子將其打開，隨即匣子內的珠光寶氣讓林熙都驚了眼，因為那裡面的東西無一不是閃爍華彩，重寶重重。

葉嬤嬤隨手拿起一樣翻看後，又換了別的，如此挑揀了幾個起來依次看過後，才衝林熙說道：「這些都是我在宮裡的時候，先皇和太后給我的，個個都是價值連城的東西，妳有這些東西在手，日後就算瞧看到什麼稀罕的，也不至於挪不開眼，更不至於因為貪戀，導致自己失了內心的寧靜而作了錯的選擇。」她把東西放回了匣子裡，再次把匣子推向了林熙。「拿著吧，也算全了我們師徒一場的……情誼。」

林熙抿了抿唇，抬手從匣子裡拿了一只嵌著五色寶石的單柄蓮花髮冠在手。「禮物太重，熙兒受不得，就收下這個吧，一來全了咱們的情誼；二來，那些還是留著給嬤嬤您日後傍身吧！」

葉嬤嬤一笑。「能給妳這些，我手裡必然留著傍身的，妳就拿著吧！」她說著伸手到了那匣子底下一撥一拉，一個小小的淺薄抽屜就露了出來，內裡竟放著一冊薄薄的書。

「這是……」

「留給妳的，得空了，自己慢慢悟，慢慢學吧！」葉嬤嬤說完轉身就往外走。

「嬤嬤！等一下！」林熙急忙放了花冠，整理了下衣裳，而後對著葉嬤嬤跪了下去，恭恭敬敬的磕了三個頭。「熙兒作別恩師。」

葉嬤嬤衝她一笑，什麼也沒說的走了出去。

第四十六章 花燭

大清早林熙就被叫了起來，沐浴更衣，梳髮撲粉，整個人由著請來的喜婆好一通折騰，而後才穿戴上了嫁衣，坐在了床前等著。

同一時段，玉芍居裡的林嵐也是一般忙乎，她作為六姑娘，是要比七姑娘先出閣的，是以她這會兒不但收拾妥當，連鳳冠都已上頭，只等著時候到了。

陳氏忙著外面的事，可沒工夫留在這裡陪著兩個姑娘，萍姨娘便光明正大的趁著這個時候來到了林嵐的身邊，東指派一個，西指派一個的把人都支開，立刻往林嵐的袖子裡塞進去了一疊東西。

林嵐抬眼看著萍姨娘。「是什麼？」

「給妳傍身的，日後嫁過去了，自己疼著自己，妳娘這邊，我會想法子慢慢為她爭取機會。」萍姨娘說罷，人便立刻退開了一步

林嵐衝她點點頭的工夫，拿東西的丫頭們也回來了。

吉時剛到，曾家和謝家的迎親隊伍便吹吹打打的到了林府所在的胡同。

六姑娘以序為長，自是出嫁在前，謝家的人便守在林府側門外十丈的地方未再向前，由著高頭大馬上的曾榮——曾光耀進了林府，三關闖過後，行禮叩拜，在一通祝福裡，林嵐由

喜婆揹上了花轎，迎了出去。

他們的轎子走後，謝家的迎親隊伍這才走向了林府，而高頭大馬上的自不是生病的謝家小四爺，而是代替兄長來娶親的弟弟小七爺誨哥兒。

依舊是闖三關的套路，而謝家人自小所學就不比學堂裡差，長桓才問出了問題，人家就張口便答，倒叫看熱鬧的人紛紛咋舌。

而碩人居內，隨行而來的喜婆已經入內，動手給林熙開了臉，於是又撲上了一層面粉後，在喜婆戲文般的唱腔念叨裡，鳳冠上頭，蓋頭一蒙，便靜靜的等著了。

很快花嬤嬤一臉喜色的前來報訊，緊跟著喜婆就把林熙揹出了碩人居到了正廳內，紅綢加身，相牽，林熙便同小七爺照著規矩衝父母叩拜而辭。

花轎內，林熙看著晃動的蓋頭思緒起了當年她的出嫁，那個時候她激動不已，更對自己的夫婿充滿了各種幻想，想著康正隆在父親口中各樣的美好，以為屬於她的會是希冀中的幸福，而結果……現實讓她的幻想不但粉碎，更讓她明白婚姻不是自己原來想的那樣簡單。

伸手進了袖袋，她摸出了一枚印章，三年前他給了自己這個，那時的她並不知道自己會嫁給他，畢竟他們差著年歲，她以為日後應是叔伯妯娌的。現在她卻與他要成為夫妻，還要因為沖喜而早嫁，與他共處同一屋簷下，倒叫她有些唏噓著「緣分」二字如何的難猜了。

謝家的迎親隊伍在京城裡轉了一圈後，才回到了謝府上，鞭炮鑼鼓中，林熙從轎子裡下來，喜婆直接揹著她進了廳堂。此時真正的新郎謝家小四爺才穿著喜服，掛著紅綢大花，在下人的攙扶下慢慢地挪步而出，從小七爺的手裡接過了與林熙相牽的紅綢。

「咳咳……」咳嗽聲入了林熙的耳，她的唇在蓋頭下抿了抿，隨著紅綢的相牽向前，她能看到的只有自己的腳，和他的鞋頭。

司儀唱喏，叩拜開始，拜了天地，拜了高堂，便是夫妻對拜了。

林熙與之磕頭相拜，這其間依然可聞他的咳嗽聲，這讓林熙不禁猜測他到底病得有多重，腦袋裡總會想起大半年前在船上的相逢，那時的他哪裡有什麼病相？哪裡似母親聽來的那般坎坷？

他是裝的嗎？

她猜測著，被人從蒲團上扶起來，依著規矩，這會兒便是該送入洞房了，可偏有管家急急來報，說宮裡來了公公，叫著接駕！

立時謝家上下忙而不慌的動作起來，賓客都暫請去了偏廳，林熙則頭頂著蓋頭被安置在了廳角一邊的隔間裡，一邊聽著謝慎嚴時不時的咳嗽聲，一邊靜靜的等待著。大約一盞茶的工夫後，第二道、第三道的招呼便傳了來，再有一刻鐘的樣子，也就是第九道傳的時候，但凡有身分有分封的謝家人，已換好了朝服候在廳裡等著了。

很快鑼喧鼓鳴裡，似有很多人入內，依稀可聽到一些甲冑之音，林熙蒙著蓋頭什麼也瞧不見，卻也心中多少會有些驚慌，畢竟那些甲冑之音重重，聽來叫人害怕。

而此時一隻手按在了她的肩頭，在她本能的身子一繃時，她聽到了低低的聲音。「別怕，那是皇上的親兵衛隊，是保護皇上的。」

林熙頂著蓋頭點了點頭，謝慎嚴的咳嗽聲便再度入耳，她正尋思是不是這個時候該裝模作樣的詢問一下他如何，便聽到外面的唱喏聲，說著皇上駕到，立時肩頭的手將她一按，她便跟著身邊的他一道跪下了。

接駕這種事，林熙從未經歷過，葉嬤嬤也沒教過她，畢竟以她的身分情況，誰能想到成親之日皇上竟會來呢？

不過好在身邊有個他，林熙只要處處跟著他的意思來，也就是了。

外間廳裡，皇上到來後便說了一些君臣前親近的話語，繼而又同謝家的幾個爺各自問了一、兩句後，話頭便問在了今日成親的新人之上。

立時公公出聲召喚，謝慎嚴當下拉了林熙的衣袖帶著她出去磕頭行禮了。

「免了吧！朕聽說你傷得不輕，今日來時便把太醫院的院正也給你帶來了，少頃叫他給你看看。還有，今日乃你成親的好日子，朕選了一對如意給你們，願你們夫妻二人和煦美滿、事事如意吧！」皇上說著一招手，立時公公捧了禮物進來，當下別說他們兩個了，整個廳裡的謝家人都是一番叩謝。

隨即在皇上的授意下，謝慎嚴被扶著進了內堂接受院正的號脈與檢查，林熙則頂著蓋頭站在整個廳裡的角上，一面聽著皇上和謝家老侯爺有一句沒一句的說著什麼，一面心中暗暗擔憂。

因為她能感覺出來，皇上此番來給謝家添光是假，那個院正探病才是真。

想到昔日他的生龍活虎卻要藏著掖著，想到自己在宮裡差點被算計，她能感覺到有股子無形的力量在這裡如大風侵捲。

皇上來查驗他傷的真假？莫非皇上自己不信？又或者是宮裡的莊貴妃起疑？

自宮中那次逃出來，很多東西順一順理一理，也摸得出個大概，何況葉嬤嬤在這點上也沒瞞著她，所以在知道自己成為兩方拚鬥的棋子時，她才更加體會到一個人若想要讓自己安然，那就必須得變成博弈的人，就算變不成，也得是博弈者捨不得失去的棋子。

她正這般亂想時，聽聞到了動靜，那院正出來了。

「他怎樣？可治得好？」

「回皇上的話，謝家小四公子身上的刀傷因著將養時不是太好，恐逢陰雨天便要作痛，而他肺部寒濕甚重，也的確危險，不過並非是無治而搏，臣可以給他下一味重藥助力他排寒，想來性命無礙，只是少不得因著藥猛，受些強咳之罪，虛體之態。」

院正話音一落，老侯爺驚喜的聲音便入耳。「我那孫兒當真可性命無礙？」

「自然的，只是我這猛藥裡有三味藥都是珍稀之種，太醫院裡也是稀缺，怕只有……」

「有缺的便報上來，由朕的庫裡拿來用就是了。明陽侯府乃朕的肱骨，社稷的中流砥柱，區區藥材罷了，缺什麼都去取，務必要把謝慎嚴給治好，朕還念著他這個解元呢！」

皇上這般說了，謝家自是新一輪的謝恩，皇上在這裡念叨了幾句後，便是要離開了，不過就在他走的時候，卻忽然想起了林熙，轉頭四處張望，瞧見縮在角落裡的紅色小人，便衝身邊的太監言語了一句，立時那公公就走到了林熙跟前。

「林姑娘，皇上叫妳過去，咱家來扶著妳。」說話間他動手扶了林熙往前走。

林熙這心裡就莫名打鼓，待到太監一按她的肩頭時，她立刻就跪了下去匍匐於地。

「妳是葉嬤嬤教養下的，昔日朕還是年少時，可得過葉嬤嬤的照顧，今日妳大婚，朕再送妳一份禮物吧！」皇上言語之後，立時周圍響起了窸窣的跪地之聲，繼而太監扶了林熙的身子起來一些，往她的手裡塞進了一串東西。

入手的溫涼滑順，讓林熙意識到此物的貴重，登時叩首於地連連謝恩，而此刻只聽得甲冑聲起，隨即公公的嗓門便亮堂在府院中。「擺駕回宮！」

林熙急忙順聲扶著蓋頭調了頭，而身邊也有眾人的恭送之聲，片刻後，周邊歸於安寧，林熙便聽到了安三太太的聲音。「快把她送去洞房吧！」隨即林熙在眾人的攙扶下被送進了喜房內。

「姑娘可以取下蓋頭來休息一會兒了。」身為陪房的夏荷在散了碎銀打發了房裡的人出去後，便張羅幾個丫頭守門關門的，自己到了林熙的跟前，一面言語著一面給林熙先取了蓋頭。

林熙的眼直直的盯向自己手中的物件，那是一掛宮條，五色的絲繩上墜著一塊半個掌心大小的雕龍白玉，登時驚得林熙起身，雙手捧著急忙在屋裡找供奉的地方，而此時屋外卻有一個婆子的聲音傳來——

「姑爺就要過來了，準備著伺候吧！」

屋內的林熙立時就懵了——這麼早他就過來了？

她上輩子結過一次婚，那次她分明是在喜房裡坐到了亥初時分，康正隆才一身酒氣的回來與她掀蓋頭，飲合巹，而這些都和家裡人說的無差。可這會兒她才到這屋裡連屁股都還沒坐熱呢，人家竟攆著後腳跟的要過來了，立時把林熙弄得有點不清楚這是什麼情況了。

手裡還捧著皇上賞賜的玉珮，林熙只能急急地叫四喜趕緊從箱籠裡翻出一個珠寶匣子，把內裡的東西全部倒去了一邊，把這個玉珮宮條放了進去。將將把盒子放在妝檯桌上，外面便已是說話聲來，林熙趕緊回了床邊坐好，蓋頭才罩上，房門上輕敲了兩下，丫頭一傳聲，房門便推開了。

林熙坐在桌邊盯著鞋面子聽著動靜，先是一些謝府上的老媽子言語，繼而十全婦人上前念叨了一遍十福氣，而後花嬤嬤在旁打點了紅包，這些人才退了下去。

屋內謝慎嚴的咳嗽聲，幾乎就沒斷過，這讓林熙越發不明白他的病情真偽，畢竟按照自己的判斷，他應該是假病，但何以躲過院正的診斷？

正在猜想裡，夏荷已經捧著托盤送了金秤桿到了看起來病殃殃的謝慎嚴面前。「姑爺，快給我們姑娘掀起喜帕吧！」

林熙低著頭捏著手指、盯著鞋面子前方的五寸地，慢慢的看到了一雙紅色船鞋。

金桿入帕，一挑結親，帕落冠露，紅霞如雲。

林熙低著頭，眼掃著那身直裾疊落身旁，繼而夏荷捧著一雙金杯到了跟前。「請姑爺和姑娘共飲合巹酒！」

杯酒入手，身旁的他咳嗽兩聲開了口。「妳我今日結為夫妻，此後妳便是我房中主母，我於妳未必能妻以夫為貴，卻必以誠待妳。」

林熙低頭輕點高捧酒杯，金杯衝撞發出一聲清脆歡音，他二人便飲酒下肚，隨即酒杯還於盤，林熙聽到他一聲輕喚：「夫人。」

「夫君。」林熙低聲回應，不覺忽而想起了當年的洞房花燭，而此刻謝慎嚴卻起了身。

「夫人，我抱恙在身，喜事便在前了，圓房之事必然待妳成年之時，加之我此時不便外間歡飲，故而酒宴由我兄弟擔待，妳我的洞房花燭亦早，也是趁著這會兒精神好先行了禮，咳咳，現在我去外間酬客一時，妳可換下這沈重的行頭，圖個輕便。」

林熙點頭應聲，謝慎嚴便緩緩步出，當門掩上，夏荷前來伺候著取下鳳冠重新梳理時，林熙才意識到自己尚無機會抬頭瞧看他一眼。

「姑娘好福氣，姑爺如此體恤，叫您換下這熬人的行頭，很是體貼啊！」

夏荷的言語讓林熙的臉上再添一抹紅霞，她抬手揉揉僵直的脖子，看了一眼那沈重的鳳冠，閉上眼由著夏荷梳理了。

半個時辰的光景後，謝慎嚴再度入屋，此刻的林熙雖然還穿著大紅的喜服，但髮髻已重新梳理換作了朝雲近香髻，髮髻的兩邊各簪著一支簡單的赤金蝴蝶釵，髮髻的後面別著一朵紅色的絨花，除此便無他物，連耳墜子也都取了的。

她弄得如此簡單，起初夏荷也是不樂意的，不過林熙說了句「夫君還抱恙在身……」這樣的半截話後，夏荷便懂了，由著姑娘做了最簡單的裝束。

謝慎嚴一回來，便有兩個丫頭扶著去了床上，下人伺候著擦手散髮後，他咳嗽幾聲開了口。「我困乏，想先歇著了，妳，伺候我寬衣吧！」

其實這事原本林熙可以不做的，奈何這是他們的新婚之日，這些事還真就得假以她手，自然是林熙應聲去了床邊給坐著的謝慎嚴寬衣，也因此，她抬了眼眸正好看到了謝慎嚴的容顏。

立時她便是身子顫抖了一下。

不過是大半年的光景而已，那時船上的驚鴻一瞥，她曾得見過一面他的真顏，雖然之後他都是假面出現，但總是健康的一個人，而現在，她面前那張曾經白皙如瓷、精緻美好的英俊容顏卻浮著一層灰色，看起來如同蒙塵之珠一般，再不見半點光澤。他的眼窩深陷不說，嘴皮上竟也裂著幾道小口子，要不是那雙眼眸裡的光澤未變，一如之前的那般深邃，說他看起來完全就跟變了個人似的也不為過。

林熙縱然心裡慌亂了一下，手上卻也不慢，她垂了眼皮順順當當的給他解開了繩帶，抽去了汗巾，直至脫下那身直裾放進了夏荷的手裡，由著她去懸掛收拾，自己給他理所當然的伺候著脫鞋取襪。

待到外袍、夾襖的都去掉後，林熙便扶著謝慎嚴躺去了被窩裡，看著他閉上眼睛休憩。

「妳們下去吧！」她轉頭衝夏荷以及屋內的侍從言語。

大家看看她後都聽話的退了出去，屋內一時很安靜，有的只有外面依稀飄來的零碎喧鬧，卻偏偏是聽不清的。

謝慎嚴沒有睜眼，依然閉著眼休憩，林熙便靜靜的坐在床邊側著身子，一面可以瞧望他，一面也可以看到妝檯處燃燒的那對龍鳳燭。

大喜之日，這個時候她本該是靜靜地等著花燭夜的到來，想不到卻會以這樣的方式早早的守在他的身邊，瞧著那對燭火。

一個時辰後，在林熙呆滯的盯著那對龍鳳燭火瞧看的時候，忽而她感覺到自己似乎被什麼盯著瞧望著，不自覺地扭頭瞧看，就看到了床上的謝慎嚴睜著一雙大眼睛望著她，在一派灰色的沈重裡，獨有那雙眸子依然閃亮明豔。

「你醒了？」林熙詫異的言語，並立刻收斂了自己的眼神。「要喝水嗎？」她說著試圖起身讓自己忙碌起來，好不那麼尷尬，可是在她起身的一瞬，一隻溫熱的手攥住了她的左手，她本能的回眸，看到的是謝慎嚴對她眨眨眼。

「坐下吧，趁著安靜，先和妳說會兒話。」

林熙聞言聽話的坐下，眼盯著他攥著自己的那隻手。

語。

「意外嗎？」他的聲音很輕。

林熙眨眨眼，衝他點頭。「嗯，你那時……」

謝慎嚴搖頭，阻止了她言語下去，衝她眨眼一笑。「哪時？」

林熙一愣，當下明白那次在船上相遇是禁忌，是必須深鎖在記憶裡的，立時低了頭不言語。

謝慎嚴又輕聲說道：「委屈妳了。」

林熙聽了這話搖了腦袋。「沒什麼委屈的，能、能嫁給你，是我的，福氣。」

謝慎嚴盯著林熙的眼看了一會兒，緩緩的閉上了。「我只能答妳一個問題，好好想，要問什麼吧？」

問什麼？是問你是真病假病？還是問你對這門親事是否樂意？又或者問你是不是和葉嬤嬤猜想推算的那樣，我林家也是你們算計籌謀中的一顆棋？

林熙抿著唇，眼盯著他，嘴唇張了幾次，最後還是把疑問嚥了下去，因為她記得葉嬤嬤說過，很多時候讓別人認為你什麼都不知道才是最好的。

謝慎嚴等了一會兒沒聽到疑問，睜眼瞧看，就看到林熙靜靜的守在床邊一如之前的模樣，便蹙了眉。「怎麼？還沒想好嗎？」

林熙搖搖頭。「我沒什麼可問的，你還是好好休息吧！」

謝慎嚴看她一眼，咳嗽了兩聲便閉上眼，又休息去了，只是他的手依然拉著林熙的手，絲毫沒有放開的意思，也不知道是忘了，還是怕她年紀太輕，這般的熬著心裡不適，才這麼拉著手不放。

天色近黃昏的時候，屋外有了輕喚，林熙眼看謝慎嚴睡得挺好，就小心的抽出了手，悄聲的來到了房門前，推開了一個小縫，這才知道，原是宮裡來了人，乃是那位院正已經尋出了藥材，叫人給熬製再烘焙成藥泥，搓成了藥丸送來了。

「……說是每天早晚各一丸的用，熬過七天就成了。」夏荷學著來人的言語傳話，遞送了藥盒進來。

林熙問清楚了如何用後，便掩上門去了屋裡，倒好了一杯水後，才去了床邊叫醒了他。將藥和水遞上後，謝慎嚴用了，復又躺下休憩去了，林熙這個沖喜的小嫁娘也尚未到休憩的時候，自然還是坐守在旁，豈料一刻鐘後，謝慎嚴的臉上乃至身上就開始泛紅，但觸手碰及，卻並不是十分炙熱的，這讓林熙有些詫異。

而再過了一盞茶的工夫後，謝慎嚴本消失了一陣的咳嗽聲開始密集而出，不時的咳嗽出不少痰來，林熙便在跟前一直伺候，這般陪著他斷續咳嗽折騰了足有一個時辰的光景後，才消停了。

謝慎嚴一副勞累不堪的樣子躺在床上，身上紅紅的不說，額頭和手上都能看見濕漉漉的汗水。林熙動手倒水取帕，親自擰乾了帕子為謝慎嚴擦拭沾汗，往返第三回的時候，謝慎嚴似是緩過了那股子難受勁來，看著在身邊執帕的她，輕聲說道：「今日妳受累，以後這些就丟給下人吧。」

林熙眨眨眼，沒吭聲的繼續給他擦手，謝慎嚴見她如此，忽而伸手一把摟住了她的身子，在她的一愣一頓中，她人已經趴在了謝慎嚴的胸口上。

謝慎嚴快速又低聲的在她耳邊說道：「傷乃真傷，不畏鑑辨。」在林熙的錯愣裡，他已鬆了手，林熙本能的坐起了身子，他人便往內裡挪了些。「時候差不多了，妳也躺下休息吧！」

謝慎嚴這話一說出來，林熙便立時紅了臉頰。

若是按照上輩子那樣的出嫁來說，這會兒才是彼此寬衣解帶的時候，這身上的大紅嫁衣自是等著夫君來親手解脫的。

可是眼下再有十幾天她才十一歲，今日裡只是走個形式落個好意頭，求個同房共枕的名，並不會圓房的，倒使得這解脫衣裳的事，叫她為難了——是自己脫，還是等他脫？又或者叫丫頭進來伺候？

她輕輕地咬著唇，有些無措，而此時謝慎嚴看到她那副樣子，一愣之後倒是臉上浮出了笑來，伸手抓上了她的柔荑。「本該是為夫我為妳寬衣解帶的，只是妳年紀太輕，未到圓房之時，加之我也是抱恙之身，還是留待日後吧，今日我就為妳解去衣帶，妳自行脫下可好？」

林熙聞言，心中自暖他的體貼，隨即臉皮燒紅著點了頭，眼瞧著他的手從自己的手上向上撫摸到腰部，扯了宮條墜子，解了腰封綬帶，而後他便收了手，閉上了眼，非常照顧她的扭頭過去，顯然是不想她太過尷尬。

林熙紅著臉將喜服脫下疊放後，又脫了厚厚的夾襖，最後穿了一身大紅色的綢緞褻衣小心的掀起了被窩鑽了進去。

此時謝慎嚴轉了頭過來，衝她微微一笑，抬手把被子給她拉伸了一下，便輕道：「今天守了我一天，妳應該是累了，好生休息吧，明早還要早起走規矩拜祠堂和敬茶的。」他說完也不等林熙答話，便自行閉眼休憩，一副很累的模樣。

林熙看著他那張憔悴的臉，輕輕地應了一聲也閉上了眼。

雖說閉眼睡覺，只是到底是特殊的日子，身邊又睡著他，林熙在床上閉眼足有一刻鐘也沒能尋到半點瞌睡來，正在努力的乞求瞌睡快來時，她感覺到了耳邊微微的吹氣，不自覺的睜開眼，就看到了謝慎嚴單臂撐著腦袋，以羅漢臥榻的姿勢望著她。

他的臉頰離自己的臉非常近，近得她覺得自己的眼前能看到的只有他那雙深邃的大眼。

「你，不睡嗎？」林熙小聲的疑問，她不明白謝慎嚴幹麼這麼盯著自己，怪怪的。

「妳很怕我嗎？」他輕聲說著。「我記得當初見妳的時候，妳挺淡然的，而妳現在，是害怕什麼嗎？整個人就似個木頭一樣繃在這裡，動都不敢動一下。」

林熙眨眨眼。「與你，同被而眠，我、我、我……」

謝慎嚴衝她笑了笑，側躺於枕，抬臂將林熙帶著被子一摟。「妳我已經是夫妻了，以後不管怎樣都得過一輩子的，就算妳我年歲差著不少，但我也不會吃了妳啊！妳真沒必要怕我的，何況今夜也不過是共枕一夜罷了！來，什麼都不想，靠著我，趕緊睡吧，明天還有大把的事等著妳呢！」他說著身子竟主動往林熙這邊靠了些，熱暖的體溫立時傳遞過來，林熙覺得自己有種內心都在灼燒的感覺。

「閉上眼睛睡吧，什麼都不用想。」他輕聲地說著，將她這般緊緊地摟著閉眼而眠，林熙也只好閉上了眼，可心裡還是那般灼燒繚亂。過沒多久，謝慎嚴平穩的呼吸聲在她的耳側響起，漸漸地，隨著他的呼吸聲，她發現自己的心開始歸於寧靜，很快地，她的瞌睡也襲來了……

龍鳳對燭在喜屋內燒著紅蠟度著春宵，而正院的正房內堂裡，謝家的幾位爺卻都在送完賓客後陸續的趕到了這裡，當謝家三爺謝安入了內後，房門便掩上了不說，門口伺候的下人都自覺的退立在了五步開外的地方。

「看今天這樣子，咱們這關算是過了。」大房謝鯤說著捋了把鬍鬚。「只希望謹哥兒能熬住那藥性，如此咱們也算順理成章。」

「是啊，只是不知道那藥性是否傷身。」謝安一臉的擔憂。「我真怕他受不住！」

「三哥，這個時候就算傷身不也只能硬著頭皮來？不過小四的身子骨向來是好的，他跟著二哥練了那些年的拳腳，熬個七天而已，定然沒問題的。」五房謝尚的話音才落下，歪在榻上的老侯爺便開了口——

「不必擔心的，此藥雖猛，關卡一過卻也是謹兒下階之時，七天熬過去後，他也不必這麼辛苦，短痛消長痛而已。」

屋內三個做人子的爺們皆是點頭，而此時老侯爺又言語道：「喊你們來，並非是操心著這一關，而是有些話也該提醒你們一二了。」他說著瞥了謝鯤一眼。

謝鯤點了頭，接了話。「估摸著再有一年半載的光景，我就該分家出去了。」

謝安同謝尚都是一愣。

「這麼快？」謝安微微蹙眉。

謝尚倒是笑了。「看來大哥就要得爵了！」

謝鯤臉上浮著一抹笑色。「今兒個杜閣老給我漏了口風，他致仕已在眼前，內閣半個月前就票擬了人選，皇上也都批紅了的，只待年後宣了，彼時我入了內閣，韓大人應該會做閣老，在內有個半年的光景，相信也該得爵了。」

「論資歷鯤兒沒有問題的，若依照規矩我這勳位也是等著由你入替，只是彼時時局上我們謝家需要一個地方官來把握政局人脈，而當時鵬兒修武早已定好戍邊，便只能是指望安兒，偏那時你性子過於溫弱，審時度勢以及應酬上都不如你大哥活絡，還是你大哥有魄力，與我徹夜長談後入科舉拿下三元，光耀入仕做了地方官，以三任三地的法子，捏下了政局人脈。如今他已做了京官，又熬夠了資歷，入了內閣後，只消抓住時機，便可以功得爵，大房一脈不但有保，也得以規矩的分出去，為咱們謝家多鋪一份爵！」老侯爺說著對謝鯤滿意的點頭，顯然這個兒子十分的長臉爭氣，不走蔭封入替的路子就自行開闢了一片「江山」，實在是謝家的楷模。

「身為謝家子弟自該為家族利益著想。」謝鯤恭敬言語，當年他這舉動也曾叫他妻子不解，畢竟走出這條路子，相當於放棄了爵位入替的意思，畢竟若要蔭封，就必須得在野。

「如今你大哥要分家出去，自不在入替之中，鵬兒呢，司業戍邊，以軍功固守，做不得入替，便論序到了安兒這裡。說實話，安兒你的性子太過綿軟，我不是太看好，但謹哥兒偏生天賦異稟，我實在歡喜，這才和你大哥商量後，因他而中你這一房。故而今日裡早早的與你提及，也是要你從現在起，就得帶著謹哥兒多和你大哥出入一些場合，把鯤兒鋪下的政局人脈逐一的接到手裡來！」

老侯爺此言立時讓謝安撩袍而跪，畢竟不管是處於何因，謝家的侯之一爵便會由他入替，這等於謝家的大業也算落在了他的肩上，那麼到了老侯爺百年的時候，自也是他順利的掌族了。

「兒子必當盡力，還請爹爹教導、兄長指點！」謝安說著叩首。

老侯爺擺手後，謝鯤動手扶了他起來。「都是兄弟的，不必說那見外的話，我會盡數拉拔著你的！」

這邊兄弟之間話音落了，那邊老侯爺又開口，不過卻是衝著五爺謝尚言語的。「你大哥一旦分家出去，咱們這一派上就少了個地方官，我意思著，是時候該你出去鋪在朝局裡了。」

「兒子明白，不知爹爹的意思，是要我直接去候補申缺呢，還是也走科舉一路？又或者……」

「你就別去什麼科舉湊熱鬧了，免得招那些學子們不快，咱們謝家要把握住天下文人的口，扶著邊疆戰士的骨，才能長久不敗。你大哥若是年後入閣，相對的吏部也會再來走形式相邀，那個時候，你就選個自己有把握的去做就是，記住要把握大的去，畢竟咱們現在是求穩的時候，儘量的不招眼才是正經。」

「是，過得幾日我就去和吏部的人打聽打聽，早摸清了備選，尋個適中的。」

謝尚說了這話後，老侯爺點了頭，喟嘆而言。「你們都很清楚，眼下的局勢未明，咱們當以『保』字為主，而今日裡謹哥兒已經成親，接下來便該是立業的事。安兒於政這一路上，你也在野的參悟了這些年，有什麼就多和謹哥兒提提，讓他早些握住那些文人名士的口。」

「是，爹。」

「林家的七姑娘嫁進了咱們府裡，葉嬤嬤也教養不上了，但你們也知道我對小四寄予的是怎樣的厚望，所以，對這個孫媳婦，我希望你們多花花心思拉拔著點，畢竟好歹日後也是做主母的人，若真由著她林家的那點底子，實在是難。哎，當年林老太爺可算文人名流的頭，如今他這一去，家裡的幾個倒都沒些像樣的了！」老侯爺說著嘆了一口氣。「安兒，叫徐氏多費費心思吧，好好磨一磨！」

「是，爹！」謝安應了聲。

老侯爺起了身便是要準備歇著了，不過他起來後，忽而想起了什麼，又衝謝安說道：「今兒個皇上賞了個玉珮給她，想是要借謝家之力，你得心裡有個數！」

「兒子明白。」

第四十七章　謹四奶奶

剛剛進了寅時初刻，林熙便因著這些年的習慣到點的醒了。

只是醒了之後她卻有些茫然，畢竟夫婿尚未有功名在身，更無官爵，又不用應卯上朝，倒不必她這般早起，可人都醒了，總不能閉上眼再睡回籠覺啊？但起吧，身上還搭著他的胳膊，側間還靠著他的身子，熱呼呼的一份親近，她若起來必是會擾醒他的，倒因此叫林熙犯難。

正在內心糾結時，猛然身側的人身子一個急抽劇烈的咳嗽起來，那排山倒海的咳嗽把林熙嚇了一跳，下一息人已趕緊的坐了起來，急忙的把他的身子反側過去給他拍背。

拍了好幾下，謝慎嚴那一串咳嗽總算緩和了過去，人側過來時，林熙已手腳麻利的給他捧了痰盂，待他清口後，又下床給倒了茶水，伺候著他徹底緩和下去了，人才縮回了床邊，而此時她身上早已冷了。

「進來暖暖！」謝慎嚴撈著被子給她裹上，林熙順勢的挪回了床上，兩人四目一對，林熙垂了眼皮子，謝慎嚴倒湊她近了些，依舊是裹著被子那般抱擁著她。「妳倒是麻利，竟什麼都備好了，手腳俐落不比丫頭們差，可就是涼著了不是？瞧這冷勁，這萬一凍壞了，後日回門的時候丈母娘尋我的麻煩可怎生是好？」

林熙的嘴角微微一抽。「只是一下而已，怎生就凍壞了？」

謝慎嚴嘴角勾了笑。「屋裡有下人，日後像這種情況，妳招呼下人來就是了，不必自己來的。」

林熙眨眨眼睛。「你是我的夫君，難過之時，我抬手便可相助，為何一定要等下人來？難道，這是規矩？」

謝慎嚴聞言眼裡閃過一絲柔色，衝她笑笑。「這倒不是規矩，是怕妳凍著啊！何況都是下人的活路，怕妳不知該如何，只是沒承想，妳倒也熟。」

「其實我尚在家裡的時候聽到娘說你的身子不好，傷肺咳嗽，便問了些似這等情況該注意的，彼時我祖母說起過我祖父病重的那會兒，總是半夜裡咳嗽一陣子，她伺候過便是知道，也就說與了我，叫備著。」

「難為老太太還指點著，不過，也就今日裡勞妳折騰了，日後我都宿在書房的，就算驚咳也有下人照應，倒不必夫人這般體貼了。」

林熙聞言一時也不知應說什麼，而謝慎嚴此時張口揚聲——

「幾時了？」

他聲音挺大，但這麼一問也叫林熙詫異，偏這個時候外面已有了回答的聲音。「回四少爺的話，這會兒已是寅時二刻了！」

這答話一傳進來，立時讓林熙往被窩裡縮了腦袋，她這會兒總算明白謝慎嚴為什麼口口聲聲地說什麼都交給下人，敢情這新婚夜的外面也都守著丫頭呢！而她偏生糊塗，自以為是洞房之夜外面無人聽床，以至於連伺候的都缺了。

她這個樣子，落在謝慎嚴的眼裡，換得他淺淺一笑，隨即他已坐正了身子，也不抱擁著林熙，直朝外揚聲一句。「進來伺候我更衣吧！」

隨即門扉咿呀，一溜的丫頭們便是捧著水盆面巾、衣裳冠帶的魚貫而入，這讓偷眼瞧看的林熙內心不由得謝了葉嬷嬷一把，畢竟她當年被八人伺候的時候，尚還覺得擺譜，現在看著進來的八個丫頭，她才明白這是正當的侯門排場。

丫頭們一進來，偷眼瞧看的林熙便十分自覺的起身掀被，側坐伸手由著她們穿戴，絲毫不見生怯，幾個丫頭見狀也伺候得十分自然，待到她衣裳穿戴好了，髮絲只是輕輕一綰，便有丫頭蹲在身前給她穿好了鞋子，繼而送上水盆淨手後，再有丫頭們捧著衣冠上前——該林熙這個新婚婦人伺候自己的夫婿更衣了。

這是必然的一道儀程，就同敬茶一般，內裡的意義為重。

當下林熙衝著謝慎嚴聲音輕柔地說：「熙兒伺候夫君更衣。」

謝慎嚴應聲掀開了被子，林熙便親自動手順著衣服的擺放拿來給謝慎嚴穿戴，而謝慎嚴到底體貼，知道自己個兒高，就坐在那裡由著她給穿戴。而到了穿褲子的時候，他便不作聲的從林熙手裡直接拿了過去自己穿戴，倒叫屋內的幾個丫頭都瞧看得出自己的爺對這位奶奶的呵護。

待到謝慎嚴穿戴整齊，由林熙伺候著洗漱之後，他這才去了妝檯前，由著丫頭給束髮，林熙這才開始淨面洗漱，待她拾掇好了，謝慎嚴也梳好了頭髮，衝她輕聲言語。「妳且拾掇著，我去書房晨讀片刻，稍待差不多的時候再來叫妳一同去敬茶。」

林熙點點頭。「好。」

當下謝慎嚴出去了，屋內的丫頭一路就跟出去了六個，只剩下兩個，一個收拾床鋪，一個則清著妝檯。當他出了喜院往自己院落的書房去時，夏荷、花嬤嬤帶著四喜、五福和見平、見安也替換了進來伺候，那兩個丫頭也就悄無聲息的退了出去。

「姑娘昨晚睡得可好？」梳頭的時候花嬤嬤就在旁一面打量一面問訊，畢竟姑爺的憔悴她們都是看得見的。

「挺好的。」林熙輕聲詢問：「花嬤嬤，昨兒個夜裡，這屋外一直都守著人的嗎？」

「是，我們出來後，便依規矩的守著，可到了戌時的時候，謝家府上來了人，就一起守著，到了子時的時候他們倒叫我們歇著，他們守著。這大府上的規矩還真和我們不同的，咱們值夜的，也不過是宿在隔壁的梢間裡聽聲得喚罷了，他們卻是壓根兒就不睡的，完全立在當口，而且還不是聽聲就進，早上姑爺咳嗽起來，外面的丫頭婆子水盆什麼的都備好了卻不進去，您說奇不奇怪？」

「侯府上的規矩重，想來主子們不言語，不到萬不得已，就是丫頭們操心，也是不能自入的。花嬤嬤，妳給咱們來的人全數打招呼，務必細細留心侯府上的丫頭僕役是怎樣的，早早的把規矩學下來，莫叫人看了咱們的笑話。」林熙當即吩咐，花嬤嬤應聲。

這邊夏荷已經給林熙盤好了髮髻，一面插簪固髮一面言語。「姑娘叫我打聽的，也有了些眉目。」

「是怎樣的？」

「侯府上以禮為重，晨昏定省的，侯爺處是逢五見十，小附院內，則是逢三見倍（注）的去。時辰上基本都是在卯初時分之前就成，當然也有不同的，似大房府上的，因著一來大老爺是長子，二來大老爺還要上朝的，便是大太太在送發了大老爺出府後就得過去，據說她人是寅正之時就得候在那裡的。」

林熙聞言點點頭。「她是長房長媳，將來夫婿入替，得蔭封的，她自是得規矩齊全，不能有差，早些是對的。至於妳剛才說的時候，看起來和咱們府上差不到太多，只是相較密集些。夏荷，妳回頭把丫頭們當值的日子排出來，以後什麼都早早的備好，寅時剛到便喊我起吧！」

「姑娘不必這麼早的啊，明日之後您和姑爺不必住在一處，又不用伺候他更衣洗漱的，就是睡到寅初三刻都是來得及的，我問仔細了的，似您這孫媳婦的輩，卯正三刻前到了就成。」

林熙聞言衝她一笑。「妳疼我，也得分分地方，這是謝家，是侯府，是我的婆家可不是

注：逢三見倍，就是三和三的倍數，例如初三、初六、初九……以此類推。

我的娘家，什麼都還能由著我啊？縱然規矩上我可以懶賴著些，可那不是打自己的耳光丟自己的臉嗎？我還是早點起來打點的好。欸，可有問清楚我公婆的作息習慣以及妳們姑爺的嗎？」

「問了，姑娘要當十全婦人，這些奴婢要是不問清楚不就成罪人了！」夏荷說著打開了手邊的首飾匣子，一邊挑首飾對著鏡子給林熙插戴比劃、一邊口中快速言語。「三老爺好晨讀，每日裡寅時便起了，不過他起了也是去書房裡讀書，三太太並不伺候，待到寅時三刻她才起來洗漱梳妝，寅正二刻才和三老爺一道去老侯爺處，行禮幾乎都是在寅正三刻的時候了。」

「那倒也算卡著卯初前了，那他呢？」

「姑爺隨了三老爺了，每日寅時二刻便會醒的，起來晨讀呢！」

林熙點點頭。「看來我說寅時起來便是對的，把話傳下去，以後就這個時候叫我吧！」

「可是姑娘妳起這麼早又能做什麼？晨昏定省可早著去了，姑爺和妳是分宿的，妳真沒必要……」

「這幾年我能偷懶，那日後呢？遲早我們都是要住到一起去的，何況，我一個新入門的小媳婦，沒道理夫婿起了我還躺著，就算婆母能如此，那也是她不是我，我可不想被人詬病念叨，知道了嗎？」

「是！」

「妳們日後多留心在這些上，咱們千萬不能出什麼紕漏。」林熙說著眼掃到桌上的另一個匣子，眉頭又皺了起來——皇上給的玉珮，我到底得怎麼供著它才好呢？

林熙起得早，雖然這會兒不至於就見禮問安，卻也沒閒著，她一收拾打扮好，就叫夏荷把採買準備的禮物拿了出來，再一次和花嬤嬤與夏荷分說著禮物的派送。

分派了好一陣子後，花嬤嬤看著林熙手裡擺弄的那些東西，忽而開口說道：「姑娘心細，想著府裡的兩個姑娘、哥兒還有叔伯家的孩子，不過我思量著妳是不是還得再備點，免得今日裡妳婆婆一時有心點了人，妳手裡空啊！」

花嬤嬤的話中話指點的人是誰，林熙不是不明白，只是在她的判斷裡，今日自己的婆婆是不會提的。「花嬤嬤妳想多了吧，雖然我是沖喜的，可到底也是八抬大轎娶進門，再是沒怎麼大辦，皇上也是來過的，橫豎我是小四房的奶奶，我想婆母那般知禮的人家，再急也不會在頭三天上掃我性子，就算我們這會兒圓不了房，禮數上也沒了臊妻的事！妳且安著吧，我看她要提也都是要等到我回門之後回來正式的見他房裡人了。」

夏荷在旁點頭。「姑娘說得是，哪有這會兒就來臊臉的？人家正妻進門，至少都要半年的時間出來暖房，誰會這個當口自討沒趣啊！花嬤嬤您可別來噁心咱們姑娘！」

花嬤嬤聞言嘆了口氣。「得，我好心提一句叫姑娘心裡有個譜，妳倒一張口數落我。我且問妳，咱姑娘今年幾歲？半個月後人才十一呢！等到她能圓房，起碼也得兩年吧，未必這兩年裡，謝家肯等著？至於妳說的半年，若姑爺是個好的，半年有什麼等不得？這會兒眼瞅著都要沖喜了，妳以為謝家不留脈？這種當口的禮數可不是等妳半年，而是張口說嗣！畢竟有什麼能大過血脈延續開枝散葉？姑娘那婆婆要是體恤她，還能等她回門回來才說，要是沒什麼體恤的心，今日裡就把人給妳點起，還真不越禮！」

林熙聞言立時蹙眉，她的確思想著自己的婆婆按照禮數，橫豎都不會這會兒就來提的，可是花嬤嬤說的話卻是沒錯的。

思想這段日子從說沖喜到成親過府，辦得有多急？半個月罷了，而皇上昨日裡還帶了院正來，查驗的心思完全就是明擺著，不管謝慎嚴是不是真的病到那個地步，這戲都是要唱全套的，那麼婆母為了留嗣而備，提點起房裡的丫頭，或是叫她做恩來開臉，也是真正的再合情合理不過了。

夏荷聽了花嬤嬤的話，先前一副篤定的模樣就去了大半，眼見姑娘都蹙眉尋思起來，便也知花嬤嬤這個老人家到底說在了點上，畢竟特事特辦，眼下這個情況，禮也得照顧情。

「夏荷，把那匣子裡準備的四對赤金鐲子帶上吧！」

「哦，都帶啊？」夏荷一臉的不情願。

「帶上吧，誰知道要留嗣的婆母會扒拉幾個呢？何況這還在年裡頭，萬一有個什麼走親串戶的遇上了，也能應急的。」林熙說著把手裡分派的那些東西全部丟在了榻上，由著夏荷和花嬤嬤收拾。

兩人分裝得差不多了，叫了四喜同五福進來，把分給府裡人備下的收在了四喜的身上，把那四對鐲子包好收到了五福的身上，正囑咐著，外面傳來遞進的招呼，說著小四爺過來了。

夏荷一瞅說道：「寅正三刻了，是該過去了，今兒個規矩重，姑娘可撐著點。」

林熙笑著點點頭，心裡卻絲毫不緊張，畢竟葉嬤嬤給她自小就依照規矩的來練，倒也習慣了，何況皇宮她也是去過的，那日裡等了許久還不是一樣的等下來了嗎？

門簾子一挑，謝慎嚴進來了，他雖看起來還是那般的憔悴，但林熙卻感覺到他身上散著一股子熱氣，不由得多看了他一眼，卻也沒瞧出什麼不同來。

「準備好了嗎？咱們該過去了！」他進屋取了披風便問，接了隨進來的丫頭倒的一杯茶。

林熙看了那丫頭一眼，並不急著答話。

謝慎嚴抿了熱茶一口，見林熙盯她一眼，輕聲說道：「哦，她叫采薇，打我十一歲就伺候我的。」

林熙聞言點了頭，那邊采薇已經躬身行禮叫人。「奶奶。」

林熙看她一眼，沒與她言也未應聲，而是衝謝慎嚴言語道：「我已經準備好了，咱們過去吧！」

謝慎嚴應了一聲放了茶盞，便往外走。

那采薇原想拿披風來給謝慎嚴披上的，而這個時候，夏荷卻開了口。「姑娘，咱給姑爺披哪件披風啊？」

林熙淡淡一笑。「就跟前這件吧！」說著她再次看向了采薇，采薇立刻把手裡的披風送上，林熙卻沒接，笑望著她。「快給少爺披上吧！」

采薇一愣後依言照做，而這整個推讓的過程裡，謝慎嚴全然是一言不發的，待到披風上身後，他便先一步出了屋，林熙自也跟著，繼而有轎子過來，顯然是體恤著謝慎嚴的情況，送他們往主院正房裡去。

喜院是大宅門中必備的一個院落，顧名思義便是成親時才會住下的院落，三日後，新娘子就得和新郎官回自己的院落，這房院落則上鎖靜待著下一場喜事的到來。

因為喜院的特殊性質，它便坐落在了最好的位置上，不但坐北朝南，更是緊挨著正院，以至於兩人在轎子上，話都沒能說上三兩句，便到了，但就是這三兩句話，卻也叫林熙有些不自在了。

轎子一起，謝慎嚴便同她說了一句。「妳可以不那麼累。」

林熙聽著這話卻並非摸不著頭腦，而是淡淡地應道：「我也不想，但也不得不做。」

如果可以，她比誰都想清閒，但當初她的不管不顧換來的是自己沒有絲毫的立場，以至於事情越來越糟糕。現在她年紀還小，雖然她希冀著自己以最低調最和平的方式存在，那也僅限於整個侯府，但在自己的院落內，她必須成為除謝慎嚴之外的霸主，因為她已是謹四奶奶！

「那就換個人吧，采薇心眼太小，受不起反而連累妳。」謝慎嚴說了這話，立時又咳嗽了兩聲。

林熙才給他順背平撫，尚未思及他這話是替自己著想還是心疼著那個丫頭，轎子就落地了，這使得她跟著謝慎嚴出來往正房裡去時，有些微微的失神，因為她感覺到一點點不舒服，內心的不滿。

鎖住妳的心！只有如此妳才不會痛，不會難過，妳才能看清妳要什麼！

莫名的葉嬤嬤的聲音從內心衝出，她不自覺的捏了拳頭——是啊，我何必要自己不舒服呢？他是什麼身分、什麼情況，身邊豈會少了人，我不過為著一個丫頭，就思想那麼多，倒是太不成器了，就這樣的心眼還能做什麼當家主母，真是太沒用了！

「謹四爺和謹四奶奶到了！」門口的丫頭一聲傳喚，門簾子便挑了起來。

謝慎嚴伸手拉了林熙一把，便帶著她入內，四喜和五福隨著進去，而後夏荷同花嬤嬤才跟了進去，卻是只能站在門口。

「謹兒（熙兒）給祖父祖母問安！」兩人進屋先是躬身言語，繼而丫頭鋪下蒲團，兩人便照規矩的磕了三個頭。

此時坐在大椅子上的老侯爺才嗯了一聲，旁邊那個慈祥的侯爺夫人則笑呵呵的擺了手。

「快起來吧！」

兩人當即起身，便有丫頭捧了茶具過來，謝慎嚴抬手給斟茶，林熙便端著杯子先敬了二老，茶喝了一口後，老侯爺還是嗯了一聲，侯爺夫人便是擺手。自有丫頭送上了一托盤的禮包來，竟是六錠五兩的小金元寶、一對白玉鐲子，和一支鑲嵌著數枚紅寶的石榴簪子。

林熙同謝慎嚴一道謝過後，便轉頭給自己的公婆磕頭敬茶，繼而也收了類似的一份禮，只是那相對小一些的簪頭乃是一對蓮花結子，叫林熙已經隱隱感覺到花嬤嬤的猜測離中不遠。

繼而再是依照一家長幼之序從大房叩拜敬茶而起，在婆母的言語下，分別知道了大伯母乃金陵薛家的長女，四嬸子乃御史大夫家的三女趙氏，至於五嬸子滕氏，她父親雖不是什麼在職的官家，卻也是鼎鼎有名的文人，自建了一派學流，很是有些名望的，而她身為滕大師的獨女，更是得了真傳，是個十足的才女。

「三嫂子快別拿我來說笑了，省省吧！」滕氏一面說著一面把手上戴著的鐲子往林熙手上抹，她們這些叔伯的給禮可不能似老侯爺，也不能似了人家的婆母，自是打了一指寬的赤金鐲子再嵌寶雕花的作禮，以至於到了這會兒，除了戍邊的二房一家沒見著外，三個伯母嬸子就給掛了三對的赤金鐲子上手，再加上她原本手上戴的討喜的六對鐲子，可把林熙累得夠嗆。

一溜的長輩們見完了，便是平輩了，嫁出去的姑娘們不在府裡，林熙能瞧見的也就是十三姑娘和十四姑娘，外帶一個尚在襁褓中的。

林熙按著備好的一一給送了禮，這場行禮敬茶的事才算告一段落，但這還沒算完，還得照規矩的去祠堂前叩拜，畢竟女人不入祠，林熙在門外磕頭後，等著謝慎嚴上香出來，便轎子折回。這轎子卻沒落在正院裡，而是落在了三爺的附院裡，林熙看著昔日瞧見過的穿堂，心知花嬤嬤料想的事只怕今日裡是真的跑不脫了。

既來之則安之吧！她想著，一面跟著謝慎嚴入內了。

第四十八章 做恩

屋裡一如一年多前見過的那樣，無有什麼改動，依舊是低調的奢華。

安三爺和安三太太分坐在紫檀木的大椅上，面色帶笑。

林熙跟著謝慎嚴進去又磕了一回頭，安三爺抬了手。「坐吧！」隨即謝慎嚴才帶著她歸於左座。

「昨兒個沒累著吧？」安三爺一臉柔和出言輕問。

林熙掛笑答話。「謝公爹掛心，熙兒沒累著。」

安三爺點點頭，安三太太徐氏接了話茬兒。「妳和謹哥兒的親事，我們辦得急了些，讓妳出閣出得早，妳可見諒著，別埋怨我們。」

林熙立時起了身，半低著腦袋。「婆母這話可重了，自訂親之日起，熙兒便已是謝府的人了，早也罷晚也罷都是夫家說了算的，何況此番也是為夫君沖喜，都是為著一個好字，熙兒怎會埋怨呢？」

安三太太點了頭，伸手按了按。「坐下說話吧！」

林熙斜身而坐，屁股才挨著椅子邊，就又聽到了安三太太的話語。「妳是個懂事的，也不枉和我們的謹哥兒有這緣分。只是妳也看到了謹哥兒為救妳兄長，遭了什麼罪，如今不但身有舊傷，更是成日病著，我們這邊娶親沖喜，就連皇上那邊都掛心的帶了院正來瞧看。這孩子有福沒福的我不知道，我只知道，他好不好的，有得是人盯著，妳說是不是？」

林熙聽著這話，心中嘆了一口氣，人則點了頭。「夫君乃有福之人，皇上都能來瞧，也是他與我的光耀了。」

徐氏聞言掃看了林熙一眼，繼續拿話來堆。「光耀也是人前啊，實話和妳說吧，在說妳與謹哥兒的這樁婚事前，原是莊貴妃放了話，想把孫家的二姑娘說給我們謹哥兒的。只是偏巧出了這事，不但黃了他與孫家的親事，也倒成了妳和他，算妳有福，我兒子回來了，可到底這個福能不能撐下去，卻是要看妳了！」

林熙聞言笑了笑，看了一眼在旁的謝慎嚴，見他目瞧著地面青石，置若罔聞的樣子，便又轉頭看向了徐氏。「婆母這話熙兒當不起，有句老話說生死由命，富貴在天，想他經歷了那些，如今還能坐在這裡與我聆聽公爹婆母的教誨，想來便是有福的。」

徐氏說了這些話，林熙卻順著她的話在這裡兜圈，她把林熙掃了幾眼，瞧她一臉不急不躁還帶羞紅的樣子，一時也難斷她是真格的人小不知事，還是心中有數面上圓滑，眼珠子轉了一圈後，衝著林熙直接開門見山了——

「福不福的指著一個說得再多也是白搭，叫妳早早進來沖喜之外，也是想著他這一房能有個續的；當初他遍尋不著，定了妳時，我想妳家中父母也自當與妳告知過內情，如今咱們也就不繞圈子了吧？」

林熙聞言再度起身。「婆母請吩咐。」

徐氏的臉上微微一紅擺了手。「吩咐也不算，只是提點妳。」

「熙兒聽著！」林熙低著頭，一副恭聽的模樣。

徐氏打量她一個來回後，才說道：「謹哥兒如今的年歲已是十九了，妳的八字我瞧看過的，再有半月才十一，我盤算過，以妳身子合適了看，最早也得等個一年半載，長了的話，四年也是有的；按說我是做婆婆的，橫豎都得給兒媳婦留臉，圈出個一年半載來，以養嫡嗣，但無奈的是，一來謹哥兒的身子骨已經如此，熬不熬得過去，熬到幾時咱們誰心裡也沒底，所以我意思著……」

徐氏說到這裡話頭停了，顯然是等著林熙接茬，可林熙沒出聲，依舊站在那裡恭敬的聽著，徐氏嘴巴嚅了嚅言語起來。「還是從謹哥兒身邊挑幾個人出來，開臉做個通房，以保證屋裡怎麼也能有機會留嗣。」她說完便盯著林熙。「妳覺得如何？」

林熙點點頭。「熙兒年紀尚輕，還不能伺候夫婿於寢，婆母為家族子嗣計，熙兒怎敢反對，只是婆母說的幾個，不知是幾？夫君留嗣固然重要，只是在熙兒看來他的身子骨更重要，所以熙兒覺得還是選個適中的數字，既讓他能留嗣於房，也免得累垮了身子。」

徐氏聞言挑了眉，一旁端茶抿來抿去的安三爺也投了眼神到她身上掃視了一二，而後在徐氏就要開口時，他卻言語了。「熙丫頭覺得幾個合適？」

「兩個吧。」林熙說著抬了頭看向了安三爺。「一個雖然能輕省點，但婆母有留嗣之心，還是多個機會大一些，可是若要再多了，只怕反而壞了他的身子，畢竟這七日的藥就是猛藥，傷身掏虛的，我實在憂心。」

安三爺點點頭，看向了徐氏。

徐氏開了口。「妳是謹哥兒的正房奶奶，這開臉做恩的事，還是留給妳來，免得壞了妳的根基，所以這兩個人選由妳定吧！」

「熙兒知道了。」林熙答了這話。

徐氏又叫著她坐下，東拉西扯兩句話，安三爺話頭一拐就到了昨日的賞賜上。

「皇上昨日賞妳的玉珮，妳如何處置的？」

「熙兒年幼不懂如何處置，恰逢昨日又是行禮的日子，也不好向長輩們求教，故而先收在了匣子裡深藏，打算今日裡問清楚了再做打算。」

「熙丫頭，妳可知道皇上所鍾愛的玉珮有幾方？」

林熙哪裡知去？自是搖頭。

安三爺便伸出一隻手，比劃出了三個指頭。「皇上的珍稀飾品不少，玉珮也有數十方的，但我們這些人誰都清楚皇上鍾愛的玉珮只有三個。頭一個是血玉紅龍，那是帝王們代代相傳的，除開祭祀等重要日子時，可是見不到皇上佩戴，卻能見到他所持在手的；第二個是白玉墨龍，是太皇太后在皇上周歲的時候賞賜的，後來她老人家駕鶴西去後，皇上便把那個玉珮一直佩戴在身，足足戴了五年才肯取下，一片孝心可見啊！」

「是啊，常人戴孝也不過三年罷了，皇上紀念著他的祖母帶了五年，上次我入宮覲見皇后娘娘的時候，還曾聽她提過這塊玉珮至今都擺在承乾殿裡呢！」徐氏適時的嘆了一句，安三爺點點頭繼續言語。

「第三塊叫做白璧見龍，聽說那本是一塊白璧，是莊貴妃親手執刀鑿在璧上雕出了一條龍來，而後，在三皇子出生的當夜，送給了皇上的。」

林熙聞言到此，身子一僵看向了安三爺。「不會我得的那方就是……」

安三爺點點頭。「正是它！」

林熙一時懵住，她根本沒有想到過這塊玉珮的背後有這樣的故事，那麼她得到這塊玉珮，往輕了說，得到的那是莊貴妃與皇上的定情之物，往重了說，卻是……

她不敢往下想去，急忙地低了頭，而此時安三爺的問話卻追了過來。

「妳是葉嬤嬤教養大的，皇上若真有心念著她，賞賜的話也不必動用這塊玉珮。熙丫頭，妳之前那次在宮裡參加乞巧的時候，可是出了什麼事？」

林熙的心驟然停住，但她卻抬頭衝安三爺搖了搖。「沒什麼事啊，只是被宮中的侍女將茶弄污了衣裙，略失禮了些。本來是要換的，只是當時我不舒服就沒去換衣裳。後來皇上從皇后娘娘那裡知道我是葉嬤嬤教養下的，便順道帶著我去了太后那裡，見了太后一面，而後我就跟著葉嬤嬤出來了，沒什麼事。」

林熙無法去言語當初的真實內情，一來這番算計是以糟踐了她的聲名來為籌碼，二來此事已被自己躲過，若再把這事說出來，對自己是絕沒好處的，而她也不能睜眼說瞎話，畢竟當日十四姑娘也在宮中，相信發生過什麼，她也是有交代的。

林熙這般答了話，安三爺同徐氏對視一眼後，徐氏開了口。「算了，猜不透的就不必猜了，天也大亮了，你們回去用膳吧，爭取今天就把人選定出來，抓緊些日子吧！」

林熙應了聲，謝慎嚴也起了身，兩人當即告辭了出去後，徐氏和安三爺便是對視。

「皇上不可能弄錯，此舉定有深意。」安三爺皺著眉頭輕道。

「能把那玉珮賞出來，只怕這事裡有莊貴妃的事。」

「還是妳去打聽一二，看看能不能摸出個頭緒來！」

「我省的。」

安三爺端了茶杯入手，一面拿蓋撥茶一面言語。「她到底還小，妳今日裡有點逼得緊了。」

「不緊怎麼行？一來咱們戲要唱到好，二來，她日後有得是大風浪要經的，不過是個通房而已，多大的事？再說了，我都叫她去做臉了，好賴由她選，我絕對不會多言半個字的！」

「是真的不言才好！」安三爺說著笑了笑。

徐氏嗔怪似的剜了他一眼。「她若有自己的思量選對了，我自然不插手，要是小孩子氣性亂來，我還是得說的，畢竟那麼多雙眼盯著我們，有一絲紕漏，便會叫人看出端倪來，我只能做個憂心子嗣的婆母，不催可說不過的！更何況也得讓她明白，進得門來得扛上什麼！」

「是啊！不過，我瞧著熙丫頭挺乖巧的，妳那性子硬，可別壓得太狠了。」

徐氏眨眨眼。「這丫頭到底是精還是不精，我這會兒也真沒瞧出來，要說是精的，一早就該接了我的話茬兒提了這事，也少了我這個做婆母的背個不光彩，可她不接茬，跟不知道討好為何一樣。可你說她不精吧，卻知道拿謹哥兒的身子骨當由頭，指了兩個額來，不少也不多，叫你沒話說！更是從頭到尾的什麼都讓我說，她只管點頭，橫豎都是我這個做婆母的在指手畫腳的了。」

安三爺聞言笑了笑。「不妳說誰說？難道要謹哥兒開口嗎？還是我？這種事，本就是妳們女人的事，我們這些爺們才不問呢！」

徐氏聞言白了他一眼。「得了便宜還賣乖，省省吧！」說著眼望著門楣處嘆了一口氣。「哎，我這邊該弄的弄了，但是謹兒那邊有些話也得你去說的。」

安三爺一愣隨即笑了。「妳怕他把兩個丫頭當擺設？」

「能不怕嗎？采環他十四的時候我就丟過去了，三年碰都沒碰一下，把丫頭熬得年歲大了，由著指出去了，也都只是鋪床而已；還有采青，十六上給的，更好，不知道起了什麼心思，不做那紅袖添香的事，倒教那丫頭一堆的詩詞，吟詩作對的唸了整兩年，這趟事前還給我打了招呼叫我把人指配給了一個書生，你說有這樣不急不躁的嗎？我當年嫁過來時，你屋裡也都攏著兩個呢！」

安三爺揉了下鼻子。「嘿！說兒子呢，怎麼說到我了？妳又不是不懂事的小丫頭，費著勁兒做什麼？謹兒什麼性子妳又不是不知道，他定有自己的盤算，由著他去吧！」

「由著，你說得輕鬆，萬一那死心眼上來，選兩個也跟菩薩似的供著，難不成你和我還要等個三年五載的再想孫子？何況謹兒現在可是未來不定的，咱們都在作戲給那邊瞧了，他節骨眼上的沒動靜，一年半載沒個消息的，小心人家事後來算帳啊！」

安三爺眨眨眼。「我懂妳的意思，不過，相信謹兒吧，他有分寸的，他這次犧牲這麼大，不會傻到在這種事上自露馬腳的，妳且安心吧！」

「我只能安心啊，有道是兒大不由娘，我再費心也沒用的。欸，你說熙丫頭會不會把他屋裡那個采薇給挑上？」

安三爺歪了腦袋。「那丫頭好像跟了謹兒很久了吧！」

「久，謹兒十一歲時打人牙子手裡把要死的她救回來後就跟著他了，從三等丫頭一路做到現在的一等，一晃眼也都八年了，八歲的丫頭現在也都十六了，要是再不收屋裡，也得指配出去了。欸，你說謹兒跟她滿親近的，要不然把她……」

「行了，妳可才說了，由著人家做正房奶奶的去挑選，怎麼這就坐不住了？」

「我這不是怕兒子繼續唱空城計嘛！好歹這是個熟稔的，那丫頭也是一根筋的，應是能成的。」

安三爺放了茶杯。「妳就別剃頭擔子一頭熱了，謹兒要肯收她早碰了。」

回去的路上，謝慎嚴依舊保持了在附院裡的特色，沈默不言，他不言語，林熙也懶得說話，兩人就這麼不吭聲的，直到轎子到了一處她沒來過的院落裡，才聽到了謝慎嚴的言語聲。

「這是我的院子，等這三天過了，咱們就搬進來。」

話音落時，轎子也落地了，兩人從轎子裡出來，便見八個丫頭、六個小廝連帶三個婆子立在院口兩側躬身而立，她便知道這些人就是以後自己要打交道的一部分人了。

「見過奶奶！」林熙到來於此，一眾的人便跪下去磕頭了。

可她沒有立刻理會這些人，反而是站在那裡左右掃看，但見遊廊乾淨，無有鳥籠擾耳，只在廊下擺著一盆盆的蘭草，而所有的對柱上都有一副對聯，卻不是掛的木質雕刻，也不是貼的燙金紅紙，而是以筆墨直書其上，或狂放、或正經、或俊秀、或磅礴……字體無一重疊，但每個立柱上都可見清晰墨點與晦暗墨色，顯然多年來這些墨字被洗刷後又重新題之，層層覆蓋已見斑駁留影。

她轉了身，向著門口走了幾步，立在院門處仰頭瞧看，便看到了院門上的匾——「墨染」。

她眨眨眼低頭回到院中，再看那些僕從，這才開口道：「都起來吧，今日裡我只是來轉轉，你們也不必大張旗鼓了，各自忙活去吧，除了……妳！」她說著抬手指了三個婆子裡最末的一個。

那婆子一愣，立時低頭候著，其他人便非常乖巧的起身退離，各自忙碌去了。

林熙一轉頭看向了謝慎嚴。「夫君要不要去屋裡歇著？」

謝慎嚴點點頭，邁步向前，林熙便跟著，那婆子不敢妄動依然站在院子裡，瞧看著跟著奶奶身後的幾個丫頭婆子守了房門兩側。

「婆母要我選出人來開臉，夫君可有中意的？」進了屋，林熙一邊給謝慎嚴取披風一邊問話。

她開門見山，卻又問得自然而然，使得謝慎嚴偏頭看她一眼後說道：「妳是這院子裡的主母，妳隨意吧。」

林熙眨眨眼把披風放下，轉頭看向他。「那個采薇要我給她開臉嗎？」

謝慎嚴一頓，呆了片刻後搖了頭。「不了，她心小性子弱，這裡活不得的。」

林熙聞言眉微微抬了下。「你叫我別拿她做旗（注），也是因為這個？」

謝慎嚴點了頭。「是，能不動就別動，由著她再晃蕩個半年的光景打發出去吧！」

林熙微微一笑。「你是個重情義的人。」

謝慎嚴卻看著林熙眨眨眼。「不，我是個怕麻煩的人。」說著他咳嗽了兩聲，起身去了一邊的書架上抽了一本書在手，繼而坐到了主位上，看了身邊的椅子一眼。「快些過來弄了吧，妳不餓嗎？」

林熙聞言一笑，一邊走過去，一邊言語。「我已經餓了。」

謝慎嚴當即一頓，衝著林熙似笑非笑的搖搖腦袋，轉頭對著外面招呼。「來人，擺飯到這邊吧！」

外面立刻有人應聲。

林熙衝謝慎嚴笑了笑，張口也衝外招呼。「夏荷，請那位嬤嬤進來吧！」

外面應了聲，很快門簾子一挑，那個婆子進來。

「邱玉峰家的給四爺四奶奶問安了。」婆子一進來便是行禮，順道也報了自己的底，以這種陪房身分伺候在爺們院子裡，一般都是婆母家的陪房或是沾親帶故的了。

「免了。」林熙掃眼瞧看到謝慎嚴兩眼落在書上，便知他只會是個陪客，便自己招呼起來。「知道我留妳什麼事嗎？」

那婆子一愣，隨即笑了笑，也不答話，但那表情已明白的透露著知道，林熙見她還挺會討好自己的，便笑著說道：「既然妳知道，不妨把年齡合適、手腳乾淨、品性端正的都叫來吧，我瞧瞧。」

「這會兒嗎？」

「嗯！」

注：別拿她做旗，意指不要選中她。

邱玉峰家的當即就退了出去，林熙又招呼著四喜進來，去了書桌前鋪紙研墨，待到墨已研好時，外面也窸窸窣窣的有了動靜，乃是邱玉峰家的把人都帶了過來。

夏荷的通傳聲一落，邱玉峰家的帶著六個姑娘走了進來，林熙掃了一眼，大致可以肯定裡面有四個是先前在院子裡就給自己行禮了，肯定是本院裡的。至於邊上的這兩個，一個是采薇，一個卻沒瞧見過，便估摸著不是婆母插進來的，就是有誰想送個進來。

六個丫頭進門便是行禮，林熙擺手叫免了，便言語道：「妳們都把頭抬起來，瞧著我！」

六個丫頭照做後，林熙的眼一一掃過六人，而後才說道：「四爺抱恙在身，我雖為主母沖喜入府，到底還是年紀輕，開枝散葉的事只能等到我合適了再說。是以今早拜了太太提及了尋兩個合適的丫頭開臉做通房的事，這會兒過來也是叫嬤嬤先給我就近攏攏人，既然妳們六個合適，我便在妳們當中挑選兩個吧！不過有句話問在前頭，妳們都是樂意的吧？別誰的心裡不喜，反倒委屈了，這會兒不想的就自己出去，我不會多問的。」

林熙一邊說著一邊掃著六個人的表情，她想看出一些眉目來，結果她看到了采薇的興奮，看到了那個插進來的一臉無謂，也看到了其他四個丫頭裡有一個猶豫不決。

林熙當即心裡就把這個猶豫不決的給留意了，而後她開了口。「既然妳們沒退出的，那妳們就挨個兒過去在書桌上的那張紙上寫下自己的名字和出身吧，尤其是幾時進府、伺候四爺多久都寫清楚，我也好作個判斷。」

第四十九章　半斤不笑八兩

六個姑娘挨個兒過去寫錄，到底都是世家宅門的丫頭，手眼不低，林熙只看她們個個舉止，就知道沒一個是目不識丁的，且那個最無所謂模樣的女子，提筆書寫的時候嘴角上揚，顯然是對她所寫有些自恃的；和她形成強烈對比的，則是那個猶豫不決的丫頭，寫時的表情一臉顫巍巍之色，叫林熙對兩人隱約有個猜測。

瞧那自恃的模樣，又是一副無謂的態度，只怕不是家生奴就是哪個管事的女兒，又或者是太太們跟前的，有得照應的；至於那個猶豫不決的，怕是身分有些卑微，心裡沒底吧？

在她猜測中，六個姑娘簡略的寫完了，四喜吹了墨，又拿著熏爐在跟前熏了熏，這才捧了帶著濕墨的紙送到了林熙跟前。

林熙掃了一眼，六行小楷裡，三個寫得極好，兩個周正，一個是有些變形的小楷，略略拉長，偏著點瘦金體的風骨。

林熙當即出聲依序而唸。「雲露。」她唸著，那本院的四個丫頭裡走了一個出來，相貌周正，不醜也不豔，透著乾淨，林熙掃看她幾眼後瞧了她名下的出身，七歲上買進來的丫頭，先在外院待了三年，又在三房的院裡待了兩年，十二上才到了小四爺的院落裡，已是一等。

「雲霧。」林熙再唸，雲露旁邊那個也就上前，和雲露從相貌到出身都是差不離的，同樣一等丫頭。

「雲霖。」隨著林熙的唸聲，個子高眺的丫頭走了出來，出身上和先前兩位略有一點變化，是家生奴，爹娘先前乃是謝家老輩子的一等丫頭和書僮，十歲上進府，直接就在小四爺的院裡伺候，如今也是一等丫頭。

林熙看了看她的相貌，周正略見清新後，便低頭唸了第四個名字「雲霏」，走出來的便是那個有些猶豫不決的丫頭，她的相貌清秀一些，看起來有那麼一點孱弱樣。林熙當下多看了她兩眼，腦子裡直接就想起了珍姨娘香珍來，立時垂了眼皮掃了她的簡略出身，登時詫異。

她本看這丫頭猶豫的樣子，以為會是個身分上略差的，可看了才知道，這位原本竟也算是官宦家的小姐，只是在她六歲時，家門因牽事而破，家中婦人充奴為僕，她便在七歲時輾轉收在侯府裡，先前在侯爺夫人那裡伺候，到了十三才添到了這邊，如今也都十五了。

林熙看著這個出身，心裡嘆了一口氣，她原本思量著，若她是個不如意的，對通房一事不那麼上心，自己還好給她開臉，免得日後成日裡背後不安生。可看著她的出身，她卻不敢了，畢竟家裡有一個慣會做可憐的珍姨娘給她上演前車之鑑，她怎敢再點這位？便立刻看向了第五個，乃是采薇。

林熙唸了她的名字，她便走了出來，較為上妝的臉上透著一股子粉勁，眉眼也都微微含笑，顯然很是期待，不過她的眼神可是直接落在謝慎嚴那裡的，毫無顧忌與掩蓋。

林熙垂著眼眸看罷了她的出身，心知謝慎嚴明白發話沒她的事，倒也是自己的福氣，畢竟透著一份報恩的心在此處，又是個眼裡橫豎只有謝慎嚴的這麼一個人，她要是真做了通房，固然會真心疼著謝慎嚴不多事，但這種死心眼的人也十分可怕，萬一渾勁上來，自己便要吃虧的。

悻悻的，她唸了最後一個，非是雲字開頭，也非采字開頭，乃是凝，凝珠。

林熙照唸後，她走了出來，眼神直視，目光淡色，一張臉上看不到激動與厭煩，全然的無所謂模樣，倒叫她看起來端正的容顏上顯露出一絲灑脫來。

林熙低頭去看她的出身，而她的字體竟是那個變形的小楷，有些瘦金體風骨的。

八歲經人牙子那裡買來入府，九歲從外院進到侯爺夫人跟前伺候，十歲上便到老侯爺跟前伺候，一直伺候到現在……

怪不得人家有自恃呢，老侯爺跟前的，兩者之內必占一個？我不給人家也是臉大的，我給了，也還不是老侯爺的身段？有我什麼事呢？

林熙想著內心有些窩火，原想只是弄兩個通房的事而已，她其實真沒當回事，畢竟，似謝慎嚴的身分，妾侍之類的不會少，兩個通房算什麼呢？她本來也想挑兩個少事的，就算成了，可眼下面前杵著一個老侯爺那裡來的，這算什麼？做恩開臉的人情也落不到自己頭上不是？

她一時亂想，也沒發話，望著那張紙，略有些發呆。此時外面有了動靜，乃是膳食已經送了過來，林熙便乾脆把手一擺。「先把這個收起來，等用罷了再說吧！」

於是紙一拿開，下人進來擺飯，忙碌了一圈後，林熙便同謝慎嚴坐那裡吃飯，屋裡的六個丫頭都是有眼色的，立時就把這頓飯當作了表現機會，一個、兩個的在那裡掙表現，紛紛給林熙布菜、送盞，唯獨那個采薇眼裡只有謝慎嚴一個，她倒是只給謝慎嚴一個忙活著。

林熙默不作聲的用飯，偶爾眼掃幾個丫頭一眼，心裡不時的思量一下，一頓飯用罷，叫人進來收拾了後，林熙也拿定了主意。

她捧著茶抿了一口，潤了下嗓子，眼掃面前六個丫頭又看了個來回後，才轉頭衝邱玉峰家的言語。「妳帶著雲露和凝珠去量下身段，立時去成衣鋪上採買兩身衣裳，今晚我給她們兩個開臉！」

邱玉峰的當即應了聲，帶了這兩個丫頭退了出去，餘下四個便知是落選，其他三個尚好，唯獨采薇臉上掛著失落，眼裡閃著淚水的光澤，整個人雙眼還是落在謝慎嚴那裡，怎麼看都是一個癡情種的模樣。

林熙擺擺手，立時丫頭們告辭，采薇雖然也在其中，但那副模樣怎麼看都跟委屈得不得了一般。

她們出去了，林熙也放了茶。「我要去太太那裡回個話嗎？」

「不用，妳選了就是了。」謝慎嚴說著放下了書本。「想不想在府裡轉轉？我陪妳四處看看吧？」

林熙笑了一下。「你身子骨適合嗎？」

「無妨的，累了就休息。」說著他起身。

林熙便叫人準備，隨即瞧見他自取了披風披上，人便跟著他一道出去了。

兩人沒再乘轎，就那麼慢慢的行走，謝慎嚴帶著她穿門過院的，一路指點，這是誰的附院，這是什麼地方，在林熙鼻尖子走了些微細汗出來時，總算走到侯府的後半部分，一片大園子。

這會兒正是天寒的時候，沒什麼奼紫嫣紅，更無桃紅柳綠，有的是光禿禿的枝椏，有的是青松翠柏，有的是紅梅點點。

兩人錯著半步在園子裡轉，慢慢地步入了石亭，開春雪少，只是乾冷，有些料峭，但謝慎嚴坐下時，看到林熙鼻子上的小細汗在寒日下泛光，便是一笑，起身取下了披風揚手一抖，就給林熙披上了。

「你給我，你呢？」

「男人自帶三分火氣，不懼這點寒，如今小歇一下給妳喘喘，妳發了汗就受不得風，披著吧！」他說著抬手按了林熙的雙肩，林熙便坐在了丫頭已鋪墊的亭中椅上，繼而丫頭們上前，又是遞手爐的，又是給放茶具的，一派忙活。

這些規整完了，謝慎嚴擺了手，丫頭們都自覺的退得遠遠的，他仰頭遠眺，看著那些雀鳥在枝頭與磚地上蹦躂，忽而悠悠的開了口。「我娘今日逼了妳，妳莫惱她。」

林熙聞言一頓，隨即搖頭。「我沒惱，她只是為求一房香火在情在理，若我在她的位置上，今日我也一樣，甚至，我可能把人都選好了，直接塞進來。」

謝慎嚴聽林熙這麼說，點點頭，拿了茶杯在手，吹著上面的葉子。

「為什麼要勞師動眾的演一場戲呢？」林熙偏頭看他。

謝慎嚴眉頭都不抬。「哪裡有戲？入眼皆真。」

「可是我在船上……」

「沒有船上。」謝慎嚴說著抿了一口茶。「那只是妳的夢。」

林熙聞言點了點頭。「是的，只是一場夢。」她說著捏了下指頭。「今晚讓誰伺候？」

謝慎嚴沒作聲，捧著茶喝了幾口後輕聲說道：「不會有庶長子的。」

他這一句話出來，林熙登時驚看於他，她覺得他就似一頭鷹，一眼就看穿了她內心真正所憂。

「妳比對了那麼久，選了這樣兩個，想來如果不是祖父身邊的那個，妳要承我祖父的臉色，只怕會選的便是雲霧吧？」他說著看向她，還衝她眨了下眼睛。

林熙咬了下唇。「對，長輩之意我必得兼顧，要不然我定然選她們兩個，無扯無牽的，才好。」

謝慎嚴笑望著她，輕吁了一口氣，伸手輕按在了林熙的肩上。「對不起。」

「啊？」林熙有點茫然。「什麼？」

謝慎嚴把另一隻手的茶杯放下後，徹底轉身看向了她。「妳也許本不用這麼累，但和我綁在一起，便必須累，使得妳小小年紀就得盤算起來。」

林熙眨眨眼。「嫁雞隨雞嫁狗隨狗，你是我的夫，該我的，我得擔。」

「真真假假，諸多算計，妳會厭惡的。」謝慎嚴說著忽而腦袋湊近了些，聲音很低。

「別對我太抱希望，我沒有太多的時間去護著妳。」

林熙點點頭。「知道，沒有希望就沒有失望。」

謝慎嚴的眉挑了起來，眼裡閃著一絲興味。「甚好，想不到妳竟早備，葉嬤嬤教的？」

林熙沒有回答，反而是歪著腦袋看著他的眼眸，很認真地說道：「我不求你護著我，只求你記得我是你的妻子就好。」

「受其苦，必得其耀，應該的。」他說著眨眨眼。「主母這二字很重，院落內的事，我不插手，妳行嗎？」

「只要你不嫌我虛偽就成。」

謝慎嚴聞言呵呵一笑，面色嚴肅。「半斤不笑八兩，夫人，我的宅院就託於妳了！」

喜房內的紅燭依然明亮，可屋內卻已經沒了謝慎嚴。

五福在旁給林熙收著今日的穿戴，四喜則給她梳著頭髮，她則坐在妝檯前，手裡把玩著一方印。

門扉忽而打開，花嬤嬤帶著一股子寒氣竄進了屋，屋門便急急的掩上了。「瞧這冷法，可能夜裡會下雪，姑娘，如果這場雪下了，便是第二場雪了，咱們要給姑娘您接著雪水備著嗎？」

「這是喜院，不是我那院子，動作起來惹人眼沒意思，何況葉嬤嬤、董廚娘的都不在，就不費勁了，等我明日裡回門瞧過了再說吧！」林熙說著拿了個布套把那方印裝了進去。

「他可宿了？」

「宿了，按您的意思，把凝珠送了過去，我瞧著燈熄了，才過來的。」花嬤嬤說著走到了林熙的跟前，有些擔憂的看著她。「姑娘該不是心裡不舒服吧？這種事，得……」

「花嬤嬤，妳不必擔憂的。」林熙衝她一笑。「我根本不在意的，通房妾侍都是早晚的事，為著她們置氣或是不舒坦，我那都是自尋麻煩，這裡是侯府，不是林家，我沒精力耗費在這上，妳們日後盯著點，只要她們不起什麼么蛾子，也就相安無事。」

「姑娘能想開就是最好，原本我聽著夏荷說起姑娘今日的選人，還擔心您心裡扎刺呢！」

「我不會和我娘一樣的。」林熙說著看了花嬤嬤一眼。「就算是為了大局隱忍，也會有所不同，畢竟慎嚴他和我爹不一樣。」

今日在園中不過幾句話，她便清楚自己的丈夫看得遠想得遠，兒女情長四個字離他太遠，甚至他已經明明白白的告訴了她，宅院裡的事，他不想為此耗費一絲心神，所以他早早的把那句話丟給了她，好叫她安心，好叫她明白。

「話是那麼說，可到底還是安了人進來，就算姑爺不是咱們老爺那種憐香惜玉的，卻也是個爺們不是？姑娘還是心裡留神一點，莫太大意了。」

林熙衝花嬤嬤點頭。「我知道了。對了，那個采薇，怎樣了？」

「還能怎樣？午飯就沒吃，晚飯也省了，一個丫頭罷了，也不知道這是鬧的什麼小姐脾氣！」四喜聞言撇嘴言語，一臉的厭惡之色。

林熙眨眨眼抬手止了四喜的梳髮，轉頭看向五福。「去，叫人弄一碗清粥，再弄一碗燕窩來。」

「這個時候姑娘就算要吃，也吃不到這麼多啊？」花嬤嬤聞言立刻開口攔著，林熙衝她一笑。「不是我吃，給采薇的。」

「什麼？」四喜一驚，隨即眼珠子一轉。「姑娘難不成還想著去哄她？」

「姑娘，咱們白天的時候不是打聽到了嘛，她同姑爺之前有一份恩義在，加之她那直勾勾的樣子，怕是這些年把心都放在姑爺身上了，這個時候您還去哄她，沒來由的抬了她的臉，就她那性子，只怕會更傲氣的！」

林熙笑了笑。「誰說我要哄著她了？」

「那……」

林熙看著鏡中的自己，素顏無妝粉，白皙卻凝脂，她伸手撥拉了一下髮絲。「越是一根筋的人，越得讓她明白一些道理，否則輕給我惹事，重給我添禍，那才麻煩！」

此刻不過戌正未刻還未進亥時，院門離落鎖還有些時候，林熙也沒叫轎子，只步行往那墨染居去，一路上也沒叫聲張，待到了居內院落裡，由著花嬤嬤去招呼，而後才去了附院內的耳房裡，由雲霖給引到了采薇所在的隔間前。

自始至終林熙都沒叫吭聲，這會兒到了近前也是擺手就叫人退開來些，繼而衝花嬤嬤點點頭，由她推開了門拎著食盒進去，她才邁步往內。

但見小小的隔間裡，收拾得雖然乾淨規整，卻到處都可見一些書寫著字體的廢墨，之所以是廢的，因為它們幾乎都是殘缺的半帖，或是縐褶明顯，碎痕清晰的。

「奶奶？」在床鋪上趴著的采薇聽到動靜懶懶的轉頭，結果一看到面前站的人便是驚得坐起叫人。

林熙沒應聲，花嬤嬤已豎起了眉頭想要訓斥她的無禮，林熙卻抬手按住了她。

三息之後，采薇才跟回過神一樣，急急忙忙下了床給林熙磕頭。「奴婢見過奶奶！」

林熙依舊沒應聲，而是衝花嬤嬤點點頭，花嬤嬤便打開了食盒，取出了兩碗吃食來，擺在了桌上。

林熙此時往桌几旁一坐，聲音輕柔。「妳告訴我，這兩碗吃的，妳配吃哪個？」

采薇一愣，抬頭瞧看，繼而低頭。「清、清粥。」

林熙看著一屋子的「墨寶」，聲音柔和。「吃著清粥，可以安安靜靜的看著他半年，還是吃著燕窩，再也見不到他，妳選哪個？」

采薇聽了這話，跪在地上的身子有著明顯的顫抖。

林熙不吭聲，靜靜的看著她。

幾息之後，采薇抬了頭，盯著林熙。「奶奶，我一個都不想選！」

「可是只有這兩個選擇。」

「不！」采薇高聲喊著。「還有別的！」她當即向前跪行兩步，衝著林熙使勁磕頭，邊磕頭邊說：「奶奶，采薇無有爭寵之心，采薇的命是爺給的，采薇只想拿一輩子來伺候爺、陪爺！您要不高興，采薇願做一輩子的丫頭，再也不去想著什麼通房，只求奶奶留下我，莫說什麼半年的話！」

她說著磕著，話停下時，人也頓住，但見整個額頭上已經灰扒印子好大一片。

此時花嬤嬤在旁極為不滿的冷哼一聲。「哼，什麼玩意兒，那麼拎不清自己什麼斤兩，還『莫說』？妳當自己是小姐不成，話頭子還拿喬了！」

采薇聞言臉色泛白，咬了唇。「采薇才沒拿喬，采薇知道自己命賤，可采薇一心只想伺候爺，生生死死都伺候著爺，奶奶容我，我便盡心的伺候；奶奶不容，我、我就是死都不要出去！」

花嬤嬤聞聲當即要言語，林熙一擺手沒讓她說話，而是看向采薇。「妳很喜歡爺是不是？」

采薇低了頭。

「喜歡一個人，妳是希望他開心，還是不開心？」

「當然是開心的。」

「希望他受別人讚揚呢，還是希望他被人指指點點？」

「自然是讚揚。」

「希望他幸福平安呢，還是希望他雞犬不寧？」

「定是幸福平安啊！」采薇答得很快，更是一臉不解的抬頭看著林熙，實在不明白林熙幹麼問這些個廢話，但她抬頭看到的是林熙臉上淡淡的笑。

「那不就結了？」

采薇愣在那裡，回味著林熙的話與笑容，很快她明白過來。「奶奶，太太准我入選，就已不計較我的出身，奶奶您……」

「我計較的不是妳的出身。」林熙說著微微偏了頭。「我計較的是妳眼裡沒有我。」

「奶奶……」

「爺是妳的命，我知道，可妳的爺已經娶了我，我也是妳的命！但妳不認！為奴為婢的不是要妳多麼聰慧、多麼本事，要的只是一個忠字，而妳若做了通房更得知道妳的主子是誰！可妳眼裡看不見我，對我這個主子的忠連提頭的機會都沒，妳如何還能留著？通房？就是丫頭，妳都沒資格！」

「奶奶，奴婢不是故意的，奴婢……」

「妳是真情流露！」林熙打斷了她的話，起了身。「妳心裡指著爺是好的，但似妳這種眼裡有爺的人，大把的是，可誰跟妳似的視我若空？妳若是個聰明的，知道怎麼對爺才是好的，識時務者為俊傑，別仗著自己一根筋，憑著一肚子的熱情就橫衝直撞，小心被人做了槍矛，看似扎我，實際扎的是妳的爺的臉，彼時妳弄來的污水，髒的更是妳心中所喜歡的那位爺的衣衫！妳要記住，從我和爺拜堂成親起，他便是我，我便是他，我們是一體的！似妳這般叫我難堪，便丟的是爺的臉！」

林熙說完邁步從她身邊繞過，走到門口後又頓住言語。「兩碗吃的，我給妳留這裡了，好好摸摸妳的心，若妳真是知恩圖報的，是個心疼爺喜歡爺的，就莫給他做污吧！」林熙說完走了。

花嬤嬤回頭看了采薇一眼，也跟著出去了。

兩人從采薇屋裡出來，就看到院落裡丫頭們都立在那裡候著，林熙也未多看她們一眼，直接帶著花嬤嬤就出了院落走了，幾個丫頭愣了愣後，全都衝去了采薇的房裡，就看見采薇筆直的跪在地上。

雲霧當即上前拉了她一把。「奶奶走了，妳快別跪著了。」

采薇一把甩了她的手，依然跪在地上。

雲霧面露尷尬。「妳這是惱我嗎？我又沒惹妳！」說完一跺腳，拉著人出去了。

接著身邊幾個都衝采薇言語，采薇一梗脖子。「出去，都出去！」

立時大家癟嘴瞪眼的往外走，也不知是哪個丫頭在外油腔滑調。「什麼嘛，不就是仗著伺候爺多，把自己當大的，如今的如意算盤沒打上，倒和我們置氣，呸！」

采薇從地上爬起來，抓著門扉死命的掩上，而後便順著門扉下滑，眼淚流淌似河。

林熙帶著人回到了屋裡，除去了多的，收拾了一下，便鑽進了五福用暖爐子烘熱的被窩裡。她雖鑽了進去，卻沒打發丫頭們走，也沒徹底躺下，而是靠在軟墊上那麼歪著，似是等著什麼。

花嬤嬤瞧見她那樣，湊了過去。「姑娘在等那邊？」

林熙垂了眼皮，點點頭。

花嬤嬤嘴巴一撇。「這賭得大了點吧，那是個一根筋啊，點醒了，姑娘算少個添堵的，可萬一點不醒，當頭上犯渾，那怎麼辦？」

「那就正好立規矩了。」林熙說著擱在被子外面的手死死的抓了被子，完全顯出了自己內心的糾結。

花嬤嬤嘆了口氣。「可是姑娘，您何必要作惡呢，直接講明了是姑爺說半年後把她打發出去的，這不好嗎？」

林熙聞言衝花嬤嬤搖搖頭。「這不好。到底她是爺救下來的，一心都譜著他，若是讓她知道是爺不肯留她，固然她會走，但癡心一片難免成傷，似她那種一根筋的，將來誰一挑唆，恩變了仇，反倒會壞了爺的名聲。」

「憑一個丫頭，至於嗎？」

「一個丫頭是不成，但架不住人的口，這是謝家，顯赫世家的背後有得是如履薄冰。我已是謝家的人，就得為他護著為他想著，不管我和他感情如何，他都必然是我的夫，我這一輩子都和他綁在一起，我怎能不為他的聲名著想？」

「可是那丫頭真渾了，您是立規矩了，只怕也惡了吧？」

林熙眨眨眼。「惡不了，妳看到她一屋子的廢墨了嗎？我訓誡她兩句，叫她知道什麼叫本分，她便要死，是我惡呢，還是她渾呢？」

花嬤嬤聞言立時笑了。「原來姑娘是看到這個才起了心思這麼與她言語，敢情姑娘心裡早鋪好了。」

林熙嘆了一口氣。「采薇是個好姑娘，只可惜她這般一根筋的不知收斂，便成了戳著我的刀劍，我若不壓著她，這府裡的丫頭婆子都會把我當笑話輕視了我，開臉的兩個也難免會起輕視之心，畢竟此刻的我，除了一個正房的名頭什麼都沒有，不能和爺圓房，便不能有子嗣，空著的這幾年，我若再連院子裡的人都鎮不住，何以做個主母？」

「可姑娘這樣也太辛苦了！」四喜在旁嘆了口氣。「倒不如在林府上舒坦。」

「人得長大，不能一輩子都是小孩子不是？」林熙衝她笑笑。「受其苦，必得其耀。」她說著他說過的話，覺得心裡的那點不安在漸漸消散。

如果可以，我不想作惡，也不想害人，更不想算計，但活著便是弱肉強食的，何況是在這樣的深潭裡。采薇的目中無人，府中人看不見嗎？她的出身打聽得到，她的行徑更是府中人盡皆知的，就是如此太太還把她放在了備選之中，這是什麼意思？這不是明擺著要我作選擇嗎？

若礙著聲名，或是念著情誼選她？那我就是動手搬起石頭擋我的路，宅心仁厚的美名是要我日後難受的話，我不要！不就是我來出頭點這個炮仗嘛，好，妳要逼我選擇，那我就借著這個勁頭好好的立立威！

「奶奶，采薇姑娘捧著食盒在外求見呢！」忽而外面傳來見安的聲音，林熙從思緒裡回神，頓了一息後，笑了。「花嬤嬤，去接了食盒進來。」

花嬤嬤聞聲照做，立刻出去了，再掀簾子進來，便在林熙的授意下打開了食盒，但見清粥的那碗已是空的。

花嬤嬤看向林熙，林熙一臉的淡色。「妳去告訴她，她眼裡有我，我就容著她，好生生的伺候半年，我會給她找個好人家，絕不虧著她。」

花嬤嬤答應著出去了，過了陣子進來，便是回話采薇在門口磕頭後回去了。

林熙舒緩了一口氣，這才叫四喜把軟墊拿開，人完全鑽進了被窩裡，花嬤嬤在旁輕聲言語著。「還好她沒犯渾，如今人也算摁下去了，姑娘沒惹上事，也算福氣，可這立規矩立威的……」

「不急，有得是人蹦躂（注）！」林熙說著閉上了眼，腦海裡閃過了凝珠寫出身時得意的眉眼，繼而睜開眼看著花嬤嬤口中言語。「花嬤嬤，明兒個妳去雲露那邊招呼一聲，日後叫她多在我這邊跟著伺候。」

花嬤嬤聞言一愣，隨即點了頭。「明白了。」當下便出去了。

林熙躺在床上，臉上有著一些回味之色。

采薇醒悟沒有犯渾，其實是在她意料之外的，她原本就做好了拿這個丫頭祭旗的準備，哪怕謝慎嚴其實不希望她拿采薇做頭，也一再強調采薇的心小。但有時候，他可以不希望，卻架不住他老娘把人往裡塞，更阻擋不了他娘把這道題出給了她，她是可以當作看不見，遂了謝慎嚴的意思忍上半年，熬到采薇出去，但是她這個謹四奶奶就一定要忍上半年嗎？何況，她一想到采薇的心裡滿是他，一想到她那房間裡到處都是他的廢墨，她就覺得絕不能視采薇若無物。

就算我要把心鎖住，也不能留著這等真心人在他身邊，否則我除了一個正妻的名還有什麼？我是要鎖住心，也絕不讓別人帶走他的心！采薇，妳若能為我所用最好，若不能，寧可

注：蹦躂，跳的意思，形容人不老實待著，有一點點貶意。

麻煩我也得廢了妳！

所以她即便有些微不安，卻也義無反顧，而答案是，采薇低頭了，不管是真心還是假意，至少采薇明白誰是主母，至少在之後的半年裡，她不用被一個愣頭青丫頭頂著臉了。

第五十章　回門

寅時剛到，見安叫了起，林熙便起來打整收拾。

「爺這會兒是不是也起了？」收拾妥當，林熙叫四喜翻出了一些上好的料子來，她打算選幾幅出來繡做一些小孩子的衣物，到時候等到林悠生了，她也好送過去。

「早起了，還沒到寅時人就去了書房了。」四喜早早的起來，早瞧見了這個，姑娘這會兒問起，自是一臉的笑色。「我問了跟前伺候的，說昨晚爺吃了藥，照例難受，凝珠伺候了一晚上，直到丑正時分，爺才消停，結果凝珠床邊還沒挨呢，爺就睡著了……」

林熙聞言停了挑料子的手，歪著腦袋看她。「連這個都打聽到了？」

「用不著打聽，昨晚守在那邊外面的人，有咱們的知樂和知足，我今早過去瞧看爺起了沒，她們就告訴我了。」四喜說著一臉的笑容。「姑爺這病著看來也有它的好處，至少沒碰成那丫頭。」

林熙搖搖頭。「我倒寧可他碰了。」

「啊？」四喜一愣。

「通房妾侍，都是遲早的事，免得了今日免得了明日嗎？何況給她們開臉的目的，就是要開枝散葉的，爺要不碰，外面又有我的人守著，不知道的只怕當我作梗！」林熙說著咬了下唇。「何況爺要不碰她們，我又如何立規矩？」她說著衝四喜說道：「等下我和爺去問安的時候，妳就去找雲露吧！」

四喜應了聲，幫著規整那些料子，林熙卻盯著料子有些微微的失神。

他是刻意不為，還是身子不適湊了巧？

差不多寅正末刻的時候，謝慎嚴過來了，依舊是兩人一道去問安的，新婚的頭三天都是要到老侯爺腳下磕頭見禮的，待今日他們回了娘家，日後才依著日子各處的去。

老侯爺話少人卻威嚴，坐在那裡叫免了禮後，隨口問了句適應不適應的就沒話了。至於侯爺夫人，跟個鋸嘴葫蘆似的，更是一聲沒吭，要不是林熙清楚的看到侯爺夫人有動彈過身子，她真懷疑上座放著的是個捏麵人。

老侯爺和夫人都不怎麼說話，只釋放家長的氣息，這邊大伯母便是依著身分衝林熙問起了吃穿用度可有不周或缺的場面話，來往幾句後，老侯爺囑咐了一句謝慎嚴「今日好好孝敬你的泰山」之後，便擺手解散了。

兩人乖順的辭了出來，立在了院子裡，繼而等著公爹婆母出來，便隨著一路去了安三爺的附院。

兩人坐在轎子裡，林熙幾次掐著指頭想問，但話到口邊她都忍了，畢竟作為一個正房太太，她得有正房太太的大度，何況臉都開了，再問，也顯得她小心眼，可轎子就要進附院時，謝慎嚴開了口。「固守三日，見著泰山我也不虛。」

林熙聞言登時無語，直到轎子落地才急急的輕聲道了一句話出來。「謝夫君禮讓。」

是的，禮讓，不管謝慎嚴這個藉口多麼的冠冕堂皇，但固守三日便是擺明了這三日縱然和丫頭們同屋也不會碰她們的，這完全就是給了林熙極大的臉。

沖喜，開臉做恩，留嗣為大，不管哪一個都是多少折了林熙的場面的，而如今，他自持而守三日，卻是於禮上給了她最大的厚待。

謝慎嚴衝她笑了一下便下了轎子，繼而帶著她入內，在去岳父府上前得爹娘的訓話。

「禮都給你備好了，按說你身子不適，我們本不予你在林府上住一宿的，但是，咱們娶熙丫頭進來的時候，就已經急了些，再是儀式周全也是有所怠慢的，若不予，未免傷了林家的臉。所以今次你就過去遵禮的來吧，只是你身子不好，把人手帶夠，葷酒不沾的，也得給你泰山泰水的把頭磕夠，總之儘量別麻煩你岳丈一家。」安三爺言語起來沒有老侯爺的威勢，有的倒似是師長的慈愛。

謝慎嚴立身應諾，林熙聽著心裡有些許的暖意。

只是這暖意才充盈上來一點，就被徐氏的一句問話給沖散了。「聽說昨晚上是凝珠伺候的？」

林熙沒有吭聲，謝慎嚴應了聲是。

徐氏又問：「可碰了？」

「昨晚藥性上來，人熬過去便是渾身脫力，待睜眼已是近寅時的時候，將就起了讀書了。」謝慎嚴答得十分平淡。

林熙偷眼瞧看婆母，但見徐氏一臉欲言又止的模樣，最後不耐似的擺了手。「罷了，趕緊回去收拾一二，用了餐飯過府吧！」

當下謝慎嚴帶著林熙辭了出去，他們一走，徐氏就撇著嘴的看向了安三爺。「喏，這就是你說的自有分寸，分寸大得很！」

安三爺眨眨眼。「他不是說了，熬到脫力了嘛！」

「呸！」徐氏一臉嗔怪之色的假啐一口。「睜著眼說瞎話，這話拿來哄外人罷了，卻來哄你我，你聽著就不窩火？」

「我不窩火……」安三爺笑笑。「那熙丫頭到底年歲小，謹哥兒顧著人家臉皮全著禮數，壓上兩天也是無可厚非的，妳何必非要計較這兩天？」

「我這不是怕小鬼尋事嘛！」徐氏說著剜了自己夫婿一眼，聲音裡透著無奈。「你又不是不知道這會兒咱們是在什麼風口浪尖上，但凡一處紕漏出去，那不是……」

安三爺擺了手。「太過刻意，反而更假，由著一些小情，倒更似真。」他說著衝徐氏一笑。「妳還是別太上火了。」

徐氏捏了捏手裡的帕子。「好，我呀待會兒還是去寺裡燒香拜佛，求我的兒平平安安吧！」

安三爺笑著點頭。「這就對嘍！」

林熙同謝慎嚴回到了自己的喜院，便傳人擺飯，當下四喜就帶著丫頭們進來伺候，雲露便跟在她身後。

通房可不算妾侍，說白了就是個獲准陪睡的高等丫頭罷了，只有生下了兒子，主母樂意，才有機會抬成姨娘、成為妾，若是侍奉個十年八年肚皮都不鼓起來，想做姨娘那是沒門兒的。所以通房的身分，頂多在一等丫頭裡再見高點，拿的月例也能多那麼幾百錢罷了。

是以這會兒夏荷叫她來伺候，她便跟著，面上繃著小心謹慎，但心裡卻是歡喜的，畢竟奶奶能召她去跟前伺候，擺明了是給她機會多在爺的跟前露面。而且能伺候在奶奶的身邊，若是日後真有福氣，能先有了身子，奶奶便能順手抬了她做姨娘，縱然孩子落不到自己身下教養，是要奉到奶奶膝下，可她也能算奶奶的人，到底有些照拂的。

有了這樣的盤算，她進屋後十分的乖巧，跟著丫頭們一起忙活，人更自覺的到了林熙身邊候著，並未往謝慎嚴的身邊湊。

林熙見狀，也就自然而然的吩咐起來。「今日裡我和爺要回門，依著規矩會在林府上住一宿，而明日歸來時，也該是回墨染居的時候，所以少不得留下些得力的人收拾規整，把那邊都拾掇好。雲露啊，妳是爺身邊伺候過的，便給我帶來的丫頭好生引著些，教著她們都收拾妥當，知道嗎？」

雲露立刻上前答話。「奶奶放心，奴婢定然和留下的姊妹們一道規整好的。」

林熙點點頭，朝向四喜。「四喜妳就不回去了，妳同雪雁、夏荷，帶著見平、見安、知足、知樂把東西都規整一下，我們在林府的時候，妳們就好生收拾，知道了嗎？」

四喜應了聲，那邊飯菜也送了來，雲露身為一等丫頭本用不著幫著擺盤，但她心思通透，知道自己該做什麼，便手腳利索的上去幫忙。這個時候，凝珠也進了屋，衝著林熙俯身道了聲奶奶後，立時便拉凳上前扶了謝慎嚴，伺候著用餐了。

沒有妾侍的情況下，服侍本就是丫鬟的事，而她們兩個都才開了臉，自然是依著規矩布菜，於是凝珠守在謝慎嚴的跟前，布菜基本上伺候著他一個，而雲露則是完全規矩的伺候著林熙。

這頓飯用罷，林熙同謝慎嚴小吃了半盞茶後，就換裝出府回門了，而自始至終除了對凝珠最初的一個「免了吧」，她再沒同凝珠說過什麼。

上了馬車，前往林府，前有小廝依例的先去招呼，後有近五十多人跟著，除了林熙自帶的花嬤嬤同五福外，皆是謝家的人，頭馬三騎，儀馬三騎，前車兩輛，都是謝家的護院，過了他們這個主車，便是貼身丫頭婆子的車，花嬤嬤、五福連帶著雲字頭的四個丫頭都在裡面，再跟著的兩個車便是婆子小廝跑腿的。六輛馬車之後，還有兩輛禮車，外加跟著的僕從數十人，這般浩蕩的出來，將侯府的架子全然顯露出來，使得林熙在車內，透著朦朧的絳紅薄紗也能看到外面攢動的人流，立時便徹底感受到那種權貴的味道。

只是回門而已，謝家如此給排場，顯然是給她添光做臉，讓林熙自然而然的給林家門楣塗了粉，而她也是聰明人，瞧見謝家這般捧著自己，便也懂得謝家是要她投桃報李，互作恩惠的。

才到林府的胡同口，一掛鞭炮就響了，林熙聞聲從手邊的小首飾盒裡取了一朵紅色的絨花出來，便臉紅非常的簪戴在謝慎嚴的耳鬢間，而後低頭整理了下衣衫，扶了扶頭上那些珠翠靜靜的等著了。

她現在已是明陽侯府的謹四奶奶，是謝家的人，所以此刻她身上的衣裙乃是謝家為她準備的回門紅裳，衣料華貴非常不說，衣袂裙裾但見花團錦簇上寶石珠片滿目，雖不是大片為主，卻也星點奪目，足可看出謝家對林家的閨女是正經看待，絲毫沒欠著虧著了。

馬車停在了正門上，回門回門，出嫁走的正門，回門便是走的正門旁的側門。

謝慎嚴先行下車，車門口候著林家的兄弟，便是長桓帶著長佩同長宇。

互相行了禮後，謝慎嚴在門口給三位舅子分發了紅包，這才轉身回到了馬車前，花嬤嬤上前挑了車簾，謝慎嚴伸了手，林熙便扶著他的手下了馬車。

「哇！」一時間圍在林府周圍的街坊鄰居都是讚嘆驚訝之聲，郎才女貌、金童玉女之聲更是不絕於耳，林熙便紅著臉低頭跟在謝慎嚴的身後，錯著半步入府。

一眾僕人跟在他們之後，牽衣捧物的十足排場，引得鄰居們讚聲不絕。

入了府，便有一眾下人立在去往主院的路上，今日回門，必以自足踏及成長之路，故而是無有內轎引抬，得自己走到二門內。

謝家的僕人手腳利索，她們抱著裝著散錢的菜籃、斗笠、米斛、油罐走在前，一路散發著準備好的銅錢為他們二人開路，待到兩人來到二門上時，林熙已經走得臉上紅霞如雲。

管家唱聲宣告著七姑爺進門，立時三位舅子便先一步入內，而後謝慎嚴牽著林熙的手進去，便往擺好的蒲團上一跪。「婿見過泰山泰水！」

「快起來吧！」林昌一臉喜色的擺了手。

這邊謝家跟著的婆子就上前扶了謝慎嚴起來，而後謝慎嚴放開了林熙的手，依著規矩走上前去，將耳間那朵紅色絨花插在了林昌的耳鬢間。

「簪花結緣！」一旁的管家唱喏了一聲。

林昌便趕緊的把準備好的一朵用金箔打造而成的花簪放在了謝慎嚴高捧的雙手上，由著他把那花簪一側身的簪在了林熙已經花團錦簇的髮髻上。

回門之儀結束，自是添喜的下人們退出，而林昌同陳氏起身，引著他們往林老太太那裡去了。

林昌自知身分，縱然他是岳丈，卻也不敢輕怠謝家的子弟，是以他一口一個賢婿，親自拉著謝慎嚴的手走在前，林熙便理所當然的攙扶著母親的胳膊跟在後面了。

「怎麼，六姊姊她們尚未到嗎？」往福壽居的路上，林熙輕聲問著陳氏，畢竟她爹的耳間只簪著謝慎嚴送上的那一朵，顯然應該在他們之前到的這兩口子還沒來。

「是啊，也不知道想什麼呢，到現在打前站的人也沒見。」陳氏說著嘴角顯出一絲諷意。

林熙有些詫異，打前站的人都沒見，難不成林嵐他們都還沒出曾家的府門不成？今日回門是大禮啊，該不會林嵐犯渾，嫁出去了就不要娘家，連回門都不想了嗎？

胡亂思想間，眾人已到了福壽居，林老太太今日氣色十分的好，一身褐色繡花的衣裳襯著她那花白的髮絲，有種別樣的慈祥。

謝慎嚴同林熙又是一番跪拜後，這才入座，林賈氏便把謝慎嚴上上下下瞧望了個四、五遍。沒辦法，她從頭到尾就沒機會看到這位孫女婿的模樣，只聽人說，那是個玉面郎君，只是到底受了傷，遭了罪的，謝慎嚴今日打扮得再是衣著光鮮，臉頰也是凹進去的，看著難免有些憔悴的樣子。

林賈氏也不知怎地，忽而鼻子一酸，竟哽咽著言語起來。「好生生的一個玉郎，為著我那孫兒險些搭進去了這條命，如今瞧著這般憔悴，我這心……」

「祖母不必傷心，我已無性命之憂。」謝慎嚴一臉笑容的言語。

「是了！」林昌聞言在旁應和。「聽說皇上帶來的院正給你親自製藥。」

「沒錯，因皇上賜福，院正妙手，我才得醫治，已暫無性命之憂，還請祖母放寬心，且莫傷心傷身。」謝慎嚴說著衝林賈氏又是一拜。

林賈氏立時一臉欣慰的笑容。「明陽侯府不愧為大世家，養出個哥兒懂事知禮！桓兒，你終日口中唸著要好生謝恩，還立著做甚？」

長桓早就等在一邊，適才有回門大禮在前，他不敢衝撞，這會兒老太太跟前又先是孫女婿的叩拜，他便只能等機會，誰料老太太話一轉點了他，他立刻上前兩步便要下跪言謝。

「多謝四公子救命……」他話沒說完，人沒跪下，便被謝慎嚴一把拉住。

「大舅子還是省了吧，早先你我同窗，我出事後，你也在我家做了多時的半兒，如今我們更是結親，就憑這份情誼緣分，你快免了吧！這會兒我可是你妹夫！」

長桓聞言神情激動眉眼皆笑，正要說什麼呢，則是管家進來言語著四姑娘和四姑爺已經到府，正坐轎到往這邊來，三姑娘和三姑爺那邊已經過來打了前站，這會兒在路上了。

「好好，孩子們都來了，今兒個就熱鬧！」林昌聞言笑嘻嘻的說了這話，那邊林賈氏則乾咳了一下，立時林昌才想起，今日還有個回門的姑娘和姑爺沒來呢！

當下他臉上的喜色就變得有些悻悻，看向了管家。「六姑娘那邊可有動靜了？」

管家一臉無奈的搖頭，林昌立時蹙眉。

謝慎嚴低了眉眼，不聞不問的掏出帕子捂著嘴巴到一邊乾咳幾聲，而後叫著丫頭進來給他送藥服用，有他這麼一打岔，林家人的尷尬便減少了幾分，林賈氏更是關心的問起他的病情和用藥來，而常嬤嬤則悄然地退了出去，管家見狀也自覺地跟著出去了。

「你就沒遣個人去曾家府上瞧看一二嗎？」常嬤嬤扯著管家到了院子角上詢問。

「遣了，這不還沒回來嘛！」管家無奈地搓手。「曾家和咱們林府隔得也遠……」

兩人正說著，抬著四姑娘和四姑爺的轎子便到了，常嬤嬤看了管家一眼。「再叫人去瞧瞧吧，快馬！」

管家擺手。「不用了，我派了三波了，估摸著第一波去的該折回來了。」

常嬤嬤聞言點點頭，立刻迎去了轎子跟前，就看到莊二爺已經先下了轎子，直接用抱的把林悠從轎子裡給抱到了地上。

「小心點哦，我的姑爺！」常嬤嬤見狀嚇了一跳，趕緊上去幫手。

莊二爺倒好，一臉的認真之色。「咋呼啥，我要不是怕她摔著，幹啥抱著她下來嘛！」說完衝林悠一咧嘴。「要我抱妳進去不？」

挺著肚子的林悠臉都紅成了蝦色，白他一眼。「哪裡用了，你快進去吧！」

「哦。」莊二爺當即轉身大步往內，一點也沒含糊。

常嬤嬤撇嘴，無奈的搖搖頭。

林悠忙衝常嬤嬤道歉。「常嬤嬤妳可別和他計較，他說話向來這般，便是對著我公婆也沒少這樣……」

「行了，我的四姑娘，四姑爺什麼脾性，怕是全京城都知道的，我才沒那麼小心眼呢！走吧，快進去吧，七姑娘和七姑爺已經到了！」

「是嗎？走！」

常嬤嬤扶著林悠入了屋，那莊二爺已經衝林賈氏行完了禮，全家都知道他的脾性，加之人家的身分，也沒誰吃飽了撐著會和他去計較。等到林悠進屋正要給林賈氏叩拜呢，莊二爺竟然不顧他媳婦還沒見禮，衝著謝慎嚴就撲了過去。

「好兄弟啊，我可見著你了！」這說話的工夫莊二爺就抱上了謝慎嚴。

謝慎嚴此刻正一臉憔悴的模樣，怎生躲得過莊二爺的熱情，在他激動的擁抱之下，無奈的看著一屋子人的錯愕，輕聲言語。「明達，收著些你的激動吧，你莫把我傷口弄裂了！」

這話一出來，眾人便看到莊明達迅速地鬆了臂膀一個後跳，一臉的緊張。「沒吧，我沒弄裂吧？」

謝慎嚴咳嗽了兩聲，也不理他，而是先衝著屋內的長者告罪。「明達與我多年好友，自我歸來還不曾見著他，適才他輕了禮，還望長輩們見諒。」謝慎嚴說著躬身。

莊明達見狀也扭身跟著向屋裡人擺了擺手。「我輕禮了，輕了。」

屋內人瞧著他那模樣都有些忍俊不禁，林悠更是覺得自己臉上發燒，忙往林賈氏跟前湊。「祖母快別和您這四姑爺計較，他……」

「我知道。」林賈氏不以為意地笑笑。「我呀就是好奇，四姑爺今兒怎麼也肯承認自己輕禮了？」

林悠一時無語，莊明達倒自己答了。「我爹說了，但凡謝慎嚴說我不對，那必是我不對，叫我跟著學。」

謝慎嚴聞言搖搖頭，輕聲說道：「你現在可是我姊夫，咳咳，你呀稍安勿躁些吧！」

莊明達當即點點頭，退後一步看似要老實一陣子了，可問題是退後一步之後，他又想起事來，衝著謝慎嚴亮著他的大嗓門。「妹夫啊，你看見沒，我要當爹了，我媳婦有了！」說著人還往林悠身邊一杵，抬手就似要往她肚子上拍，嚇得眾人臉上變色，他的手到了肚子跟前卻是溫柔一摸。

眾人長吁一口氣之後，登時面色尷尬，畢竟兒女家的有孕雖是喜事，也都覺得害臊，哪有自己爺們當著眾人面這般摸肚的，生生把林悠整得一副快要瘋掉的模樣，忙拉著身邊的林賈氏，把頭直接往老太太的肩頭上埋了。

如此一來，大家的尷尬化作了無奈的笑，氣氛倒也挺熱絡。林賈氏這邊順勢問起了林悠最近身子如何等近況，那邊莊明達立刻招手把幾個爺們都邀去了外面，一站定便半壓低了嗓門，拍著謝慎嚴的肩頭。「兄弟，我聽說你快不行了啊！」

跟著出來的長桓，聞言一個踉蹌從臺階上往下栽，幸好身後的長佩拉了他一把，才沒摔著，立時長桓無語的盯著莊明達，不知道他懂不懂話語修飾的重要性，而這邊被直言問候的謝慎嚴卻十分的淡然。

謝慎嚴對莊明達這種語言模式早已習慣，絲毫未見不悅，直衝他笑著輕聲言語。「是啊，本來命懸一線，如今的沖喜之日，皇上又駕臨賜福，我倒覺著近來身子好了許多，想來是除了霉，怕是一時半會兒的死不了。」

莊明達一臉興奮的點頭。「那就好，你不知道你當初不見了，我還帶著府上的人去撈過你呢。後來聽說你回來了，本要去看你，可是那會兒我媳婦已經有了，你知道的，為免沖著，我爹給我下了禁足令，不許我去你府上……」

「不礙著，那會兒我人都是昏沈不醒的，你來了我也未必知道。」謝慎嚴說著主動衝著三位舅子言語起來。「聽說大舅子現在是散館，前途無量啊！」

「哪裡哪裡，我不過一個二甲罷了，倒是你，你可是解元啊，要不是我……」

「哎，過去的事，不提了！」謝慎嚴衝他笑言。

莊明達在旁非常認真的衝長桓說道：「大舅子，你不用為那解元的事替他愁，他們謝家最不稀罕的就是功名了。」

雖然說的是實話，但也不能這般口無遮攔，謝慎嚴立時轉頭看他。「明達留意口舌。」

莊明達一臉委屈地嘟囔。「我又沒說錯，再說了，這話也是我爹對我說的嘛！」

謝慎嚴無奈地衝他搖搖頭，一轉頭又和長佩長宇閒聊起他們所學，倒是很會照顧大家誰也不拉下，只是三個文人湊一起，長篇大論的十分開心，可是掉書袋就把莊明達給悶到了。

莊明達在旁聽了半天，插不上話，人便無聊得想找點什麼話題，結果他一拍腦袋，大聲問道：「欸，你們今天不是要回門兩對的嗎？」

他們這邊在外言語著，屋裡便是林賈氏拉著林悠問完了一頭子，林悠才回了座，立時就瞧著林熙一個勁兒的打量，末了拉著她的手。「雖說想不到妳這麼早就出嫁，但瞧著妳今日這般美的，倒覺得嫁了也好！我家那爺本就和妳家的是自小一起長大，稱兄道弟的，如今看來，咱姊妹倆倒是日後常能混在一起玩了。」

林熙笑著剛要言語，陳氏在旁就嗔怪道：「胡說，都快要做娘的人了還這般當自己是小孩子？妳家的爺能那般瘋著，妳能？」隨即看了外面一眼，壓低了聲音。「再說了，謝家到底和莊家不一樣的，謝家是世代的世家，規矩重，要是謝府上出個妳那姑爺氣性的，估計非打折了腿！」

「娘！」眼見自己娘親直白點破，林悠便是撒了嬌。「您就給我留點做姊姊的臉吧！」

陳氏撇了嘴。「我說這話還不是怕妳犯渾？不管他們怎生是好兄弟，妳們兩個也不能陪著一道串門子吧，時常走動下是好的，可到底都要搭理自己的院落，哪裡就閒得慌了！」她說著看向林熙。「娘還沒來得及問妳，那邊怎樣？」

林熙眨眨眼。「侯門大府，規矩講究多一些，但也能問到和摸清規矩，依著來就是，爹娘還有祖母都不用擔心的。」

「那姑爺他人怎樣？性命有無大礙？」林賈氏也趕緊的問話，聲音壓得低低的。

林熙轉頭看了外面一眼，才言語。「他人挺好，關懷備至，甚為體貼，至於性命，院正出了藥丸子，說是七日猛藥，他抗得下來便無事，以我看他神色，應是沒什麼大礙了。」

「那就好！」林家點點頭，忽而眉眼一抬。「那個，妳婆婆沒為難妳吧？」

林熙搖搖頭，實話實說。「婆母念著房業留嗣，要我做恩，給兩個丫頭開了臉。」

「什麼？」林悠聞言臉有忿忿與驚色。「這還不叫為難……」

此時，陳氏伸手按住了她的肩頭，林悠只得閉嘴了。

林賈氏嘆了口氣。「不算為難，開枝散葉本就是大事，妳七妹妹又太小，人家沒個盼頭，何況還是抗藥性的節骨眼上，合情合理。」

林悠立時嘆了口氣。「還說妳嫁得比我好，這會兒看著倒比我糟心。」

「胡說，妳那姑爺就沒別人了？」

林悠撇了嘴。「怎會沒了，至少我沒嫁過去就添堵啊，如今他有，不也是我有孕沒法子唄！」

陳氏搖搖頭，伸手把林熙的肩頭一摟，聲音輕柔。「妳可得長點心眼，挑實誠的人，這等個三年五載的，只怕庶長子是躲不過的，千萬別給自己弄出火坑來。」

林熙應聲點頭，腦袋裡卻想起了謝慎嚴當日對她的言語——「不會有庶長子的。」

這一句話便是承諾，便是叫她安心……

她不自覺的回頭看向外面，想看他一眼，結果倒看到管家邁步進了屋來，一臉的難堪之色。

「怎麼了？」林賈氏雖說老了，眼睛卻挺尖，立時問話。

那管家再往裡一步，扭頭看了眼外面還在言語的幾個爺，而後轉頭過來壓著聲音說道：「去曾家瞧問的人回來了，帶了信來，說弄不好要過了午，才見得著六姑娘和六姑爺了。」

「什麼？」林昌聞言起了身，林賈氏抬了手。「為何？」

「咱們六姑娘這會兒，正、正在曾府上立規矩呢！」
「立規矩？」陳氏的腰背一下就伸直了。「是她給人立規矩，還是……」
「隨著六姑娘出去的草兒丫頭跑去了門房上帶的話出來，說咱們六姑娘大清早就被曾家太太給罰跪在了院子裡立規矩，說是不到午時別想起來，自然是過不來了……」
「那六姑爺呢，他難道不提的嘛？今兒個可是回門的大日子啊！」林賈氏立時追問。
管家無奈地言語道：「問了，草兒說，本來六姑娘是跪到巳正時分的，就是六姑爺提了句，今兒個還要回門耽誤不得，曾家夫人便說要跪到午時了，六姑爺便不敢再提！」
「那曾家老爺呢？」
「和人約了吃酒，一早出去了，不在府上。」
林昌「啪」的一拍桌子。「曾家這是在糟蹋我們林家的臉！」
林昌這一拍桌子，動靜就大了，不亞於摔了個茶杯的效果，立時外面的幾個女婿兒子便趕緊的折身回來，就看到林昌一副氣鼓鼓的模樣，而屋內人的臉色都十分的難看。
「這是怎麼了？」莊明達見狀扯著嗓門就問了起來。「你們吵嘴了？」
謝慎嚴伸手扯了他一把，眼掃向了管家，而後沈默不語。
長桓也看到了管家，湊上前去。「發生什麼事了？」
管家支吾著，畢竟這是傷林家臉面的事，而曾家偏和謝慎嚴之母徐氏又是姻親。
「說吧，都是一家人，若傷臉，自是一起傷的。」林賈氏此時開了口，擺明了，讓大家參與吧，當下管家把六姑娘那邊的事一提。

莊明達瞪了眼，衝著謝慎嚴就去了。「你這個曾姨媽好厲害啊，回門的日子罰跪兒媳婦立規矩，她可比我爹狠多了，我爹再抽我，也給我人前留臉的！」

林悠聞言無語的偏頭，內心叫苦——我的爺，公爹給你留臉，你幹麼不給自己留臉啊！

謝慎嚴當即欠了身。「祖母、泰山泰水還請見諒，我這曾姨媽素來氣性大，就是我母親也時常避著她，她挑今日裡發氣，只怕是心裡還惱著，說句不中聽的話，你們都別理她，由著她把這火性發出來，也就過去了，若是這個時候再去掐一頭，只怕日後沒完沒了。」

謝慎嚴說的是大實話，林家雖然氣惱，可到底也理虧啊，還不是自己女兒出了醜在前。你做了初一，還不許人家做十五了嗎？

立時一屋子的人都有些悻悻，管家更是自覺的退了出去，還是陳氏把姑爺的話唸在嘴裡回了一邊，衝林昌言語起來。「算了，老爺，嫁出去的姑娘潑出去的水，人家做婆婆的要嵐兒知道誰是家主，那也是應該的，咱們到底是娘家人，只要不是過了，也是得閉緊嘴巴的。這會兒七姑爺說得對，由著人家散了火性吧，到底人家榮哥兒不差的。」

林昌聽聞這話，慨慨地嘆了一口氣，其實這道理他何嘗不懂？只是都陪著經歷流言折騰的耗了快半年了，誰承想，親事都結了，親戚都做了，人家還這麼打臉！他覺得自己的臉上像被人為舊事跺了一腳般，分外的嘔。

「陳氏說得對，誰讓嵐兒出醜在前呢，罷了，這孽障已經出門，好歹都是她自己尋下的，怨不著咱們，咱們又是她娘家，糟盡就只能糟盡了吧！」林賈氏說著一臉不快，她這似是拉倒的話，全然是內心的不舒坦。

林熙聽著憂心，小心的看了謝慎嚴一眼，見謝慎嚴一副淡然的模樣，好似沒聽出話裡的味道來，自己便也乾脆有樣學樣，默不作聲了。

林賈氏看著自己拿話兌人，卻沒兌出一點動靜來，立時覺得拳頭打在棉花上，無處發力，悻悻的撇了下嘴端茶，外邊有了動靜，原來是三姑娘和三姑爺到了。

這兩口子一進來，也是一番跪拜，林馨今日穿的衣裳紅紫兩色十分的妖豔，再加上裝扮的首飾以金為主，看起來也還是很有些派頭的，只是對上景陽侯府賢二奶奶的林悠和明陽侯府謹四奶奶的林熙，她這個杜閣老家的楓五奶奶就完全不夠看的了。

問候的話語一落，自然而然的兩口子的視線就挪到了林熙他們兩口子這裡。

謝慎嚴是有名的玉郎才子，杜秋碩原本與他也是熟識的，瞧見他今日憔悴的模樣，不免嘆息著說問了幾句，而林馨上下瞧了一眼看起來病懨懨的謝慎嚴後，倒是對著林熙露出了一個笑容。

這個笑容看起來十分的友好與關懷，但對於微表情有些掌握的林熙來說，她卻看到了林馨內心的喜悅，這個判定讓她十分不好受，但是換到林馨的角度上，卻也完全能理解。

畢竟林馨的日子就是表面光鮮而已。

說起來，公爹婆母不為難，錦衣玉食，綾羅綢緞，夫婿還謙謙君子，相敬如賓，但是架不住人家心裡惦念的是男人，叫她這個正房太太比擺設還難堪，只怕在杜府中，就是個笑話而已，她過得這般日子，便如身在惡水中，終究要爛了她的心的。

所以林熙能理解，只是想著一家人裡又一個心思見歪，漸離漸遠，她偏不能幫到什麼，便委實有些唏噓。

林馨以姊姊的口氣問了她近日的情況，大家隨便說了幾句後，自然落在了六姑娘為何還未到上。

「她府中有婆婆要立規矩，她得伺候著，怕是午後才過來了。」陳氏言簡意賅的做了解釋，話卻說得不透，聽起來，倒像是林嵐陪著婆婆管教家事一般，他們兩口子也就沒在意。說了幾句話後，一家人準備全部往飯廳移，打算用餐飯，而這個時候，管家來報，說是邢姨媽那邊來了人打前站，說是他們一家人過來湊湊熱鬧，連梁家的軒二奶奶及夫婿也會來。

陳氏一聽這話，忙叫人去添菜準備，大家又在老太太這邊閒聊起來等著，到底是男女話題不一樣，說了不到兩句，林昌主動帶著這幫女婿和兒子去了院外聊他們的詩詞歌賦，屋內就留給女眷們。

「怎樣，這陣子可吃著藥？」林賈氏衝著林馨擺手，把人召過去後便問著。

林馨紅著臉點頭，自上次弄清楚方向錯誤並修正了後，她也算真正體會了床笫之事，只是她那夫婿對女人無愛，能碰她也是為著開枝散葉以及掩人耳目，故而行房之後，常常裹衣沐浴，就此去了那邊，不在她屋裡宿著。但他不當事，架不住他娘當事，為把耽擱的時光補回來似的，一面強制要他保持一週一宿不說，更是專門託了府中的老爺子找了太醫去，給抓了藥調養著身子，務必早求個動靜。

「妳婆母心裡有念，能護著就是好的，我知妳心裡苦，可到底也是妳自己選的，咱們林家的幾個姑娘，個個是看著嫁得好，但誰家也有難唸的經。妳四妹妹如今大著肚子，公婆也護著，可她那爺是個屬炮仗的，也不消停；至於妳七妹妹，妳也看到了，人這還病著呢！」林賈氏說著嘆了口氣。「我只想妳早點有了身孕，日後守著妳的孩子，也能有個靠！馨兒，咬牙忍著吧，這是妳的命！」

林馨聞言點頭，她不管後悔與否都清楚這是她自己選擇的，這是她的命，當下轉頭看了看林悠那挺起的肚子，開了口。「再有兩個多月，四妹妹就該生了呢。」

林悠衝她一笑。「妳別急，妳也會有好消息的。」

林馨笑了笑，眼裡閃過一絲茫然，嘴角卻是往下撇了撇。

林熙挑了眉——苦澀？厭惡？難不成，她不想要孩子嗎？

「對了馨兒，妳府上的老爺子最近對妳那夫婿可有什麼安排？」陳氏想起這事來，出言詢問，畢竟杜閣老致仕就在眼前，年前的摺子遞上去皇上就已點了頭，只是為求國事安穩，新閣老留待開年做威做場，這才沒把摺子發下來。但信兒是早傳了的，也是給杜閣老一個信號——差不多趁著站好最後一班崗時，報上你的退休要求，能關照你們杜家幾人，皇上我就關照幾人，這也是給股肱大臣的一份獎勵，做了自己的善。

林馨此時腰背驀然挺直了些。「聽我公爹說，年前的時候老爺子思索著讓五爺去申補個國子監監丞的缺，不過皇上叫人傳了話，說是左右春坊缺個贊善，叫老爺子選個中意的。」

陳氏聞言點點頭。「這也是妳的福氣，原本依例蔭封，他這孫輩的能蔭封個正七品的就不錯，如今皇上念著杜閣老的恩，給他能往從六品上想，日後他不知要少奮鬥多少年？妳也瞧見妳爹的，從六品這一路上可整整走了十年……」

「是不是福氣，只怕兩說。」林賈氏可與陳氏意見不同，到底多活了這些年，又是常從林老太爺嘴裡聽過指點的，立刻就捕到味了。「左右春坊（注），奉左，不過是轄局司經藥膳等類，安守太平；若是奉右，便是捧書論奏，這日後既可大起也能大落，畢竟到了今日，皇儲未立，皇子們同享春坊。」

這話一出來林馨便怔住，她平日裡對於讀書就不是太上心的，府中人也沒專生提點這個，她哪裡知道這裡面還有這個門道，只是單純的想著夫婿能直接蔭封到從六品，又是在春坊裡的，就算老爺子致仕，她也不會由此變了涼茶罷了。

林熙聽了這話，不覺捏了手指。

她原本就因為和爹親近，對這些官位職品的有些瞭解，後來跟了康正隆，也沒少從他嘴裡聽到一些，只是此時對於左右春坊職內所差，也是第一次聽到，登時有些心驚。

這麼說來，皇上是要杜閣老自己為家中族人選路了，是求個安穩而放棄日後的榮耀，守好今日的血脈子嗣呢，還是踏進爭儲路中，去搏殺個未來的榮耀？

她心中念念不絕想到了皇后與莊貴妃，兩人看似親近的背後，卻一直在互相交手，連她一個小小的臣女都險些做了棋，如此可見，爭儲的血雨腥風是多麼的可怕。這一時林熙忽然有個疑問，如果是同樣的問題擺在謝家眼前，謝家會選哪個呢？

隨即，她猜想到了答案——定是選左，明哲保身吧，畢竟人活著還有機會，固然大富大貴靠搏才能擁有，但像謝家這麼大的底子，卻是顧慮太多，不能搏的。

正在這裡思量猜度間，忽而身子被陳氏一晃，人才回神，但見陳氏望著她。

「想什麼呢，妳祖母問妳話也不答？」

「啊？」林熙忙回頭看向林賈氏。「祖母問我話了嗎？」

林賈氏聞言無奈的笑了。「是啊，妳這丫頭想什麼呢？也不留神。」

林熙不好意思地笑了笑。「忽然想起葉嬤嬤了，一時心不在此，還望祖母勿惱！」

「不惱！人都是念情的，妳想她的話，等下等妳姨媽他們來了，用罷了飯再過去吧！」

林賈氏一臉笑容並不生氣，林熙這才點了頭，隨即問道：「那不知祖母剛才問熙兒什麼？」

「我問妳，妳這夫婿如今謝家是個什麼打算，當年他參加了科舉拿了解元，是不是也要蔭封個一官半職啊？」林賈氏一臉笑容的詢問。

林熙搖搖頭。「這個熙兒不知，畢竟四爺他這會兒正養身子呢，能養好了，怕是府裡才會想以後的。」

注：春坊，中國古代的政府機構之一，為東宮官署。

林賈氏聞言點點頭，臉上顯著一絲無奈。「也是，他這病樣子也做不得官，得養好了才成。」

看著祖母有些失望的樣子，林熙便低頭尋思她為何失落，繼而反應過來，林家的幾個姑娘雖說都是高嫁，可姑爺們卻都是沒幾個走上正經官路的。老太太希冀著家族再度昌盛，那不僅是要兒孫們爭氣，也是要孫女牽姻抬起身價的，只是這是常理，但祖母怎會這麼早的詢問，莫非……

當下她眨眨眼，開了口。「祖母關心起我們姊妹的姑爺來，莫不是要給大哥議親了吧！」

林熙這話一問出來，林賈氏便笑了。「自是這事。妳們一個、兩個的都嫁出去了，這府裡便空下了，我再不催著給府裡添人進來，豈不是冷清？」

林悠此時一臉興奮。「那祖母和母親是不是已經給大哥挑好人家了？」

林賈氏笑看陳氏，陳氏點點頭。「相看了三家，都比較滿意，正想比比哪個最合適呢，妳祖母心疼妳大哥，既為著他好也為著家門好，還想再給他抬一抬，日後選個得力的！」

「是嘛！哪三家？」林悠張口就問。

陳氏白了她一眼。「去，這事輪得到妳問？這是給妳選大嫂，不是給妳選弟妹！」

林悠嘟了下嘴，擺手。「好嘛，人家不問了嘛！」

林賈氏瞧著她那樣子笑著搖頭。「這才多久啊，怎麼瞧著妳跟妳那姑爺都快成一樣的了！」

登時林悠紅了臉。「祖母，我是您親孫女啊，有這麼取笑您親孫女的嘛！」

立時屋內人皆笑，林熙則轉頭看向了外面，見長桓一臉興奮的正說著什麼，便心中暗道——願你找個稱心如意的，便能舉案齊眉！

此時外面言語的人忽然停下轉身向外，隨即就見莊家二爺跑了進來。「那個，邢姨媽家的人來了！」

登時屋內的人，除了老太太和挺著肚子不許出去的林悠，其他人便隨著陳氏出去迎了邢姨媽一家。

林昌和陳氏為首迎客，孩子們便嬉笑相伴，邢姨媽、邢姨父，帶著女兒兒子、女婿兒媳婦的一併來了。

林熙從陳氏那裡知道玉兒表姊所嫁者的特別，便有意留神她身邊的梁家二爺梁軒，但見此人一身淡青色長袍籠著頎長的身形，髮束得整潔，一張看起來挺好看的臉滿是嚴肅與不苟，便不免覺得這人像私塾裡的教書老頭般不那麼親近。

客氣一來回，把人迎了進去，又是磕頭又是寒暄，這一通下來，午時也過了，大家牽手相扶的，往了飯廳去，將坐下，倒是管家來報，說著六姑娘和六姑爺已經往這邊趕了。

都到了飯桌前，這還要等人，便有些叫人尷尬，還好府中文人學士一大把，大家乾脆拿這個來消磨時間，人全部坐在外廳裡就這麼行起酒令來。雖飯菜未動，茶水倒是沏下了兩、三壺，以茶代酒的先熱絡著，結果趕到六姑娘和六姑爺進府時，這屋裡的姑爺和舅子早都熱絡成了一家人，連帶著把林昌和邢姨父也都捧喝得樂呵非常。

「快別這裡待著了，人都進府了，還要行回門的儀式呢！」看著府中熱鬧，孩子們熱絡，林賈氏的心情十分舒暢，也不計較著先前的不悅，招呼著林昌同陳氏去坐儀，兩人應著聲的趕緊去了。這邊邢姨媽就湊著林賈氏熱絡言語，玉兒也乘機挪到了林熙身邊，抬手就往她手裡塞了個荷包。

「這……」

「妳親事辦得急，我原本以為還有幾年，打算慢慢的給妳繡個帳子呢，結果轉頭妳就出嫁。我在郡主府中，又難得出來，便是想給妳過禮也難，今日裡出來回娘家拜拜，便想著順道撞上妳這回門，送份心意的，才央著母親過來湊頓飯的。可妳嫁去的是一頂一的侯府，我送什麼也都不稀罕，便乾脆繡了個荷包給妳，妳可別嫌棄！」玉兒輕聲地說著衝林熙笑。

「我怎會嫌棄，這是妳的心意啊！表姊就是給我根草，我也把它收著！」林熙說著低了頭，就看到這個巴掌大的荷包上繡著一對並蒂蓮，便衝玉兒一笑。「謝謝表姊。」

玉兒笑著，臉上透著一股子淡淡的清淡意味，身上更飄著淡淡的素雅香氣，林熙心中一動，壓低了聲音。「月兒可有出來？」

玉兒一頓，隨即明白林熙所指，快速地掃了一眼與謝慎嚴正在說話的夫婿，捏了捏林熙的手。「雖未見月，卻也能共賞雲。」

林熙衝她笑著。「終有一日得開的。」

玉兒點點頭，外面也有了動靜，她便回去了她母親身邊，這邊林昌簪著兩朵花進來了，陳氏跟在身後，而後林嵐同她夫婿曾家榮哥兒進了來。

照例是給林賈氏先磕頭，又給邢姨媽一家問了安，而後林嵐才紅著臉一副抱歉的神情立在那裡，由著她身邊的夫婿致歉。「今日裡我們來晚了，令諸位長輩等候，挑擔姊妹的耗著，實是我的錯，一會兒我自罰三杯，還請大家原諒了我們。」

大過年的好時候，誰願意找不痛快？自是順著這話大家揭過去入了席，這邊湯湯水水的開動起來，由著前頭的熱絡，酒令正經開始，一家人熱鬧。謝慎嚴不能喝酒，便自覺做了酒保，親自把盞為眾人倒酒，倒也樂呵，三巡過後，氣氛更濃了。

眼看著幾個爺們出口成章在那裡得意，也不知林嵐發了什麼瘋，忽然言語道：「瞧你們行酒令的樂呵，我們這些女眷就只能瞧著，可論著詩詞歌賦，我們女兒家的也不差呢，倒不如帶上我們，還連帶著祖母也一道，大家同樂唄！」

這會兒正是吃喝高興的時候，大家也都見了酒氣，聽得這建議，也覺得有些意思，尤其莊二爺更是拍了桌子。「好好，這才有意思，光咱們爺們多無聊，還得有……」謝慎嚴猛然拉了莊明達一把，莊明達一頓，眼裡的朦朧似乎清醒了下，再看大家都望著他，笑了一下說道：「還得有長輩們同……樂，才有趣嘛！」

「是啊，是啊！」眼看莊明達沒說錯話，幾個知道他脾性的趕緊給他搭梯子。

林賈氏也是大戶裡出來的，行個酒令也不是來不起的，自是點了頭。「成，那就今兒個屋裡在座的，有一個算一個，都樂呵著，錯了罰酒。」

「我還是酒保，給你們斟酒！」謝慎嚴淡淡地笑著言語，此刻他雖是憔悴的，卻也只是面色暗黃、臉頰深凹而已，但他這一笑，眉眼裡都透著一分文人雅士慣有的儒性來，很是顯現了玉郎這個名頭的實在。

「有你當酒保，我們這酒，平地起價了！」莊明達說著便看向林賈氏。「老太太，這裡您輩分最大，您定令起頭吧。」

「成！」林賈氏說著衝身邊的常嬤嬤一擺手。「去把老太爺在時，常行的酒令拿來！」常嬤嬤答應著立刻去了，林賈氏便笑言。「那酒令共有十六枚。其中花令十二枚，抽中的以花隨令，以舉同指，錯者罰酒。另有四枚風令，便是以風起聯，可發問場中任意一人，對得上的，發問者飲，對不上的，快抱著酒盞喝吧！」

老太太話音落時，常嬤嬤已經捧了酒令筒來，但見巴掌大的小桶內十六酒令都是紫檀木製，上有一片花瓣之形，倒也不是常物，很是精美。

「當酒保的，你雖不能飲酒，卻也能同樂，除了倒酒外，不若你也跟著一起來，好歹你謝家也是文人名士，我們也瞧瞧你的風采，相比你總不會輸吧！」林賈氏許是開心，衝著謝慎嚴便是笑言。

謝慎嚴立時躬身。「祖母發話，我自照辦，若我答不上，喝茶以代，可不敢說什麼不輸的豪言！」

立時林賈氏笑著點頭，手裡也拿了令筒搖晃起來。「那就我起令！」她說著把令筒搖晃幾下放下，從中抽了一根，笑著看了看，衝著大家一亮。

「喲，是牡丹，富貴的花，好意頭！」邢姨媽湊在跟前立刻捧了句。

林賈氏更是眉眼含笑，她頓了下，手把那酒令拿了回來言道：「我有花一朵（比了酒令），斟出富貴酒（捉了酒壺倒酒），金杯爍爍耀（指了酒杯），群芳亦低頭（酒令還入令筒），誠邀旁座者（看向邢姨媽），同賞真國色！（放了令筒、推了酒杯到她面前）」

林賈氏的酒令起了頭，眾人歡笑讚好，邢姨媽坐她旁邊自是該她便就這般順了下去，她抽出的是桂花，順著令做了一首便把酒發到了自己丈夫手裡，結果邢姨父一來就抽到了風令屬西，當即一臉得意的看了看眾人，然後做對子出來。

「跋扈西風，紅情綠意無人問！」邢姨父掃了一眼，看到了張著嘴的莊明達，直接點過去。「你對！」

莊明達立時一臉難為，口中把對子翻來覆去幾回，終於一笑有了答案。「溫馨細雨，敗柳殘花有客津！」

他對得也算正，只是「敗柳殘花」四字卻有些不雅，雖句中之意未有褻瀆，大家卻是不依，要他再對個，他抓耳撓腮幾下，乾脆捉了酒。「這酒我喝，慎嚴代我應對。」說罷酒便飲了下去，還不忘衝林賈氏一笑。「老太太這酒真好喝！」

酒桌上的莊明達似乎找到他的主場，人也機靈起來，這話說得林賈氏非常高興，銜著他笑，那邊謝慎嚴只好起身，一邊拎著酒壺過去倒酒，一邊對了對子。「乖張冷雨，月色荷香何處尋。」

眾人誇了好，這酒令便該從莊明達處起，可他的墨水不多，自己主動飲酒下肚，笑望著謝慎嚴。「我喝了，酒保代我吧！」

眾人哄笑，謝慎嚴無奈的搖頭，常嬤嬤上前幫著把令筒放回謝慎嚴的位置上，由著他拎著酒壺回去，抽了一籤，乃是伸手抽出了一個荷花來。

謝慎嚴眼睛眨了眨，亮了酒令。「前才說了它，它就來了，是荷花。」

大家立時笑望著謝慎嚴，看他如何行令，他便依著林賈氏定下的令言語起來。「君子之衣在素手（揚起酒令），滿滿碧波於金杯（指酒），蓮香佳藕問花神（丟酒令入筒），曼舞輕歌誰相伴（看向林熙），可共與我濯清漣！（推酒推杯給林熙）」

眾人叫好中，林熙已經紅了臉，謝慎嚴雖然只是行令、道花，卻言語中「佳藕」、「相伴」，最後一句更若問心，真真以伉儷之態，羞得林熙生生低頭，而她身邊坐著的林嵐則唇齒含笑眼中含冷的掃望著他們兩個。

「七妹妹，該妳了，可別光顧著害羞！」林悠瞧著林熙那樣子，立刻笑著催她。

林熙抓著令筒搖了搖，抽了一個出來，一看乃是芙蓉，便笑著揚給眾人，自己尋思，豈料林悠已經開言。「芙蓉也做荷，乃是木蓮，好妹妹妳和我七妹夫還真是佳偶相伴呢！」

林熙聞言急忙嗔她一眼，回眸掃到謝慎嚴大大方方瞧著自己的目光，便覺得心頭一顫，立時去看酒令，這邊三姑娘林馨正催她快些行令，林熙便把酒令往髮髻上一挨。「木蓮愛髻釵上香，纖指送美在照影（另一隻手端了酒杯近酒令），欲與百花訴德貴（丟酒令還筒），自驚自惜寄他人（看向林嵐），同笑雨後霜前紅！（把酒杯和令筒推給了林嵐）」

林熙之令得了眾人讚賞，她身邊的謝慎嚴聽聞這幾句令，掃了一眼嘴角微抽的林嵐，又看了一眼目光真誠的林熙，當即便垂了眼皮，嘴角漾出一分淺淡的笑來。

林嵐得了令筒，臉上繃著假笑，林熙的話中話她這重於詩詞歌賦的人豈會不懂，心中更加著惱，伸手搖了兩下，隨手抽了一枚出來，乃是紫薇。

眾人看她亮了酒令便等著她做，林府的人也都知她能耐，更等她幾句揭過給她夫婿，好看看她夫婿的文采，豈料林嵐搖搖頭竟把酒令放進了令筒裡。「我做不來。」說著端酒而飲，倒讓林府中的知情人頗感詫異。

但行令的人喝，別人卻不能說什麼，酒令本就為罰酒，人家都自己罰了，你還能去說，你的能力罰不到嗎？

是以林府的人沒吭聲，其他人則笑了幾聲，莊明達更是直言：「不行就學我，再飲一杯找人代妳！」

說話間，謝慎嚴提了酒壺過去給林嵐斟酒，林嵐毫無避讓之禮，就那麼看著謝慎嚴，謝慎嚴目不斜視，酒一斟滿就走，那林嵐伸手再抓一個酒令出來，乃是風令屬柬。

「妳做得來對子嗎？」莊明達挺好心地詢問。

林嵐一笑。「試試唄！」說著把風令晃了晃言道：「東風吹落花，佳人醉酒闖王宮，膽也！貴也！」而後她看著謝慎嚴。「謝四爺請吧！」

謝慎嚴點點頭，張口作答。「西山映餘暉，騷客失足關帝台，悲乎？蠢乎？」

林嵐登時臉紅卻被噎得什麼也說不得，偏那莊明達竟擊掌大叫。「好對，好對！這個聽著痛快！六姨子妳輸了，快喝吧！」

林嵐笑了笑，端了酒飲下。

謝慎嚴這次連過都沒過去，直接拎著酒壺靠著林熙就這麼給林嵐把酒斟了，口中還淡然地說著。「我還是坐下，偷個懶吧！」

大家都不以為意，更有莊明達和林悠瞧著謝慎嚴緊挨林熙，林熙低頭害羞那樣，在那裡逗笑，倒也氣氛歡樂。只林嵐似小丑一般，甚為無趣，悻悻地抓了一枚酒令在手，原想就此過去，豈料抓到的竟還是紫薇，她頓了一下後，再次亮了酒令。

莊明達便言。「六姨子，妳手可真黑啊，妳這樣下去怕是要喝不少啊！」

林嵐繃著笑把酒令在手中轉了個圈，便言道：「這次我倒做得出了！」當下把酒令捏在手裡。「爛漫十旬唯我久，春風拂枝滿堂紅（捧酒），敢笑眾花無百日（丟酒令入筒），皆因吾有解語人（看向六姑爺），獨占芳菲同你醉！（把酒和筒推給六姑爺）」

林嵐本就有詩詞歌賦的底子，這般行出來，本是絕能叫好的，可她這般前推後作，如同要人，卻叫大家的樂性一下淡了，還不等六姑爺抽令來續，謝慎嚴吭吭吭地咳嗽起來，當下便是捂著嘴巴欠身退出，尋著丫頭吃藥，林熙自是告罪的陪著去了，這下林賈氏也乾脆叫散了令，著常嬤嬤收了起來。

大家便有一句沒一句的閒扯，全然沒了先前的歡快，那林嵐便放了筷子，衝身邊的夫婿言語。「腿痛。」繼而起身欠身離開，一副去方便的樣子，六姑爺愣了愣，欠身跟了出去。

「莫不是葷腥沾多了，沖著了吧？」林熙親手給捧了藥丸過去。

「也許吧！」謝慎嚴就著她的手直接把藥給吞了，嚼藥下嚥。

林熙蹭了蹭指尖，試圖把剛才那柔軟的溫熱搓走。

謝慎嚴開了口。「妳和妳家六姑娘不和？」

林熙扭了頭，不好作答。

是不對付（注），可能說嗎？說了，讓人家笑話她揚出去家醜，不說卻似乎又故作遮掩，惺惺作態了。

謝慎嚴一看她那樣子，便是點頭。「懂了，她性惡。」

林熙聞言一臉驚色的回頭看他。「別亂言，我娘家姊妹的親疏，不該你懂，更談何什麼惡不惡！」

注：不對付，意指合不來。

他若懂了，自己便成長舌，更兼抹黑娘家，哪怕林嵐惡性本就屬實，她卻也連帶了一身泥！

謝慎嚴一笑。「妳無須防得這般嚴，我是妳的夫。」他說著竟抬手捋了下她的額髮，而後言道：「妳是我妻，必是佳，她要相對，只能是惡。」說完衝她一笑。

立時林熙的心中一蕩，本能的退了一步望著他。「你就這麼信我？」

「結了同心，只能信，好賴都沒法了！妳覺得我如何？」謝慎嚴不知來了什麼心思，竟然問她這個。

林熙捏了捏指頭，左右看了下，才回轉頭看著他說道：「真假難辨，忠奸不識，反正都嫁與你了，好賴隨它！」

謝慎嚴笑得面見一絲春風。「那我們就好賴湊活著吧！走，去和祖母泰山泰水的告假一下，允我休息，免得藥性上來，在那裡打擺子，玉郎不是，病郎一位，叫妳可憐！」

說著他起身便走，林熙跟在後面，心道這人今日怎麼忽然話多了些，卻不料才靠近飯廳這邊，就聽到了一女聲抽泣——

「我都和你說了，我一個庶出的，在家從不受待見，你也瞧見了，她們是如何晾著我的，我不過一失足落水而已，竟連妹夫都來羞我，他們哪裡當我是自家人！」

第五十一章　不知有林

聽著這聲音，林熙便是氣結，不過對於林嵐的說辭，她卻一點也不意外，畢竟這是林嵐慣用的伎倆，而且她那般出醜嫁過去，想要夫婿能容著自己，除了扮作可憐和委屈，她還有別的途徑嗎？

「咳咳咳！」謝慎嚴的咳嗽聲很是時候的響起。

林熙撇了嘴的跟著，內心卻是嘆息——這下好了，家醜可見了！

謝慎嚴走在頭裡，入了廳時，自然而然的看向了門口略有些侷促的兩人。「榮哥兒，你怎麼在門口？」

榮哥兒立時衝謝慎嚴欠了身。「哦，見你遲遲不回，我說出來看看你。」

「多謝你關心了。」謝慎嚴說著回頭看了眼林熙，衝她一笑便是邁步進屋。

林熙莫名，不知道他幹麼回頭一笑，但人還是乖乖的跟著，路過曾榮的身邊時，還是非常遵禮的衝他點了下頭。「六姊夫，快和我六姊姊進去吧！」當下又比了手勢。

於是曾榮帶著林嵐先進，林熙跟著，一行人進去後，林賈氏就衝謝慎嚴問了起來。「怎樣？可要緊不？」

「多謝祖母關心了，我將才吃了藥，這藥性發散起來，少不得要躺陣子，特來和祖母告假，求准我一邊眠一會子。」謝慎嚴說著又咳了兩聲。

「應該的，熙兒，妳快陪著妳夫婿歇去妳那碩人居吧，我們這裡閒話著就是，妳好生伺候好妳的姑爺！」林賈氏立時擺手，一副心疼的模樣。

「是，祖母。」林熙應聲。

謝慎嚴又衝林昌陳氏乃至邢姨父邢姨媽的都告了一聲假，這才和林熙離開了飯廳，帶著丫頭僕從的去了碩人居。

進了碩人居後，丫頭僕從都很自覺，自個兒忙活，林熙伸手扶了謝慎嚴準備把他往屋裡帶，豈料他卻站住看著周遭，而後輕聲說道：「幾年了，怎麼也沒點變化？」

林熙聞言偏了腦袋。「怎麼沒變？我大了，也出閣了，瑜哥兒也早搬去了大哥的院落裡了。」

「瑜哥兒，哎，我也好久沒見他了，不知我這兄弟如何？」謝慎嚴看向林熙，眼裡透著一抹笑意。

林熙卻沒工夫和他逗趣，眼見謝慎嚴的藥紅已經上臉，忙說著：「你呀要操心他，等你睡起來了再見他吧，這會子還是趕緊進去躺著。」

當下她扶著謝慎嚴進了屋，丫頭們自覺地上前伺候，幾下俐落的寬衣擦抹後，謝慎嚴便散了髮的躺在了床上，人則衝林熙擺手。「妳去吧，見妳的嬤嬤也好，陪妳的姊妹也好，不用在這裡耗著，有丫頭們伺候著我呢！去！」

林熙銜他輕道：「知道了，你快歇著吧！」

藥性從不猛到猛，還有段時間，林熙本意是守著他，不過一來屋裡人不少，二來，葉嬤嬤就在近前，心裡也確實想見的，眼看著謝慎嚴合眼睡了，她便也輕輕的退出了屋，囑咐下人們仔細伺候，一不對就進去照看著後，便自己一個人也往斜對著的耳房去了。

在門口喚了嬤嬤，得了應後，林熙才進了屋，但見屋內竟收拾整齊了箱籠，她立時進了內裡，便見葉嬤嬤坐在床邊繫著腰帶，床上的被子還散著，立時醒悟過來，今日裡飯用得晚，這個時候只怕是葉嬤嬤正午休的時候。

「是我糊塗，忘了時候，吵了嬤嬤的覺……」

「不礙事，這會子也該起了。」葉嬤嬤說著十分自然的伸手攏攏頭髮，既沒不好意思，也沒拿譜瞧望，就好像昔日那般，似乎她還沒出嫁一樣。

林熙心中一動，走去了妝檯前，拿了梳子。「我幫您規整下吧？」

葉嬤嬤笑了笑，卻把手一伸，和她要了梳子過去。「妳有這份心就夠了，日後的世家主母，不必做這舉止，我只是妳的嬤嬤，不是妳的師長。」說著她自己梳起髮來，倒叫林熙隱隱覺著她有那麼一絲疏離感。

「嬤嬤收拾了箱籠，莫非是要走了嗎？」

「是啊，妳都出嫁了，我答應的事也做完了，有道是功成身退，我不走還賴在這裡做什麼？要不是為著今日見妳一面，說幾句話的，我昨兒個就走了。」葉嬤嬤不冷不熱地說著，慣常的淡然。

林熙看著她把頭髮一盤，湊過去給遞了簪子，口中輕勸。「就算您要功成身退，也不用這麼急的，瑜哥兒今年便要參加科舉，您留在府上多陪他一下不好嗎？我想祖母爹娘的沒人會攆您走。」

「人不但要知足，更要自知，沒我事了，就趕緊走，人家不厭，倚老賣老的耍臉皮留著，我沒那麼大的賴性！」葉嬤嬤說著把梳子往床邊一放。「罷了，別說我走不走的事了，原本妳出嫁了，就不能希冀著再見了，我留到今日也是想問問妳，嫁過去了，怎樣？」

「挺好的。」林熙衝她笑言。

葉嬤嬤看了林熙一眼，低了頭。「罷了，既然挺好的，我也沒啥說的，姑娘回去伺候姑爺吧。」說著她便起身，拿背對著林熙，自己疊鋪蓋去了。

林熙一怔，知道嬤嬤是惱她沒說實話，人立時往前走了兩步，聲音壓得低低的。「夫婿待我以禮，公爹婆母也未對我苛責，至於侯府裡，才進去兩天無人與我為難，只是我那夫婿身子不好，皇上帶來的院正給下了猛藥，七日抗過，便就此無憂，抗不過就……故而婆母昨日與我直言留嗣大事，叫我做恩尋了兩個丫頭開臉。」

葉嬤嬤慢悠悠的把被子疊好了，林熙也說完了，當下葉嬤嬤一面掛帳，一面言語。「怨嗎？」

林熙嘆了口氣。「怨倒不至於，只是心裡不舒服，畢竟我才過門，有些不痛快。」

「家業越大，越是小氣的，妳得有這個認知。」葉嬤嬤說著回身坐在床上瞧望著她。

「說說那兩個丫頭的事吧。」

林熙聞言，倒也沒含糊，直接從徐氏給早預備下的六個人說起，葉嬤嬤便靜靜地聽她說。

「……其實要是沒侯爺授意的話，這兩個通房我都不打算理會的，由著她們去，畢竟根基上沒什麼依靠，日後就算生下個一兒半女也不會太頂著我。只是侯爺這麼插進來，我不選，便是我不懂事，回頭人家一句收了，只怕妾也成了，反倒更難，因而我只好拿了一個名額給她了。」

「妳說妳本不打算理會，那現在呢？」葉嬤嬤抓住了林熙的字眼。

林熙眉眼一抬，深吸了一口氣。「我想把這個人弄來立規矩。」

「怎麼個意思？」

「夫君和我說過，不會有庶長子的，他雖寬了我的心，但他可以不想，未必人家無念，何況我瞧著那丫頭內心挺傲氣的，似我這般還要等日子的，她若得逞，少不得憑子與我叫板，就算日後孩子過在我的名下，也少不得興風作浪的。嬤嬤，我不想和我娘一樣，成日裡跟著這樣的人費心，所以我打算……捧雲露起來，壓她的臉，壓她的心，以次壓好，以賤為優，我不信她不難受。而後，再瞅準時機，煽風點火，等她們較量起來了，我再出來收拾攤子，一個捧一個壓，或者兩個都發賣了，便也立了規矩。」

「發賣了好，兩個礙眼的倒也都除了，妳這招漁翁得利的法子也算在點子上。」葉嬤嬤笑語。

林熙卻望著她。「嬤嬤這話聽著像反話，該不是笑我氣量小，不容人吧？」

「那妳容還是不容呢？」

林熙望著葉嬤嬤，搖搖頭。「這算什麼問題？問問天下女子，誰肯把自己的丈夫分享於他人。可無奈，家業相傳，香火為重，有什麼比開枝散葉重要？何況嬤嬤您不也說過的，似侯府這種大世家，妾侍通房豈會少的？我若為主母，就得大度，就得容，不是嗎？要不然一身惡名，如何做那期望的牌坊？」

「那妳憋屈嗎？難受嗎？」

林熙點點頭。「憋屈、難受，可有什麼辦法？我若把持得狠了，便是惡名，我受不起。」

「妳當然受不起，就是身為皇親國戚的郡主這般做了，也是要被人拿來說事的。」葉嬤嬤這般說著眼裡卻是一亮。「可是，真就沒辦法了嗎？」

林熙聞言一愣，隨即苦笑。「難道嬤嬤有法子？」

葉嬤嬤不置可否，而是衝林熙說道：「妳能想到，鷸蚌相爭漁翁得利，既立規矩，又除礙眼的東西，這說明妳是很希望身邊最好乾淨的，但是，妳清得出去一對，清得出去所有嗎？」

林熙搖頭。「走了舊的還會有新的，光我爹自六品上下時，便有姨娘三個，似他們這般，通房、姨娘還有外室什麼的……哎，怕是兩隻手都數不完，我哪裡清得出去？何況我要真這般日日忙活這個，我也得有那底子。想那淮山郡主，何等厲害，還不是背了惡名，就我家這等清流，便是我想惡，也惡不得的，真根本就無處下手！」

葉嬤嬤笑著起身拿了茶壺茶杯出來，口中輕道。「妳說得沒錯，這妾侍啊，就跟韮菜一樣，一茬一茬的，沒完沒了，妳一個翰林家的女兒，拿什麼去治？」她說著把茶壺、茶杯全擺好，而後衝著林熙一笑。「不過妳錯了，不是無處下手，而是何處下手，這男人就如茶壺，女人就如杯子。」她說著抓起茶杯啪地摔碎了一個，在林熙詫異中，她指著茶壺茶杯說道：「少了一個又如何，我有得是辦法補新的，永遠少不了茶杯不是？永遠它有地兒倒水不是？可要是……」葉嬤嬤說著抓起了茶壺，啪地往地上一摔。「那這樣呢？」

林熙瞪了眼。「您這是……」

「要想沒了妾侍之擾，還身不背惡，就得從茶壺下手，得讓茶壺自己不要茶杯！」

林熙聞言徹底傻掉了。這是什麼言論？這、這簡直……

「嬤嬤，您在說什麼？這怎麼可能？」林熙第一次在教導上懷疑起葉嬤嬤來，她覺得葉嬤嬤說的話，簡直就是匪夷所思。

茶壺自己不要茶杯，男人自己不要妾侍？這，可能嗎？

「世事無絕對，沒有什麼不可能！」葉嬤嬤還是一臉淡然，甚至對打碎的茶壺茶杯沒有半點在意，更對林熙的驚詫淡漠視之。「這個世道，家族立本靠的是人丁，家業興旺更是少不得全家對子嗣的護佑，所以開枝散葉是大事，血統純正是王道，故而一面求著嫡妻，一面又鋪著妾侍，但這也不過是一半的因由，更多的乃是家族妥協之果——妻，是媒妁之言父母之命，妻是正統正道，是家族相合，用不著你愛著疼著，只要敬著、用著，生得嫡子，管得家事，把兩家族氣連成一處，求個互利就成；而妾，不過是人家自己中意的、喜歡的，求的是慰償，免得大老爺們心裡怨氣，娶了個不喜歡的。」

這個林熙何嘗不懂？只是她沒膽子把話說得如此直白。「我也不是不知，所以，人家怎麼會自己不要……茶杯。」

女人啊，在這個父權世界便要依附男人而活，生產力是男子，家族的力量是男子，財產的獲得是男子，哪裡有女子出頭的地方？葉嬤嬤心中嘆息著，口中卻在言語：「為首者，妻便是摯愛，別人終不能比、不能替。」葉嬤嬤望著林熙。

林熙卻是嘴巴微微的張了一下，隨即笑了。「嬤嬤不是叫我鎖心嘛，怎麼又……」

「有衝突嗎？」葉嬤嬤眼裡閃過一絲嘲意。「我叫妳鎖心，是叫妳自己別急乎乎的把心送上，免得傷得體無完膚，而妳身為女子對妳夫君必然是一心的，他能負妳，妳負得了他嗎？」

的確，男人可以三妻四妾，負心薄倖，而女人若是越禮，輕則惡名削髮，重則豬籠喪命。

「所以……」林熙苦笑。

「所以妳別急急的奉上妳的心，但卻不礙著他把心給妳，妳若是有那本事，讓他對妳癡心一片，真心護妳疼妳，那麼妾就算進了門，也興不起風浪！」

林熙的身子哆嗦了一下，整個人都繃直了，但很快她低下了頭。「我又不是什麼傾國傾城之人，何況，我才十一，相隔得還遠。」

「所以這個才是根本問題，妳現在和他之間沒法圓房，所幸這一茬不過兩個通房，連妾侍都不是，何況妳也有了心思應對，且留著她們與妳夫婿一起混著日子，慢慢地做了妳的棋子，該立的立，該攆的攆，打發了，也就空了。但是這段時日裡，妳也不是真閒著的啊，妳完全可以花花時間和心思，讓自己住進他的心裡，讓他在乎，讓他肯替妳想！」

林熙低了頭，尋思著葉嬤嬤的話，而就在這個時候，葉嬤嬤伸手從枕頭邊的小箱子裡取了一個絹帕給她。「拿著吧！」

林熙聞聲抬頭順手接了，便瞧看到上面密密麻麻的字，竟是一些草藥的名字，而此時葉嬤嬤也柔聲做了解釋。「這是冰肌玉骨的法子，妳收好了，以後我不在妳跟前，這事也再伺候不上，妳自己想辦法弄去，只要妳堅持下來，傾國傾城未必，卻也必然是美人一個。雖我自認一個女人的美，是美在自身的心性與內涵，但架不住男人的眼還是要看皮相的，故而多一分是一分，於妳日後只有好處沒有壞處的，只是少不得要拿時間來耗了。」

「可這不是宮中秘密嘛，我怎敢……」

「不用雪水，就用井水，便不會大張旗鼓，效果雖然減半，但勝在方便長久，妳依然可成的。日後飲食用度，一定要養尊處優，別捨不得擺譜，一來對妳自身好，二來嘛，當家主母的氣性，那也是養出來的。」

林熙聞言立刻應了聲，將絹帕也仔細的收了起來。

葉嬤嬤衝林熙一笑。「行了，該說的都說了，七姑娘，回去吧！」

林熙知道葉嬤嬤性子上偏淡，但是這會兒的她並不想走，因為想到明日她回門，葉嬤嬤又回莊子，以後再要見，也不知要等到什麼時候、還有沒有機會，便是不肯。

葉嬤嬤瞧她那樣，難得的眼裡有了一絲柔意，衝她笑了笑，倒起身到了她的跟前，拉上了她的手。「謝家是大世家，千年的傳承，有它深重的地方，妳還小，藏著點、掖著點，不吃虧，慢慢的瞧、慢慢的學，等有把握了再出頭，包括那兩個通房。我若是妳，就依著妳的法子來，但絕不做到明處，落人口實。還有，二桃殺三士的故事，妳是知道的，學著點，寧以善名殺生，不以惡相除人，妳才能做一個有口皆碑的世家奶奶。」她說著嘴巴湊到了林熙的耳前，聲音很輕。「善名之事，多做，把自己做成了菩薩，誰動妳，都得掂量掂量。」

林熙望著嬤嬤鄭重點頭，一轉眼，嬤嬤便丟了她的手，竟推著她往外攆了。「去吧，我一個嬤嬤，妳看看也就是了，自己的姑爺身子不好，也不守著，傻！」

說話的工夫林熙直接就被攆出了屋，當即葉嬤嬤的房門也就掩上了。

看著關上的門，林熙知道，葉嬤嬤看起來冷到幾乎不近人情，但實際上，她的心熱切非常，今日匆匆一見，也是想著能再提點提點，對她說了這些掏心窩的話，不管離她現下能用的有多少，也都是她的一番真心意。

對著房門她做了個福，而後掏出帕子抹了抹眼角後，回往了院落。

進了屋，去了床邊，謝慎嚴此刻還睡著，但臉上通紅，露出的肩頭和臉上都是濕乎乎的汗水，她便立時捉了手裡的帕子湊上去，輕輕的為他擦拭。

才擦了兩下，謝慎嚴就睜開了眼睛，迷迷濛濛似的看著她，動了動唇後，又閉上了，似是在夢中一般，並未醒來。

林熙看著他那樣子，一面伸手為他繼續擦拭，一面回想著葉嬤嬤的話語，她看著他的睡顏，心中有些不是滋味——要他自己不去找妾侍？我，有那個本事嗎？

雖說散了席，各自抱團言語，可吃了酒的人，或多或少有些微醺，連襟舅子們這會兒彼此手中抓著酒壺，還不肯離桌，就著酒壺菜餚在那裡言語，時不時的笑言兩句，碰個酒杯；而飯廳外間，林昌同邢姨父手中捧著茶，跟前鋪著棋，醉眼矇矓的一邊說一邊下，兩人迷迷糊糊的，好幾次都忘了從缽裡拿棋，直接就在棋盤上現抓了。

而飯廳不遠處的花廳外，林馨、林嵐湊在一起言語，花廳裡，邢姨媽、陳氏則手拉著手說著話，至於林悠同玉兒則陪著林賈氏去了她的院落裡言語去了。

「妳的姑娘都嫁出去了，妳也不用再擔心了，接下來就該忙著幾個哥兒們的婚事了，過不了兩年，也得做人婆婆了。」

「熬吧，只希望兒媳婦進門後，老爺能消停。」陳氏說著無奈的搖搖頭。「妳還有工夫惦記這個？光惦記女兒與兒媳婦就夠妳忙的。哎，對了，妳那大丫頭出去幾年了，咋也沒見來個書信問問妳，按說今年最後兩個妹子都嫁出去了，沖喜她算不上日子，可到底過年呢！是不是也該和她夫婿回來坐坐？尤其幾個妹子都嫁得不錯，熙丫頭更是進的謝家門，她於理也得回來大家熱絡一下啊！」

陳氏的臉色有些發僵，笑容也變得生硬。「哦，她到底是隨著康家搬了的，有什麼也得看康家的意思，哪裡能這般如意？再說她也可能是不便吧，也許過幾年……」

邢姨媽立時拉近了陳氏，貼著她耳朵言語。「她不懂，妳這個做娘的還不懂了？怎麼也不去信叫著來？而且，這都幾年了，怎麼也沒見傳信來？是不是出了什麼差錯，不行的話，趕緊給說道著弄個自己人做姨娘，弄個孩子放在膝下才是正經！」

陳氏堆著笑，點了點頭。「我、我會問問的。」

邢姨媽一愣。「不會妳都不知她情況的吧？」

「也不是不知道，到底嫁出去的女兒，我怎好過問太多？何況康家又搬了的，來往只得書信，可兒也都報了平安的，也就沒多問。」陳氏堆笑說著謊話，盡可能想自然些，只是這話說出來，邢姨媽的眉頭卻是皺在了一起。

「奇了怪了，有道是遠香近臭，她又是妳最疼的大姑娘，妳怎生一副淡淡的樣子，不知道的，還以為大姑娘不是妳親生的呢！」

陳氏聞言立時斜她一眼。「胡說什麼，連我都笑話上了？我也不過是忙著幾個丫頭出閣的事，一時沒顧上而已。」

「姊，我哪裡是笑話妳啊？是提醒妳，這都幾年了，自己的大女兒也不問問，萬一有個好歹可怎麼辦！」邢姨媽說著，眉頭越發的皺在一起，一雙眼睛更是直直的盯著她。

陳氏立時瞧看出來，邢姨媽並非是問問這麼簡單，心中一動，拉緊了她的手。「妳說著提醒，莫不是有什麼話想和我說？」

話不用說清楚，意思卻是透了出來，邢姨媽的嘴角抽了抽，轉頭向外瞧看了一眼後，復又拉著陳氏，幾乎臉貼臉的輕聲言語。「妳和我說真心話，大姑娘是不是出什麼事了？」

陳氏為難的抿了唇。

這事，她是沒法說的，事關林家的名聲，家醜外揚不得，就是親姊妹，也得捂著，可她也不敢再說沒事了，自家姊妹明顯是捕風捉影的知道了點什麼。

陳氏這般，邢姨媽看她那樣子，當即嘆了口氣。「我就知道她一準有事！」說著埋怨似的衝陳氏念叨起來。「是不是她生不得？」

陳氏動了動嘴唇，她不好接話，只是一臉難色的看著邢姨媽，登時邢姨媽一副明白的表情。

「行了，別當個鋸嘴葫蘆了，這事妳就是不說，明眼人也看得出來啊！想想這都嫁出去幾年了，都沒什麼動靜，逢年過節的也沒個回來探望的意思，我原本還以為她那大咧咧的性子，玩瘋癲了，不知禮，妳這個當娘的也忙著府裡的事，顧不上，可如今看來，倒是半天沒動靜，說不出話，抹不開臉，無顏求歸了。」

陳氏聽著這話，順著她話接了一句。「可兒也難。」

邢姨媽嘆了口氣，眉頭再鎖。「是難，才更不能這麼由著啊，妳知道嗎？我家老爺的堂哥，前幾天打揚州過來時，念著兩家的親戚關係去了康家上拜會了一道。按說這種情況，不論怎樣，也該是大姑娘和姑爺來見見不是？結果，倒好，只那姑爺出了來，問及大姑娘，說是生了病，屋裡養著不便見，他坐了坐出來，思量著妳姑娘身子不好，就打算再買點東西送到府上去，好歹也是長輩的一份關心。於是去了藥材店裡採買了東西，叫送去康家府上大少奶奶的手裡，結果妳猜怎麼著？人家藥材店的老闆問了一句氣死人的話出來！」

「是什麼？」陳氏心驚不說，身子也繃得直直的。

「問說這個康家大奶奶是趙氏還是馮氏！」

陳氏聞言腦袋裡嗡的一聲說不出話來，邢姨媽則是一臉的惱色繼續小聲言語。「他堂兄當時就氣壞了，義正辭嚴的斥責了人家，說康家的大少奶奶乃是林氏，何來的趙、馮二姓？還斥責他們連本地官家的主姓都不知，如何做的生意，結果人家倒兌了他兩句，說自康家掌揚州以來，只知道康家大少身邊兩個夫人，一個趙，一個馮，從未聽過有林，生生把他堂兄氣壞了，東西不要了，另尋了一家去採買。結果，一樣的話也問了過來，他堂兄才覺著不對，試著去了幾家藥店珠寶店的套話，竟無一個知道康家大少奶奶乃是姓林的，他一時發了氣性，買了東西再去康家，大姑娘依舊不出，他質問為何揚州百姓只知你康爺身邊有趙馮而不知正妻為林，那康家竟說要問緣由就找林家問去，莫來問我康家，就把他堂兄給趕出來了。」

陳氏聽得心中惶惶，面上卻要繃著，只是一臉抱歉。「怎麼弄成了這樣，哎，他那堂兄可在府上，為何今日沒一道來？我明日裡和老爺親自上門給他賠罪去！」

「哎喲，我的姊姊！妳以為我是為著討這個歉的？他堂哥昨天就承了朋友的邀請去了鄰縣參加什麼詩會去了，過得幾日才回來，我又挑了這個時候藉著瞧兩個新姑爺過來與妳提起，就是不想這事說出來丟林家的臉，叫妳難堪啊！」

「好妹妹……」

「姊，妳也是個精明人，可兒身子有問題生不成，就趕緊做盤算，不能由著那兩個什麼趙、馮的妾侍在那裡耀武揚威啊！當年你們和康家算門當戶對，他外放是厲害了些，可這幾年，妳的幾個女兒都高嫁了，尤其七姑娘還是嫁進了謝家，姊夫也一升再升，康家再是外放官，也不能拿臉色給你們瞧啊！生不得，那就趕緊過繼個到膝下養著，總不能叫人家打臉不是？我要是妳，立刻發封信回去，叫著他們來，到時候看看康家那位爺在幾個連襟前找得到臉不！」

邢姨媽越說越是激動，畢竟林家若是丟了臉，她的姊姊就丟臉，也會臊了她的臉，是以想到老爺的堂兄在自己面前說起這些話時的義憤填膺，自己的丟臉羞愧，便覺得若這事再不提醒著，日後還不知有多難看。

陳氏心中有苦說不出，看著妹妹這般體恤自己的熱心出主意，卻又不能不應承，當即抓著她的手表了態。「好好，我知道了，晚上我和我家的那個商量一下。」

邢姨媽聞言點點頭，吁出一口氣來。「可抓緊著點，這事也得虧是他堂哥撞上了，要是換個外人嘴巴長的，說三道四下來，那才噁心人呢！」

陳氏應著聲，不敢與她在這個話題上再說下去，眼瞧著外面說話的兩人，衝邢姨媽一笑。「好了，妳也別光說我這邊的，妳的怎樣了？我瞧著玉兒和妳挺好的，沒再母女兩個嘔著氣了吧？」

「沒了，這都嫁出去幾年了，說她是孩子也不是了，前面嘔是嘔，後面發現那姑爺也不是個冷人，也就沒怎麼埋怨了。這次回來，說著最近和那姑爺兩人也能說上一些話，我瞧著她眉眼裡也沒那麼怨著了。」

「難為妳這個當娘的，費了心力。」

「誰讓咱們是做娘的呢，還不是處處為著子女好？」

到了近申時的時候，謝慎嚴的藥勁抗過，發了一身的汗，花嬤嬤早帶著人備下了水，伺候著謝慎嚴沐浴更衣，林熙候在外面，打算等他出來重新束髮一番後，好一道去了正房的院落，畢竟回門的日子，能與夫婿多在父母跟前待一待是正經。

只是謝慎嚴那邊才進了屋沐浴，這邊章嬤嬤就來言語說邢姨媽一家要告辭了回去，林熙便只好去了浴房前招呼了一聲，自己先隨著章嬤嬤前來相送。

邢姨媽見林熙一個來，知道謝慎嚴還睡著，便也沒問，只拉著她囑咐了幾句，說著有空到府中坐坐的話，也就一家人告辭了去。

他們一行人送了邢姨媽一家離開便打二門上回來，此時謝慎嚴也趕到了，不知道是藥勁的緣故，還是沐浴泡了湯水，謝慎嚴的臉色憔悴去了一些，透出一點白皙來，整個人看著也舒服了許多，這使得陳氏瞧望著他，眼裡透著一分欣喜。林熙瞧看到母親眼中的這份喜悅，不由得就想起了那句老話——丈母娘瞧女婿，越瞧越對眼。

「我還是來遲了。」謝慎嚴一臉的歉色。

林昌擺了擺手。「沒什麼，都是自家人，沒那麼計較的，何況你身子還不好。欸，你這會兒精神怎樣？要不要再歇歇？」

謝慎嚴欠了身。「多謝岳丈大人關心，小婿才起，不必再歇著了，先前也沒和岳丈大人親近，是小婿的罪過。」

林昌聞言覺得心裡那個舒暢，明陽侯府家的小四爺，顯赫非凡的世家子弟，卻沒在他跟前擺譜，還如此的恭敬，這是多麼爽利的事，當即他一臉笑色擺手想要說話，不料身邊的莊明達搶在了他前頭——

「哎，你沒親近沒關係，我和幾個連襟可陪著岳丈下了幾盤棋了！」

林昌的嘴巴扭了一下，謝慎嚴乾笑了一下，看向了莊明達。「你陪著下棋？我看是三姊夫和六姊夫陪著吧！」

莊明達嘿嘿一笑。「我還是下了的，只是敗得早了些，岳父他太厲害了，他們兩個也不是對手。對了，慎嚴，你棋藝不錯，不若陪著去下一盤，你不是要親近嘛！」

「那得看岳丈大人勞累與否，與你這個臭棋簍子下棋，不知有多頭疼呢！」謝慎嚴說著看向林昌，淡淡一笑。

林昌當即就一臉的笑色。「說得沒錯，和他下還真是頭疼，不過，我還是很想與你過過手的，趁著晚飯還有陣子，要不咱們去過過手？」

「固所願也，不敢請耳！」謝慎嚴一個欠身，當即又隨著林昌折身就去。

陳氏瞧著連襟和兒子們都跟著，輕咳了一聲道：「桓兒，你就別去了，我找你有事。」長桓立刻應著折身回來，除了莊明達，其他幾個姑爺都是會來事(注)的人，當下一個個折身回來問著可有什麼要幫忙的，陳氏擺手說沒什麼事後，他們才追著林昌去了書房。

陳氏見狀衝身邊的兒子和女兒一招呼。「你們跟我去趟福壽居吧！」說完神色凝重的帶著他們就出了院子。

第五十二章 吻

福壽居裡，陳氏把從邢姨媽那裡聽來的情況，學說了一遍，屋內知事的幾個孩子連同林賈氏、常嬤嬤都是一臉的震驚與憤怒。

「康家太過分了，這般由著兩個妾侍在外成名，置我大姊的名聲於何地？」林悠聞言，一臉的惱色。「難道不知道我大姊若是名聲壞了，他康家也得連帶著臊臉嗎？」

「四姊姊那般激動做什麼，人家也沒說大姊不在啊，兩個妾侍是名聲大，可也是妾侍，又沒說是正房太太。」林嵐在旁話語有些陰陽怪氣，但說的也是實話，這恰恰也是叫林家憋火卻又不能如何的地方。

畢竟，林家在這件事上，便是理虧的人，就算明知康家這般做事有失約定，卻也無能為力，誰讓錯在自己呢？

「我叫你們來，不是為著讓你們爭吵，而是要你們知道，眼下這是件大事，你們都得統一了口徑，遮住這醜，要不你們都無法在夫家立足，你們幾個出入學堂翰林的，更是要受恥笑！」陳氏一臉怒色的斥責了幾個兒女。

林賈氏嘆了一口氣，直接問起了陳氏。「妳有什麼打算？」

注：來事，意指會討好別人，招別人喜歡。

「這事怕是越放越不好，我意思，要不咱們給康家去個信，叫傳喪回來吧。」陳氏說著扯了扯手裡的帕子。「只是如此一來，桓兒的親事倒也不好那麼急，怎麼也得緩個一年半載，免得咱們涼薄了。可那樣的話，叫人家姑娘等個一年半載的，我怕女方不樂意，而且，趕著這時候出了喪事來，於姑娘家的名頭也不好，相剋觸霉的，日後倒是容易扎刺，於桓兒的府邸上難做，所以我估摸著可能會黃。可要是不這個節骨眼上，再等個兩年的，又怕這事鬧大了，那時遮不住了，可就……」

「母親，兒子的婚事蹉跎這一樁沒有關係，萬不能讓家業名聲有損，大姊死得不明不白，縱有人證灼灼，我也是不信的，只是偏涉及醜聞，不好聲張，更無法公堂論斷。但若任由康家這般不嚴，遲早大姊姊的名聲也要敗壞，倒不如早早傳喪回來，兩家真格的脫了干係！」長桓一臉嚴肅的言語。

「桓兒，難為你了……」陳氏眼裡充滿心疼。

「得之我幸，失之我命，沒什麼難為的。母親也不必去尋定什麼親家，說日子，扣著人家姑娘什麼的，畢竟待傳喪回來，人家肯等，那便會等，人家不肯，這般留著扣著以定來說，倒招了仇怨。還是就由著他們吧，該如何就如何，待我給大姊守一年禮再說親事，彼時誰合適再說誰吧！」

長桓這般言語，讓陳氏一臉歉色，林賈氏則是一聲嘆息。「哎，可兒這個孽障，卻把你這個和她最親的兄弟給害了！罷了，如今看來也就只能如此，想來康家這般不給邢家親戚臉色，也是不想再守著這個約下去了。這都快五年了，人家撐了這些時候咱們還得謝謝著，畢竟康家也會想要嫡孫的。」

林賈氏一句話道出了康家這般做的一番緣由，但此時林熙卻開了口。「祖母、母親，熙兒覺得，還未到傳喪的時候，畢竟這個時候傳喪的確要影響到大哥的婚事，我覺得，其實康家的傳喪還可以往後推兩年的。」

「什麼，推兩年？」林賈氏聞言看向林熙。「妳何出此言？」

「祖母，今日林家已不是昔日的林家可比了，大姊出事的時候，父親尚未著藍袍還穿綠衣，我們幾個姊妹都還未曾出嫁。如今三姊姊在杜家，四姊姊在莊家，我和六姊姊也和謝家都是有關係的人，有道是打狗還要看主人，這個時候的康家不會傻到想在這一刻與我們真斷個乾淨的。我估摸著京城的消息尚未傳到揚州去，不若回頭由大哥以給康家的大姊寫一封家書為名，發書信過去，以問詢為由，內說最近家中幾個姑娘出嫁，以及自己將成親的事，然後末尾問問康家覺得什麼時候傳喪好，我想康家肯定會自願推後兩年的。」

「自願？康家肯自願嗎？」林悠聽得不解，當即詢問。

陳氏和林賈氏則已對望，而此時不等林熙作答，長桓倒開了口。「四妹妹！康家不自願也得自願啊！這去年才百官查核了的，再有兩年便是下一輪官查了，那康家如今在揚州也有快五年了，做了兩屆便得挪窩，只是他康家到底已是外放，捏了實權，得了好處，誰願意回來在京城做小？自是不想走，或者走往更高處的，可那就得京裡有人薦他，而外任同一地甚少過三，過三者都得內閣或是重臣舉薦，試問康家所想如何成全？誠然他能走到今日，自有人周全，可若是杜家、莊家、謝家有人出面打一聲招呼，說康家得挪窩了，你們說吏部賣不賣面子？」

「哈，大哥說什麼自願，這分明就是逼康家妥協嘛！」林悠聞言立即笑了。「不過這樣滿好的，康家由著兩個妾侍做臉，如今壓他一壓也是好的！」

「是啊，欺負到林家頭上，也該他難堪。」林馨也點頭附和。「雖說我們府上老爺子年後就致仕了，可到底下一任的首輔乃是韓大人，他擔著吏部的。若我家的老爺子念叨一句，韓大人必然買帳的，畢竟票選中的頭一票，就是老爺子點的他！」

內閣是由六位大學士組成，而他們當中每人又兼轄一部尚書，這六個大學士雖然同為內閣，但也有個首輔，就是內閣之首，可以說是宰相頭頭，因為餘下的五個也是宰相，但很多時候的大事決斷還是要首輔定調子，剩下五個順著調子討論敲定諸事的。

雖說每當退休一個頭頭下去，剩下的排資論輩的走上來第二個，但還是要走個形式的，那就是退休者點出繼任者，寫一封推薦書，而後內閣投票同意與否的時候，他再第一個投同意出來。

固然沒有實際的意義，但卻是要繼承者對退休者心生感激的，是要對退休者稱恩的，那若是杜閣老真個的去和韓大人招呼，韓大人自然關照，要知道退休的宰輔就算不為朝臣，只要不得罪了當政者，照樣是榮歸故里、安享晚年的，而他提拔的人都得承他的恩，在京城裡處處護著，除非你把當政的得罪了，不然沒幾個人會落得類似張居正的下場。

「是啊，康家又不是傻子，晚兩年要嫡孫，就能再做一輪地方官，肥了自己，這帳還算不來嗎？」林賈氏已然明白這個道理。「是賣給我們林家一個面子，既不難為還幫他一把好，還是就此傳喪回來，兩家沒了關係，臨了搡他一把好，他們自然明白該如何的。」

林賈氏說了這話，便算是定下了處理方案，叫著長桓晚些就去寫信，叫著陳氏等到晚上林昌酒醒了，再和他提及此事。「……這件事，就這麼著吧，不過你們心裡也都有個數，若有人問及你們大姊，就稱這兩年與康家的書信來往裡，道她身子不好，害病臥榻，這樣日後無嗣病亡也說得過了。」

眾人應聲，稱道明白，林賈氏便衝著林馨言語。「馨兒不急提起這事，且等康家的回覆了，還有悠兒、熙兒，都給我沈住氣。至於嵐兒，妳也少在那裡怪腔怪調的，妳是姓林的，倘若妳大姊的事露出去半點，妳便也要受牽連。自己好生堵著嘴，別再給妳自己惹麻煩，妳也知道妳那婆婆是個什麼性兒，由著她知曉了再來為難妳，那便真是妳自找的了！」

林賈氏把眾人囑咐了一道，尤其長佩、長宇也特別念叨了一回，大家心知肚明大姊的事猶如瘟疫，自然個個避之不及，不會長嘴招惹。於是林賈氏見大家神色都很慎重，便滿意的點點頭，又說著問著些別的。

正說道著，管家來了，因是杜府上來了小廝，說杜家一個什麼親戚來了，催著三姑娘和三姑爺回去，當下林馨便起身告辭。

林賈氏就乾脆也攆了林悠。「行了，妳也別這裡耗著了，妳又不是回門的，趕緊的回去吧，免得我這裡待久了，親家掛著妳，倒是我們不懂事了。你們都出去吧，該送的送，該回的回，晚上吃酒也別來鬧我了，年紀大了，喝點酒，我這就暈了一下午了。」

當下林悠噘嘴告辭，林賈氏扶著常嬤嬤回屋歇著，而陳氏陪著她們兩個去林昌的書房裡尋兩個姑爺。她們一走，林嵐衝長佩、長宇開了口。「我來時給你們帶了禮物的，趁著這會兒沒事，不妨去我那邊取了吧，免得明天我回得早，分發不及。」說著看了一眼長桓和林熙。「你們要一起過去嗎？」

長桓和林熙如何不懂他們姊弟獨處言語的心思，看了眼長宇，長桓搖搖頭。「不了，我還有事，我的禮物就託長宇給我帶過來吧！多謝六妹了。」

「我也不去叨擾你們了。」林熙笑著輕道。

林嵐點了下頭，帶著他兩人就去了，長桓和林熙對視一眼後，出了福壽居往正院走。

「想不到這才出嫁了三日，七妹便似長大了一節，今日裡倒心思轉得快了。」走到正院前的月亮門時，長桓臉上是淡淡的笑容衝林熙言語。

林熙笑了笑。「大哥說笑了，三日前，我什麼都不是，現在不過恰恰可以狐假虎威罷了。」

長桓聞言淡笑了一下。「到底是進了侯府，做了侯府裡的少奶奶，倒也懂得借力打力的門道了。」

林熙臉上笑容一閃而逝，變得有些艾艾。「大哥，你真的……相信大姊是清白的嗎？」

林熙的心裡翻攪著海浪，面上卻死命的壓著，從先前長桓說著要為她守禮，不信她做下對不起林家的事時，她的眼淚其實就在眼眶子裡轉圈了。

「當然，大姊縱然脾氣刁蠻，性格上強橫了些，但她畢竟是林家的長女，那時妳還小，妳不知道，我讀書的時候都是跟在大姊的後面，四書五經她可學得不比我差，她怎麼可能不知醜的做出那等事？我不信的！」

林熙的眼角發酸發熱，終歸到底信她的竟只有長桓一個。

「大哥，寫那封信時，麻煩你寫上那兩個妾侍的事，就說你親有耳聞，問問『大姊』，這等不知尊卑之事如何出在康家這書香門第的宅府？並請一定寫上，七妹妹問及趙、馮為何許人時，你實不知該如何作答。」

長桓的眉毛一挑。「妳這是……」

「既然都狐假虎威了，為什麼不把這兩個妾侍一併收拾了呢？康家要讓兩個妾侍冒頭來打我大姊的臉，那就得拿這兩個妾侍來還我大姊的臉！」林熙說著眼睛微微瞇起。「縱然我大姊已不在，可她也是林家的人，若有人欺負欺辱，便是欺我，我必為其討之！」

長桓點頭。「妳說得對，她是林家人，我不能由著他們欺負。」說著他捏了拳頭。「我這就回書房寫信去，妳過去不？」

「不了，我還是去娘那裡吧，三姊夫和四姊夫一走，便剩下我夫婿同六姊夫在那邊了。

他病著，我還是在他跟前的好。」林熙搖頭拒絕。

長桓應了一聲，便自己回院。

林熙便獨自往正院走，哪知才過了月亮門，卻不想瞧見一個頎長的身影，竟是謝慎嚴。

「你……」林熙一驚，剛才她同長桓言語時就在月亮門前，他聽見了多少？

謝慎嚴眨眨眼，一臉的淡然。「岳母送他們出去，岳丈正和六姊夫下著棋呢，我有些悶出來轉轉，結果走到這裡沒想遇見了妳，多謝夫人掛心了。」

「……」林熙聽聞此言，只覺得心裡被重錘砸過，一句謝夫人掛心，分明是聽見了剛才她說要在他跟前的話，於是她緊張的看著謝慎嚴。「你，聽見了多少？」

謝慎嚴抬手把林熙的肩膀一搭，頭低向她的面前，兩眼盯著她，整張臉和她所距只有一拳之隔。「妳我本就夫妻，既要狐假虎威的，那就得姿態放低些，別一副臨敵的模樣，至於先前還能說什麼『必為其討之』的話語。夫人啊，聽我一句勸，不管什麼時候，這種話都只能放在心裡，千萬別掛在嘴上，輕則，爪牙露得太早；重則，強出頭自招禍！」

謝慎嚴的話讓林熙完全始料未及，不過她不得不承認謝慎嚴說的是對的。

「是。我，記住了。」面對謝慎嚴一臉嚴肅的神情，她還是十分聽話的回應作答，但是內心的不安並未減少，相反她更加擔心，她怕謝慎嚴會問及相關，而她卻無法徹底隱瞞和欺騙，畢竟他已經聽到了。

但，令她沒想到的是，謝慎嚴竟然沒有追問下去，反而依舊是保持著兩人過分近的距離，就那樣雙眼淡然的打量著她。

就在她惴惴不安，滿腦子尋思著等下該如何編話半真半假的應付過去時，他竟然對她一笑。

「什麼都寫在臉上，可不是好事。」謝慎嚴說完不等她反應，人便直身往後退了半步，轉身往邊走，而這個時候，書房的棉簾子掀起，林昌同曾榮笑嘻嘻的走了出來。

林熙不自覺的看了一眼謝慎嚴，邁步跟在了他的身邊。

「熙兒過來了？」林昌似乎下棋下得很開心，一臉的笑容。

「是啊，不知父親今日戰果如何？」林熙上前應對。

「我這兩個女婿可都下得不錯呢，一不留神，就得輸啊。」林昌說著衝林熙說道：「欸，妳母親送人還沒回來？」

「哦，大概……」

「來了！」月亮門處陳氏已經走了回來。「不過是囑咐兩個丫頭多說了幾句，你這邊倒催上我了。怎麼，你的棋下完了？」

「下完了，立時就餓了。」

「那就正好去用晚飯吧！」陳氏說著招呼了下人去通傳，一刻鐘的工夫，除了老太太林賈氏和葉嬤嬤外，其他的人都來了，包括瑜哥兒。

男女有別，不同正午的飯，這一趟用起時，便是中間立了屏風的。

老爺們，包括瑜哥兒都在外間桌上用餐，內裡則是女眷。只是相對於外間的熱鬧，屏風內的座位上，一共才坐了陳氏、林嵐、林熙三個人，姨娘們一個也沒見，顯然陳氏沒准來的。

聽著外面幾人爭執著最近的學說言辭，陳氏看了看面前的兩個姑娘，壓低了聲音言語道：「妳們兩個，一個是我肚子裡的肉，一個只是過在了我的名下，但無論如何，我都是妳們的母親，所以有些話我好歹都是要說的，只是知我者，會明白我的苦心，不知者，大約會怪我多事，但不管妳們會如何想我，我只盡我的責，求個無愧於心。」

「母親話重了，但凡教導皆是為我們好，女兒聽著。」林熙立時言語，畢竟回門是於家的一次鄭重告別，日後雖說也不是不能歸家，卻必是要逢年過節或是重大事件時才能歸來，這種時候，通常是難以細說什麼的，所以回門總少不得父母言語，但又因帶著姑爺同歸，有些話卻也是難說的。

「母親大人何必說什麼『不知者大約怪您多事』的話，這桌上除了您和七妹，便是我這個討嫌的，您要說，做女兒的怎敢不聽？」林嵐掛著似笑非笑的模樣口中淡淡。「怪字可談不上，那是罪名了，嵐兒可背不起。」

陳氏的眉微微蹙了一下，卻沒在這上和她多言，只壓低聲音，語速較快地說著。「妳們兩個也知道大姑娘的事，不管到底是如何，總之是醜事，我此番提起，不是囑咐妳們封口的話，而是要提醒妳們，日後多思量思量，切莫稀裡糊塗的走上了大姑娘的路。」

林熙聽此言自是乖順點頭，這也是她內心所希冀的，至於林嵐，她不過隨意的點了下頭，算是聽見了，只是那一臉的與我無關的神色，顯然是膈應（注）著陳氏的。

陳氏見她不領情，也就輕撇了下嘴，轉頭就看著林熙言語起來。「妳嫁是嫁了，到底年歲還小，有些年頭要等，除了把妳院門裡的事盯好，也需得和妳公婆姑嫂的把關係理好。妳性子自小乖順，為人也是安靜討巧，知規矩知禮的，我本不擔心，只是想到那到底是侯府，日後也少不得妻妾的，才有心囑咐妳一句。妳得記著自己的身分，千萬別和妳娘我一樣糊塗，生生的拿了十幾年出來，竟和妾侍們鬥心眼去了，半點不似個主母樣兒，妳得把心思用在妳夫婿的身上。正房嫡妻，不僅僅是要護著血統、護著家門的，更得把妳的夫婿盯好，指著他上進撐家，且不可因著年小，就什麼都唯唯諾諾，日後不但找不到身分地位，更於家宅無益，記著，娶妻求賢，妳一定不要糊塗！」

陳氏苦口婆心的，林熙自是知道母親的囑咐之意，畢竟陳氏的婚後日子幾乎盡數耗在了妻妾鬥上，如今拿自己體會的出來說道，更不惜把自己當例子，無非就是希望自己的女兒不要走上了她自己的老路——為妻的就得有個妻樣，當家主母有得是大宅的事要處理，成日掐在妾侍這點事上，整個人把精力耗在這一處，哪裡似個主母樣兒呢？

林熙真誠應話。「母親放心，熙兒明白身分，必會處處思量。」

「這就好！」陳氏滿意的點頭，人也轉頭看向了林嵐。「我說多了，妳怕是也聽不進去

注：膈應，意指討厭，不舒服，令人噁心。

的，我盡著母親的責，也囑咐妳幾句——妳自是虧了名聲進的曾家，妳那婆母難為妳，也是該遭，妳若日後真想過好日子，咬咬牙忍了，好生的立規矩，好生的伺候，人心總是熱呼的，假以時日她見妳是一心規矩著過日子，能孝順知禮，也必會原諒了妳，那時妳也算熬出頭了。

「可妳要是還這樣心中有鬼，成日想東想西的，將來家宅不寧，過不得好日子時，千萬別來尋怪與我，畢竟該我說的我都說了，且明日妳去，日後也不知能見著幾回，又能方便地說上幾句？是以，我今天再順帶多說一句，六姑娘，妳好生想想這些年林家待妳如何，妳祖母如何？妳父如何？我如何？雖妳是庶出的，可我真為難過妳嗎？妳若有心，就記著自己姓林，若還心生怨懟，那就，自求多福吧！」

陳氏一席話，也算發自肺腑，只是此刻她再是挖心掏肺的說著真心話，卻也難入了林嵐的耳，畢竟有些事先入為主就再難以扭改，何況是珍姨娘自小的灌輸與教導，林嵐的內心，早已對陳氏這個「母親」輕視不滿了，是以此刻她抬眼看著陳氏，面上不露情緒的輕聲言語。「多謝母親教導。」

陳氏見狀也不多說什麼，只自己抓了筷子用餐，內裡便這麼安靜了下來。

一席飯用了近半個時辰，便散了。

林昌今日本就喝得差不多了，晚上吃飯又飲了兩杯，飯菜一撤，陳氏見林昌那眼睛都睜不開的樣子，便是無奈，當即伸手扶了他，囑咐了兒女們幾句，便伺候著林昌回正房裡歇息，兒子女兒以及女婿和瑜哥兒自是知趣的告退了出來。

因為爺兒們談得興致高昂，未見散意，幾人說笑著，便去了長桓的院子裡，林嵐和林熙倒是留在了院落裡，顯然是讓她們也有時間敘敘。只可惜，林熙無有心情與林嵐多言，林嵐更無心思與林熙面對，兩人對視一眼後，便各自轉身回往自己的院落，真正是姊妹一場卻比路人都不如了。

林熙回往碩人居，聽花嬤嬤說，禮物都送到了各處院落裡，便應了聲，叫著拆髮沐浴。待洗好了出來，換上了一件鬆軟的襖子，便拿著本書打算在燈下翻看一會兒，卻抬眼瞧見花嬤嬤一臉喜色的望著自己，想起先前沐浴時，花嬤嬤幾次欲言又止的模樣，便乾脆自己詢問了起來。「花嬤嬤今日裡莫非撞見什麼好事了，臉上都寫著喜字呢！」

花嬤嬤聞言一頓，隨即笑容更盛，人卻已經走到林熙跟前，湊在她耳前言語了起來。「姑娘真是眼睛尖，就這麼點喜事，我還沒說呢，您就瞧出來了。」

「花嬤嬤妳那就別賣關子了，妳要這會子不說，我就不許妳說了，回頭憋傷了，可別來尋我！」林熙笑著打趣，心中卻已在猜想會和什麼有關，以至於花嬤嬤要與自己這般親近的言語，竟怕叫在外的謝府丫鬟聽見。

花嬤嬤聞言一笑，立即輕聲相訴。「姑娘在前院和太太用餐的時候，我從章嬤嬤那裡聽了個消息來。」

「誰的？」

「珍姨娘的。」

林熙眉眼一抬。「孩子生了？」

「生了。」

「兒子還是女兒？幾時接府？」

「兒子，不過接不了府了。」

「怎麼？」

「生下來，就是個死嬰，她這輩子想回來，沒指望了。」花嬤嬤說著臉上的笑容在燈光背向處，呈著一抹黑影，無端端的讓林熙的心中一驚——

死嬰？這，是上天報應，還是……另有蹊蹺？

她可以想，卻不能問，一問，便是把自己家中的人全都牽扯進來，是以她捏了捏指頭，輕聲問道：「怪不得回來沒見動靜呢，那六姑娘那邊可說了？還有，長宇那邊，又怎樣？」

「估摸著這會兒有人去知會給六姑娘吧，至於宇哥兒嘛，他昨兒個就知道了，只是什麼都沒說，照樣的捧著書唸呢！」

林熙的嘴角抽了抽，輕聲嘆道：「沒鬧就好，爹爹的性子禁不起鬧騰的。」

花嬤嬤聞言卻笑了。「姑娘這話要是早先說，老身絕對認，可這會兒瞧著不像，老爺似乎想通了，不念想著那賤貨了！我聽章嬤嬤說，這事傳回來時，太太還以為老爺聽到這事傷感，會想著扒拉珍姨娘回來。結果，老爺子嘆了口氣說了句可惜就沒下文了，連珍姨娘好壞都沒問上一句，更別說嘘寒問暖了。反倒是萍姨娘聽見時，愣了片刻，道了聲苦命的孩兒，結果換來老爺一個冷眼和一句輕斥。」

「輕斥？」

「對，老爺說——『厭就厭，少做那假象，沒一個真！』，當時就把萍姨娘給噎成了大紅臉！」

林熙聽了這話，心中卻是一哂——爹爹這是一朝被蛇咬十年怕井繩了！

想他真心疼惜愛憐的珍姨娘卻是跟著林嵐一通胡鬧算計，險些害得家門背上大禍，斷了他的仕途，他能不惱怒、能不翻臉嗎？是以林熙知道，珍姨娘真是沒了指望了。

花嬤嬤此時忽而嘆了口氣。「哎，這秀萍也不知道發什麼渾，她是太太的丫頭，開臉抬了身，做了姨娘，自也是和太太一路橫對著那賤貨的，卻頭前慢慢的和太太冷了，這陣子竟還替珍姨娘嘆息去了，真是越活越瞇眼了，該不是看著佩兒長大了，又惦念著院落裡有兒子的姨娘就她一個，便不開眼了吧？」

林熙看了看花嬤嬤一眼，腦中驀然想起當年萍姨娘對林悠說的那話，眼珠子一轉後，她衝花嬤嬤擺了手，待花嬤嬤湊到她跟前，她才咬著耳朵說道：「妳今晚不用守著我了，去和章嬤嬤再絮叨一晚上吧，妳們都是老人，吃的飯可比我們多，有些東西興許想得遠，我們做兒女嫁出去便是別家的人了，但心裡總是記掛著娘家的，盼著好的，是以，妳們該提點的就提點去吧！」

林熙這話已經說得很直白，花嬤嬤自是明白她的意思，當下應著聲就出去了。

林熙便沒叫人伺候在身邊，只自己就著燈翻書，可是翻了兩頁，這心思就不在其上，便開始猜想，到底死嬰是誰的手筆，又猜想著萍姨娘到底因為什麼，竟要和母親對上。

胡亂亂的想著，人就全然失神，以至於謝慎嚴回來她都不察。

而謝慎嚴因念著今夜他們兩個還得同床共枕，怕林熙臉皮子薄，就沒叫人進來伺候，邁步進屋後，便想著林熙會上來幫他接下披風。哪曉得披風都脫下來搭上手了，林熙還待坐在窗前發呆，他便打量著她走了過去，眼見林熙還是不察，便把腦袋都湊了過去。

「想什麼……」

他本是一問而已，豈料言語才出，林熙似受到了驚嚇一般緊張回頭，立時她的唇便碰觸到了他的唇，四目相對的一瞬，林熙驚慌得後仰了身子，結果謝慎嚴眨眨眼，反倒追上了她的唇，繼續親……

林熙瞪大了雙眼——這是什麼情況？他怎麼、怎麼能……不，不是不能，而是我還不夠……年歲……

林熙的腦袋裡全是被這一吻給炸出來的殘句斷想，那一雙眼死死的盯著謝慎嚴的眸子，只能看見深邃。

唇瓣的溫度與輕柔依然停留，這讓她心房內心跳如躁動的鼓槌，不自覺地她再次後退，他不但沒有退開，反而更加堅定地追著，死皮賴臉般的停留在她的唇上。此刻她已經整個身子都靠在了窗櫺上，再無可退，而他似乎感覺到上風的愉快，不但沒有離開，甚至有了些微的輕蹭，這讓林熙腦袋裡的斷句急速退化，漸漸地一個字都不剩，完全成了空白。

唇瓣輕揉，摩挲，似還想耍賴，但是幾息之後，他卻忽然退開些許，然後他的眉眼裡閃著一抹笑色，話音低低的。「妳呀，既然羞得臉紅，何不閉眼？」

「啊？」林熙似被當頭敲了一棍，隨即稀裡糊塗的就閉上了眼，此刻她只知道耳朵裡迴蕩的都是一個聲音——怦、怦怦……

看著面前粉妝玉琢的臉頰上，胭脂撲紅，謝慎嚴的嘴角輕勾，伸手在她的鼻尖上一點。「現在閉眼，晚了。」說著直身站了起來，把手裡的披風直接就丟到了林熙的頭臉上，繼而轉身道：「來人，備水，抹身。」

林熙亂亂的把披風從頭臉上扒下，此時立在外的丫頭也應了聲入屋相引。

林熙羞得正臉紅心躁，全然不敢抬頭，只抱著披風做鵪鶉狀，待到眼角處掃著謝慎嚴去了內側浴房後，這才抬了頭長吁了一口氣。

一臉羞色的把披風掛去了衣欄上，她抬手摸了下自己的臉——滾燙。

快步走到妝檯前，對鏡瞧看，就看到臉蛋處紅彤彤的雲霞羞色，她立時就呆在了那裡。

鏡中的自己是那般的羞澀，而她並不是真的不懂人事、不解風情的，畢竟上一世她和康正隆也有近一年的夫妻生活，可是她不明白，為何在謝慎嚴親上自己的那一瞬，她竟在驚訝與不解中，迷失了心智。

伸手拍了拍自己的臉蛋，她使勁地搖搖頭。

林熙呀林熙，妳真是糊塗了嗎？是，妳還年小，照道理他不該碰妳，但他畢竟是妳的夫婿，親一下摸一下也沒出格啊，妳怎就驚訝到近乎呆滯癡傻了呢？尤其是他說閉眼妳就閉眼，還真是……丟人！

她想著立時去了盆架跟前捧了帕子就水的擰了一把，將涼涼的帕子貼在了臉頰上，張著嘴吁氣，努力緩解著這份羞臊。

然而她越是想平復，就越難平復，她不但穩不住自己的心神，反而無端端的想起了當年她和康正隆的洞房花燭。

那時蓋頭已取，鳳冠也卸，她羞紅著臉，帶著滿心的戰戰兢兢，不知屬於她的初夜將會如何，而身邊的男人帶著一身的酒氣，直接就把她壓倒在了床上，在她還沒能細細看清他的眉眼時，他那沾滿酒氣的舌就竄進了她的口中，肆意衝撞中，只聽得衣帛裂聲，而後一片涼意襲身，她便被他扒得只剩下肚兜小衣，於全然懵懂的瑟縮裡，迎接了他毫無前戲與溫存的索取……

記憶中的疼痛襲來，她本能的瑟縮了肩頭，驀然回神，才知自己竟無端想起了當初，而此刻小腹滾過一抹熱浪，她慌張地丟了帕子於盆架，才將轉身，謝慎嚴已經披著髮從浴房裡出來，身邊的丫頭則捧了要換洗的衣裳，低頭退出去收起——明日裡好帶回府中浣洗。

再一次的四目相對，她看到散髮的他容顏已透玉色，雖臉頰還是凹陷，卻已遮不住他的華彩，尤其是那如墨瀑的青絲垂在身前，髮梢因著沾水微微鬈翹滴水，竟讓他看起來猶如畫中謫仙一般，充滿著一抹難以描述的奪魄，生生叫她挪不開眼。

不自覺的她伸手狠狠地掐了自己指尖一把，然後迅速地低頭。「夫君是要歇著了，還是，看會子書？」

謝慎嚴的聲音淡淡地。「今日乏了，不看了。」

「那、那我去鋪床。」林熙說著立時轉身忙碌。

謝慎嚴看著她的背影，眼中閃著一抹笑色，隨即他眨眨眼，忽然聲音輕柔而道：「人面桃花原是此等美景。」

鋪床的林熙身子明顯一頓，隨即又忙碌起來，謝慎嚴的嘴角勾起，人便邁步走了過去。

林熙轉身見謝慎嚴已在身側，只得動手為他寬衣，原本她還以為謝慎嚴會推辭一番，如洞房那夜所言，叫著丫頭來動手。可是她把整個腰帶脫下來，他也沒吱聲，就那麼站在那裡，由著她小身板的圍著他伺候，直到脫去了夾襖、罩衣、中衣，最後留底一身褻衣。

他動手撩起了被褥鑽了進去坐著，而後一拍身邊的床鋪。「歇著吧。」

林熙嗯了一聲，動手去放了兩層帳子，而後在外，吹熄了一盞燈燭，才就著餘下的那盞昏黃脫去了襖子，隨即一撥帳子，快速地如貓兒一樣鑽進了被窩裡，而後抓著被角閉上了眼睛，挺屍般的直直躺在被窩裡。

謝慎嚴看著林熙那緊閉的雙眼，「噗哧」一聲笑了。「我是豺狼還是虎豹？」

「都、都不是。」林熙的嘴角動了動，沒敢睜眼。

謝慎嚴笑著側臥，單臂撐著腦袋，另一隻手便直接撥弄上了林熙的額髮。「又不是第一次睡在一起了，有道是一回生二回熟，上次就僵直了大半夜，今兒個，還要繼續僵著？莫不是又要我抱著妳暖身？睜開眼吧！」

林熙抓著被角的手指緊了緊，睫毛一顫，睜開了眼，一臉怯生生的樣子小心的望著他，他卻依舊那般笑著望她，雙眼不挪，而手指不歇——他依然在撥弄著她的額髮，似是執筆描繪一般。

「我是豺狼還是虎豹？」半晌，他再一次詢問，話語輕柔，毫無戲謔的意思。

「都不是。」她再一次作答。

「那我是什麼？」

林熙咬了下唇。「夫君。」

「誰的？」

「我的。」

他望著她，她瞧著他，猛然間撥弄額髮的手下滑直接捏住了林熙的下巴，而後謝慎嚴的身子俯下，他的唇再一次覆蓋在了她的唇上，輕輕地蹭了蹭後，舌尖輕探，在林熙幾乎呆滯的情況下，舌尖已入了她的口，掃著她的貝齒。

不自覺地，她鬆了口，謝慎嚴的舌尖微微一轉，探入，可才將將碰了她的舌，便迅速的退了出去，而後他衝林熙一笑。「下次我若親妳，妳需得閉著眼，否則我會以為我在作惡的，倒不好再親吻下去。」

林熙聞言一愣——她又丟人了。

「怎麼，對我的存在，還不適應？」他瞧望著她輕問。

林熙眨眨眼。「我有些，緊張。」

她不懂謝慎嚴今夜裡是怎麼了，是撞邪還是發瘋，怎麼忽然起了興致對她這般，大有今夜就洞房的架勢，而他之前可是分外的理智、節制，甚至在細細的體貼中有著一絲看不見的溝壑，隔離著彼此的相近。

「緊張什麼？難不成，我會吃了妳？」他的眉眼裡閃亮著光澤，唇角更透著一絲魅惑。

林熙只覺得喉嚨乾澀，毫無意識的舔了舔唇。「我不知道，只覺得你……你今天……」

謝慎嚴見她說了一半沒了下文，笑等，可等了幾息也沒見林熙給憋出來，便只好輕道：「我今天怎麼？」

林熙一臉糾結的模樣，謝慎嚴眨眨眼，腦袋一歪，將耳朵貼去了她的唇邊，全然一副傾聽狀。

林熙心中一蕩，鼓起勇氣輕道：「你今天怎麼忽然熱情如火？」

謝慎嚴聞言呵呵一笑，早先支撐著腦袋的左手直接從林熙的脖頸下方穿過，在林熙抬著眉眼的時候，他右手已經入了被窩，將她側抱著，唇貼著她的耳垂輕道：「妳喜歡真我還是假我？」

林熙一愣，隨即眉眼輕轉於他。「自是真的你。」

「那不就結了，這便是真我。」他說著唇在她的耳垂上輕蹭了一下。「我待妳以真，妳也得待我以真。」

林熙聽著這話，雙眼中閃著驚色。「夫君這話，熙兒不懂。」

謝慎嚴笑了笑，聲音中的熱度陡然低了些許。「良辰美景畫中鮮，只可遠觀不近顏，一朝捧心尋熱度，對面卻立殷比干。」

林熙聽聞此言，立時心奔去了嗓子眼，不自覺的她張口而出。「夫君這話重了，熙兒沒有真假之分，更不是那無心人，熙兒唯一心奉於夫君，忠於……」

謝慎嚴張口打斷了她的言語。「但願吧，今日非佳日，妳是泡在池中的枝條，我是禁錮在爐中的炭火，罷了。」

林熙的眉微微蹙起，想要去解讀他的意思，而此時謝慎嚴卻已經躺好，雖還抱著她，卻沒再似剛才那般貼得那麼近、那麼緊，而他口中依然在言。「妳放心，未得妳許，我不會強占妳的，只是一時瞧著妳晶瑩剔透，便想討些利錢罷了。」

林熙聞言解讀之心立去，當即嘴角抽了抽——這傢伙竟說出這樣似地痞無賴的輕薄話來，生生叫人羞中有憤，這人今天是存心調戲我的不成？

她尚在心中忿忿，謝慎嚴卻已閉上了眼，抱著她輕語：「不早了，歇著吧！」

他說睡便睡，不管不顧的，林熙卻也得有心去睡。

睜著眼看著床頂，林熙肚中全然是不滿與不解——你討夠利錢，調戲夠了，就說睡了，我這是招誰惹誰，就這麼莫名其妙的挨了呢？好端端的，忽而說我是比干無心，忽而又說什麼真我，你這是受了什麼刺激不成？

唉，這晚飯前，他不過聽了一些言語，難不成他多事去挖大姑娘的前情？不，他應不是多事的人，他既然怕麻煩，就不會如此……莫不是在大哥的院落裡，受了什麼別的刺激？可是，他又能受什麼刺激啊？

林熙越想越亂，連帶著人都煩躁起來，可是謝慎嚴平穩的呼吸聲卻已響在了她的耳側。

他，睡著了？

林熙頓覺懊惱，不滿的嘟嘴後，她使勁地閉上了眼。

憑什麼我要猜得這麼辛苦，我也睡！

賭氣似的尋找瞌睡，倒也成功，許是先前想了太多，真格的乏了，一刻鐘的樣子後，林熙倒也迷迷糊糊的睡著了。

只是她睡著後，謝慎嚴卻睜開了眼，他依然保持著熟睡般那淡而穩的呼吸聲，人卻側著腦袋看著她的睡顏，眼裡閃爍著複雜的光澤。

——未完，待續，請看文創風124《錦繡芳華》4

華麗的宅門／攻心的教養／名門淑女的必殺絕技／

粉筆琴

錦繡芳華

全套五冊

羨慕名媛淑女總能嫁入豪門當貴婦嗎？

名門閨秀教養守則，教妳一步步養成淑女，絕代芳華!!

文創風 121 1

她含冤而死，卻重生於小妹之身。
從此她不再是那個任性驕傲的林家嫡長女林可，
成了林府最小的嫡女林熙。
林家為她請來了堪稱傳奇的葉嬷嬷作為她的教養嬷嬷。
她暗自立誓——既然上天讓她再活一次，
她要活得光耀門楣，她要一步步踏出她的錦繡芳華……

文創風 122 2

嫁入侯門世家裡，哪個夫君是不納妾的？
看著母親與父親的妾室鬥著，她不只怕，光想心裡就不舒服。
可嬷嬷卻教她另一種心法——
只予情不予心，無傷無擾，才能淡泊平心，
才能在將來不為了妻妾之爭而累，不為了夫君移情而傷。
她該怎麼拿捏對夫君要情深義重，
但卻又要做到無心無傷、更讓夫君時刻都念她在心上呢？

文創風 123 3

沒想到在林府裡的嫡庶之爭，對她而言倒只是些小把戲了，
真正難的是，為了沖喜，她提早嫁入明陽侯府謝家，
之後，她除了得守著自己的心，
才成親就得操持為夫君找通房丫頭的事……
而她只是個月事都還沒來的小小媳婦，
該怎麼拿捏好分寸、瞻前顧後的誰都不得罪呢？

文創風 124 4

讓男人自己不要妾侍？這，可能嗎？
這道理她都還沒參透呢！
於是她小心翼翼地伺候公婆與夫君，小心翼翼地守著她的心，
然而夫君竟對她說：「我待妳以真，妳也得待我以真。」
他是在責怪自己對他無心，她究竟該怎麼做才好……
她真能將她藏在心裡的秘密都說與他聽嗎？

文創風 125 5 完

夫君竟不打算弄些姨娘、通房什麼的養著，
只願守著她一個，只生養她生的嫡子、嫡女。
她何其有幸，能得夫君如此真心相待！
面對謝家捲入皇位之爭及後宮的爭鬥，
她該如何成為夫君最得力的助手，成為當家主母，
為他撐起家務，同時開枝散葉，
她得更有擔當才行，並牢記夫妻永遠同心……

女人最不容錯過的一部作品，讓妳成為人生必勝組！

文創風 123

錦繡芳華 3

國家圖書館出版品預行編目資料

錦繡芳華 / 粉筆琴著. --
初版. -- 臺北市 : 狗屋, 2013.10
冊 ; 公分. --（文創風）
ISBN 978-986-328-150-4（第3冊：平裝）. --

857.7 102018256

著作者	粉筆琴
編輯	王佳薇
校對	黃薇霓　黃亭蓁
發行所	狗屋出版社有限公司
地址	台北市104中山區龍江路71巷15號1樓
電話	02-2776-5889～0
發行字號	局版台業字845號
法律顧問	蕭雄淋律師
總經銷	知遠文化事業有限公司
電話	02-2664-8800
初版	102年10月
國際書碼	ISBN-13　978-986-328-150-4
原著書名	《锦绣芳华》，由起點女生網〈www.qdmm.com〉授權出版

定價240元

狗屋劃撥帳號：19001626

網址：love.doghouse.com.tw　E-mail：love@doghouse.com.tw